W0202262

Illustrations de couverture :
© Alex Stemmers - stock.adobe.com
© oporkka - stock.adobe.com
© evannovostro - stock.adobe.com

RODRIGO

DU MÊME AUTEUR

Éditions Lucien Souny
(collection plumes noires)
S.N.O.W., 2018
Fatales négligences, 2020

Régis Bégué

RODRIGO

plumes noires
LUCIEN SOUNY

© Éditions Lucien Souny, 2022
451 route de Limoges • 87400 La Geneytouse

www.luciensouny.fr
Tous droits réservés

Une histoire librement inspirée de faits qui n'ont rien à voir.

À la Murche, Ato, Juju et Raphou.

Une odeur fétide, entêtante, irrespirable, oblige le major Roucaud à protéger son nez par le pli de son bras. L'adjudant et le flic en civil qui l'accompagnent l'imitent en trépignant d'impatience autour du cadavre en décomposition. Henriette se fait attendre. Henriette est toujours en retard, c'est exaspérant. Médecin légiste de son état, elle n'a rendez-vous qu'avec des morts, répète-t-elle à l'envi. Les macchabées ne sont pas aux pièces, rien ne les presse, comme qui dirait. Des dépouilles, elle en a vu et découpé des milliers dans sa longue carrière. Il n'existe plus guère de visions d'horreur qui lui aient été épargnées, plus vraiment de situations susceptibles de l'émouvoir, encore moins depuis la mort de son fils unique il y a plus de dix ans. Henriette prend toujours son temps, en toute circonstance. Qu'on l'attende ici, à Beaumont, dans ce réduit mansardé, plein d'une chaleur humide et d'un odieux remugle, au milieu des mouches, depuis presque une heure, elle s'en tamponne. Roucaud la voit enfin descendre de sa 4L bleu marine, la Gauloise au bec. Sans filtre. Elle lui adresse un petit signe de la main d'un air entendu. Malgré sa démarche pataude, ses vingt kilos de trop, ses cheveux coupés en brosse et les profonds sillons creusés par les rides sur son visage tombant, Henriette a gardé le charme qui la caractérisait autrefois. Sa beauté plastique s'est évanouie avec les ans, les cigarettes ont abaissé sa voix d'une octave, ses hanches se sont épaissies, ses seins se sont alourdis, sa peau s'est flétrie, mais le major perçoit encore l'éclat de celle qui avait été sa femme pendant plus de trente ans, jusqu'à ce que la disparition de leur fils les conduise à se séparer, parce qu'il leur était impossible de partager leur chagrin. Chacun le sien, chacun de son côté, c'était plus supportable. Mais Roucaud aime encore la jeune fille aux yeux d'azur qui se cache derrière les traits de la vieille ronchonne bedonnante, Roucaud l'aimera toujours.

Elle met presque trois minutes à gravir les escaliers grinçants qui la mènent au deuxième étage. Elle est à bout de souffle quand le major l'accueille sur le pas de la porte. Elle l'embrasse et rallume immédiatement une cigarette.

– Dis donc, Jacques, ça poquerait pas un peu la bidoche avariée par ici ?

Elle rit. Roucaud est agacé de sa drôle d'habitude, de sa curieuse manie de dédramatiser les situations les plus ignobles par d'indécentes insanités. Il lève les yeux au ciel. Elle demande :

– Bon, alors, elle est où, la barbaque ?

Il la conduit par le petit couloir vers la pièce où le flic et le gendarme, la bouche et le nez couverts par un mouchoir de fortune qu'ils s'appliquent avec rigueur, l'attendent devant le cadavre gisant dans une mare de sang séché. Sans les voir, Henriette s'arrête un instant devant le corps et lève les sourcils avec une moue dubitative.

– C'est du deux, trois jours, je pense.

Elle note dans son calepin : *mort probable le 21 ou le 22 juillet 1987*. Roucaud, une main sur la figure, l'autre dans la poche de son uniforme, opine du chef, d'un air de dire qu'il avait bien deviné. En désignant l'autre type en civil, Henriette l'interroge :

– Et celui-là, il est de la maison ou il est arrivé là par hasard ?

– Je te présente l'inspecteur de police David Rosenberg.

Henriette le salue d'un coup de menton, puis chausse les lunettes qui pendaient à son cou au bout d'une chaîne. Prenant appui sur le bras d'un fauteuil, elle s'agenouille avec difficulté devant la tête ensanglantée du pauvre bougre.

– Il a pris un mauvais coup derrière le crâne. Un seul a suffi. Il a été surpris. Il n'y a pas eu de bagarre.

Elle ouvre la chemise à carreaux de l'homme qui gît devant elle, défait son pantalon et le lui ôte, découvre ses cuisses et ses avant-bras. Elle pince, elle soulève, elle s'approche, ne semblant absolument pas incommodée par l'insoutenable puanteur du lieu.

– Aucune trace d'ecchymose, pas de fracture. Le coup n'a pas été précédé d'un combat. Je dirais que ce type ne s'attendait pas à se faire attaquer.

Elle se lève péniblement, recule, tourne autour du corps une première fois, observe l'angle par rapport à la fenêtre et à la porte d'entrée. Les autres restent silencieux, la bouche et le nez couverts, les paupières plissées. Ils attendent le verdict de la « patronne », comme on surnomme Henriette dans le milieu en raison de sa perspicacité. Qu'on lui donne un cadavre, elle dégote un meurtrier. Les assassins, s'ils ne veulent pas se faire prendre, ont intérêt à éviter que les corps de leurs victimes se retrouvent entre les doigts experts de la légiste. Henriette réfléchit encore, puis elle déclare enfin :

– Ils ont été dérangés. La mort est pour ainsi dire accidentelle. Ce type (elle désigne le cadavre) s'apprêtait à aller chercher quelque chose dans ce meuble.

Le premier tiroir d'une armoire en formica grisâtre est ouvert. Henriette le montre du doigt. Roucaud s'approche et saisit un grand cahier à spirale.

– C'est un manuscrit, annonce-t-il.

– Bah ! faut croire qu'il contient quelque chose qui ne devait pas être lu. Le bonhomme y a laissé sa peau. Boum ! Il s'est écroulé. Je pense qu'il n'est pas mort sur le coup, mais il a immédiatement perdu connaissance et l'hémorragie a fait le reste. L'agresseur est parti dans la précipitation et n'a donc pas pu récupérer le cahier que tu tiens, Jacques.

Le major est absorbé par le titre du texte qu'il a entre les mains. Sur la première page, il est écrit : *Rodrigo Ganos – Autobiographie en forme de confession.*

Le flic et l'adjudant s'approchent, curieux. Roucaud commence la lecture à voix haute :

– *Je m'appelle Rodrigo. Rodrigo Ganos. Je suis né le 15 mai 1945 à Buenos Aires…*

Je m'appelle Rodrigo. Rodrigo Ganos. Je suis né le 15 mai 1945 à Buenos Aires. De mon enfance, je ne me souviens que des livres, des équations, des cours. Mathématiques, physique, chimie, biologie, latin, français, espagnol, un peu d'anglais, la langue maternelle de mon père. Mes parents ne lésinaient pas. Ils voulaient obtenir le meilleur de moi, pour moi. Fils unique, j'étais leur joie, leur alpha et leur oméga. Ma mère enseignait le tango aux plus hauts gradés du gouvernement dirigé par Perón, ainsi qu'aux enfants des bourgeois qui avaient les moyens d'offrir des leçons de danse à leur progéniture. Mon père était serveur dans un bar de la ville. Il travaillait beaucoup, rentrait éreinté au milieu de la nuit, mais ne manquait jamais de venir m'embrasser dans mon lit avant d'aller se coucher. Quelquefois, je me réveillais en entendant le gond de la porte grincer ou en sentant son souffle dans mon cou. Pourtant je n'ouvrais pas les yeux, de crainte qu'il finisse par renoncer à cette habitude si d'aventure il s'apercevait qu'il perturbait mon sommeil. Je peux affirmer qu'il n'y a jamais eu un enfant sur Terre qui ait aimé son père comme je chérissais le mien. Il n'était que douceur et tendresse. Si parfois il s'avérait nécessaire de me réprimander, ce qui était de toute façon fort rare, c'était ma mère qui se chargeait de cette douloureuse besogne. Elle répugnait autant que lui à me corriger, mais elle s'y résolvait quand il le fallait vraiment. Mon père jamais. Je les adorais tous les deux. J'étais un garçon à la fois joyeux et sérieux. Je crois que nous n'avons jamais rien eu à nous reprocher, eux et moi. Pas que je me souvienne ; en tout cas, pas avant que j'aie cherché à connaître la vérité sur l'histoire de mon père. Et même après, qu'est-ce que ça changeait, au fond ? Dans sa faiblesse, je me demande si je ne l'ai pas aimé plus encore.

J'étais un élève docile, brillant, ambitieux. Je ne supportais pas de n'obtenir pas le premier prix dans toutes les matières. Aussi, je n'avais pas beaucoup de camarades de classe. Presque aucun. Un seul, à vrai dire. Mes parents suffisaient à combler mes besoins affectifs. J'étais leur « Rodri », comme ils me surnommaient. Ils étaient mes dieux. Nous étions heureux. La vie était éternelle, ponctuée par les chaleurs étouffantes de janvier, réglée comme du papier à musique par la dictature et les marches militaires, le tango et le son des instruments à cordes, paisible. Je pratiquais longuement et avec assiduité l'exercice du violon. Le dimanche soir, jour de relâche, mon père me donnait une leçon. Il avait lui-même beaucoup joué autrefois, avait fait partie d'un orchestre, disait-il, il y avait longtemps, quand il habitait dans l'Ohio avec ses parents. Nous vivions très modestement, dans un petit appartement au troisième étage d'un immeuble délabré. Pendant mes premières années, notre situation me paraissait normale. Rien ne me choquait, ni l'odeur de friture qui envahissait notre réduit au moment des repas, ni la chaleur insoutenable des étés qui nous laissaient pétrifiés dans une moiteur accablante, ni les corvées d'eau. En grandissant, je me suis mis à me comparer aux autres élèves de l'école communale. S'il est vrai que certains sortaient des bidonvilles, il faut aussi reconnaître que leur présence en cours était épisodique. La plupart finissaient par disparaître. Les enfants qui persévéraient, en revanche, étaient issus d'un milieu social différent du mien. Leurs parents étaient professeur, médecin, fonctionnaire, bourgeois dans tous les cas. J'ai fini par réaliser, tardivement, que mes parents étaient relativement pauvres, déclassés. C'est alors que j'ai commencé à m'interroger. En secret d'abord. Puis, ne trouvant pas de réponse logique à mon légitime questionnement, j'en suis venu à demander à ma mère ce qui avait bien pu se passer dans leur vie. Pourquoi son mari, Juan, qui était la traduction en espagnol de son prénom John, pourquoi cet homme dont je comprenais intuitivement que la culture et le savoir étaient très étendus avait-il été incapable de s'extraire de sa condition de barman ? Maman détestait que j'aborde ce sujet. Elle haussait les épaules, m'envoyait racheter de l'huile à l'épicerie, retournait à ses fourneaux. Que je m'occupe de mes devoirs de classe si je ne voulais pas connaître cette situation, plutôt que de l'asticoter avec mes questions ! J'objectais que, précisément, Papa semblait avoir bien fait ses devoirs dans sa jeunesse, puisqu'il était un puits de science, de culture, et un très bon violoniste, mais qu'il n'avait pas été récompensé, puisqu'il s'était finalement retrouvé barman dans un rade insalubre de la ville, qu'il travaillait comme un damné pour un salaire de misère et paraissait assumer son misérable destin sans chercher à l'infléchir. « Tais-toi donc ! Tu n'as pas honte de parler comme ça de ton pauvre père qui se saigne aux quatre veines pour toi ? » concluait-elle. La conversation était terminée.

N'empêche, il y avait un mystère. Pourquoi acceptions-nous cet état de fait ? Pourquoi Juan, mon père, montrait-il un indécrottable fatalisme devant son triste sort ? Cela ne lui ressemblait pas. Que ne cherchait-il à s'arracher à cette condition, ne serait-ce que par amour pour moi, pour m'offrir une meilleure qualité de vie, pour nous permettre de fuir le bouge qui nous servait de nid ?

Ses réponses étaient rares et vaseuses. Il mettait en avant son espagnol approximatif. Il avait quitté l'Ohio à vingt ans, quand ses parents étaient morts brutalement dans un accident. Il avait bourlingué un peu partout dans le sud des États-Unis, était sorti du territoire au moment de la guerre, était resté quelque temps au Mexique, avait finalement débarqué à Buenos Aires. Il avait rencontré ma mère dans un cabaret et il ne s'en était plus jamais séparé. Ils avaient dansé le tango ; c'est elle qui le guidait, l'initiait. Elle était si belle dans sa jupe rouge. Elle lui avait fait découvrir la ville, ses larges boulevards, le quartier de la Boca, où nous habitions toujours, le Café Tortoni, la Plaza Dorrego et ses innombrables antiquités. Et puis j'étais venu au monde… Bref, on s'éloignait très vite du sujet. Je n'avais pas la réponse à ma question : pourquoi un homme cultivé, dont je devinais la formation d'ingénieur, se bornait-il à servir des *cervezas* à de vieux alcooliques dans un sinistre bistrot puant la sueur et la pisse plutôt que de chercher à s'élever à un rang plus honorable ? Pourquoi ma mère, Soledad, l'acceptait-elle ?

Le 15 mai 1960, jour de mes quinze ans, je me plantai devant la porte de notre réduit et exigeai de mon père une explication. S'il ne me donnait pas une justification claire et nette, je ne le laisserais pas sortir. J'avais mal choisi mon moment. Depuis la veille en effet, Papa était très anxieux. Il avait réveillé sa femme en pleine nuit en rentrant du travail, ce qui d'ordinaire ne lui arrivait jamais. Ils avaient longuement chuchoté derrière le rideau à fleurs qui séparait leur lit de la cuisine. Je n'avais pas entendu leur conversation, mais, au réveil, je compris à la mine défaite de mon père que quelque chose ne tournait pas rond. Raison de plus pour obtenir une réponse claire, enfin. Mal m'en prit. Après avoir tenté, le plus calmement du monde, de me ramener à la raison, Papa se mit en colère. Dans une colère noire, dans un état de rage où il ne s'était jamais trouvé devant moi jusqu'ici. Il hurla, m'enjoignit de le laisser sortir immédiatement. Je résistai avec fermeté. Son énorme poing s'abattit sur ma figure et m'envoya valdinguer de l'autre côté. Je perdis connaissance un instant et une molaire à jamais. Pour la première fois, pour la seule fois de toute ma vie, mon père m'avait frappé. Ce fut un égarement terrible, pour lui comme pour moi ! Il s'agenouilla aussitôt près de moi en pleurant.

– Pardon, pardon, pardon.

Il ne voulait pas, il n'aurait pas dû, mais il ne pouvait pas me répondre. Pour moi, pour nous tous, je ne devais plus jamais l'interroger sur ce point. Que je continue mon travail du mieux possible sans me poser – et encore moins lui poser – de question ! J'étais un bon petit, j'étais le gosse que tous les pères du monde rêvaient d'avoir. Il allait casser sa tirelire et m'acheter un cadeau pour se faire pardonner sa brutalité aussi soudaine qu'incontrôlée.

– Un modèle réduit de Pontiac ou de Chevrolet Corvette, hein ?

Mais il m'en suppliait, que je ne l'embête plus avec mes interrogations ! Dans ses yeux bleu clair, je lus la peur. Pire que ça, la terreur. Blême, le regard fuyant, il lissait mécaniquement sa longue chevelure blanchie par les ans, d'une main tremblante, de ces mêmes doigts qui venaient à l'instant de se regrouper sur sa paume pour venir s'écraser sur ma maigre mâchoire. Ma bouche fut alors envahie par un arôme reconnaissable entre tous : celui du fer, dégagé par le sang pâteux qui se répandait sur ma langue. L'hémorragie était induite par la perte de la dent du bas, qui errait maintenant sous mon palais. Papa m'enjamba et s'enfuit à grands pas dans l'escalier. C'est ce goût de métal, cette inimitable saveur iodée qui me submerge à nouveau aujourd'hui, quelque vingt-cinq ans plus tard. Exactement la même sapidité, assortie de la même douleur aiguë parcourant mon maxillaire inférieur. Mais, cette fois-ci, l'agresseur n'est pas mon papa qui a cédé à un bref accès de fureur. Celui qui vient de me frapper ne regrette pas son geste. Mon bourreau s'en félicite au contraire, s'apprête à recommencer si je n'avoue pas rapidement. Les policiers ont ici des méthodes musclées, comme on dit avec pudeur dans la presse. Mon pays d'adoption est pourtant réputé démocratique. J'ai quitté la dictature argentine depuis longtemps. C'est par une police loyale, soumise à la surveillance internationale, que j'ai été arrêté. Seulement voilà, la campagne intensive de dénigrement dont je viens de faire l'objet a eu raison des esprits les plus philosophes. Je ne mérite aucune indulgence, aucune pitié. J'ai occupé la une de tous les journaux depuis des semaines. Le magnat de la pharmacie que je suis devenu s'est fait la malle après avoir empoché le gros lot et planqué l'argent. Véreux, pourri, corrompu, abject, il n'y a plus d'adjectif assez violent pour me caractériser. Je suis un type autoritaire, un autocrate imbu de lui-même, mégalomane et, plus que tout, d'une cupidité sans bornes. Riche à crever, qu'avais-je encore besoin d'aller piquer dans la caisse ? Quoi, je ne pouvais pas laisser les miettes à ceux qui avaient travaillé pour moi toutes ces années, des plus gradés aux plus humbles ? Il fallait donc que je racle les fonds de tiroir de l'empire que j'avais fondé, pour favoriser encore et toujours mon enrichissement personnel ? Les photos de moi qui sont parues dans les journaux pendant mes quarante-deux jours de cavale ne manquaient pas non plus de piment. Avec ou sans moustache, selon les époques, j'apparaissais systématiquement comme un type odieux, inquiétant, sans foi ni loi. On ne m'a montré que descendant d'un yacht, au volant d'une voiture de luxe ou sortant de chez Cartier. Moi qui ai toujours eu le sentiment de faire preuve d'une certaine sobriété, on m'a présenté partout comme un incorrigible m'as-tu-vu, poussé par la cupidité maladive dont je suis censé souffrir. Le contraste était saisissant avec les pauvres otages au Liban, Marcel Carton, Marcel Fontaine, Jean-Paul Kauffmann et Michel Seurat, dont on dénombrait les jours de détention chaque soir au commencement du journal télévisé de vingt heures. Pendant que ces braves reporters dotés d'un courage qui forçait l'admiration, partis à Beyrouth pour une noble mission, croupissaient quelque part aux mains de leurs affreux ravisseurs, j'avais, moi, le magnat du médicament en Europe, pris la poudre d'escampette avec le pactole. Le richissime Franco-Argentin s'était volatilisé pour éviter de faire face à la justice et de répondre de ses crimes. Héros d'un côté, cynique affairiste de l'autre. Le bien, le mal. Il fallait mettre la main sur moi de toute urgence.

C'est ce qu'ils sont parvenus à faire hier, mardi 3 septembre 1985, à l'aéroport du Bourget. Je m'apprêtais à passer la douane, j'y étais presque. J'allais monter dans l'appareil privé que j'avais réussi à me dégoter pour rejoindre Genève, afin de prendre ensuite un avion de ligne qui me ramènerait à mon Buenos Aires natal. De là-bas, j'organiserais ma défense. Je démonterais un par un tous les mensonges qui ont été servis sur mon compte au bon peuple avide de ragots et je prouverais mon innocence. Je me suis dirigé d'un pas ferme vers le type derrière son comptoir et lui ai tendu le faux passeport argentin que je m'étais fait fabriquer par mes mystérieux protecteurs, ceux qui veillaient sur moi dans l'ombre depuis mon arrivée en France il y a vingt ans, sans que j'aie jamais vraiment su pourquoi. Le douanier m'a regardé. A baissé les yeux sur le document officiel, puis les a de nouveau posés sur moi. J'étais en règle. Il allait me faire signe d'avancer, mais, au moment où il s'apprêtait à me rendre mes papiers, il s'est soudain ravisé, a vivement replié son bras et s'est mis à farfouiller sur son bureau. Il a fini par y dénicher une série de photos. Il a sélectionné celle de Rodrigo-Juan-Henrique Ganos et m'a longuement dévisagé. Bien que je me sois grimé de mon mieux, la ressemblance devait être assez frappante pour que le fonctionnaire s'attarde sur mes traits, s'approche et me demande finalement de le suivre. De toute évidence, il avait reconnu le Rodrigo Ganos dont le cliché était étalé dans les journaux depuis de longs mois, l'odieux personnage dont la réussite avait été longtemps aussi éclatante que sa chute récente. Il a reconnu le fondateur de la société Rodrigo Chemicals, la reine des anti-inflammatoires, des somnifères et autres analgésiques tout autant que des anesthésiques. Un grand groupe pharmaceutique international, bâti à partir de rien en moins de quinze ans et dont je suis encore propriétaire aux deux tiers.

Que je ne me fasse aucune illusion, personne ne me plaindra. Nul ne se risquera à lever le petit doigt pour un type dans mon genre. Encore moins avec ce qu'on vient d'apprendre dans les jours derniers. Des ordures de mon espèce, on se réjouit qu'elles soient maltraitées. Si le monde ignore toujours de quoi je suis coupable au juste, moi je le sais certainement. Je ne devrais pas m'étonner. On justifiera mes mauvais traitements après coup. On finira bien par mettre au jour mes manigances. Avec une gueule pareille et les millions sur mon compte en banque, quoi qu'il en soit, j'aurai bien du mal à faire croire à mon innocence totale dans cette affaire. Mon dossier, c'est du lourd, comme on dit dans la conversation courante. La meilleure preuve d'ailleurs, s'il en fallait une, c'est que j'ai disparu sitôt les premières informations divulguées et que j'ai tenté de fuir en Argentine. Pourquoi aurais-je voulu quitter la France clandestinement si je n'avais rien eu à me reprocher ?

Pour moi, tout s'est passé très vite. Je n'avais pas le choix, j'avais anticipé le déroulement des opérations dès les premiers jours. Une fois mon dossier transmis à un juge d'instruction, j'ai été rapidement convoqué. Je connaissais la suite d'avance : on allait m'inculper et me jeter en préventive. Je ne serais pas près de pouvoir parler à un avocat. Avec la réputation qu'on m'avait taillée ces dernières semaines, elles ne seraient pas nombreuses, les voix qui s'élèveraient pour s'indigner du traitement inique qu'on me ferait subir. Bien au contraire, on déplorerait une justice à deux vitesses, parfois tendre, pour les puissants dont je fais partie, parfois hostile, sévère, pour la plèbe. Mon sort n'inspirerait aucune pitié. Je n'ai donc entrevu qu'une solution : me planquer, puis m'enfuir dans un pays d'où je pourrais travailler à ma réhabilitation. J'y ai cru, j'y ai vraiment cru. Je me suis vu libre. J'étais persuadé que je passerais la police des frontières, jusqu'à ce que ce satané douanier me reconnaisse. Je pourrais rejoindre mon pays et me défendre depuis là-bas. Le nouveau gouvernement argentin, même s'il a normalisé ses relations internationales, ne livrerait certainement pas un de ses enfants. Depuis Buenos Aires, je prouverais mon innocence. De retour en pleine gloire, je me vengerais des chiens qui ont voulu ma peau. Je dénoncerais l'ignoble campagne de calomnie dont j'ai été la victime. Je m'y voyais presque. Mais, au lieu de cela, j'ai fini hier soir dans une R18 break blanche et noire, aux vitres teintées et opaques. Elle m'a conduit ici, c'est-à-dire je ne sais pas où. Après m'avoir fait entrer dans l'auto, on m'a bandé les yeux pour la durée du trajet. Je n'ai rien vu. Je ne suis pas très sûr du temps de parcours non plus, parce qu'ils m'ont fait avaler un truc qui m'a endormi pendant un moment indéfini. Tout ce que je sais, c'est que la route était sinueuse sur la fin, quand je me suis réveillé. Vitres fermées, une chaleur moite régnait dans l'habitacle. Le roulis des virages associé aux effluves de transpiration qui émanaient des trois flics – oui, il s'agissait bien de flics – m'a donné une nausée que j'ai eu le plus grand mal à contenir. Pour me calmer le corps et l'esprit, j'ai essayé de rassembler mes idées afin de comprendre ce qui était en train de m'arriver. Sans grand succès. Seule certitude : je ne suis pas un prévenu « normal » ; je n'ai pas les mêmes droits. En fait, je n'ai aucun droit. Je ne peux d'ailleurs pas véritablement être considéré comme « prévenu » puisque je subodore que nous sommes dans l'illégalité la plus totale. Je n'ai pas eu la possibilité de téléphoner, ni à un membre de ma famille ni à un avocat. Je suis entré dans le monde du non-droit.

Depuis de longues heures, je suis enfermé dans une pièce sans fenêtre, aux murs délabrés, recouverts d'une peinture bleu délavé qui cloque. Je n'ai rien mangé. On m'a seulement donné un peu à boire et on m'a laissé aller aux toilettes deux fois. Des toilettes à la turque, sans porte pour préserver un soupçon d'intimité. Les trois bonshommes m'observent en permanence. Je songe à ma fiancée, Noura, à sa peau mate et sucrée, à son sourire d'argent. Le mien doit être moins enjôleur en ce moment : je crois qu'ils m'ont cassé une dent de devant. Mes lèvres fendues se sont épaissies sous l'effet des hématomes. La douleur est vive. Sous la pluie de coups, j'ai eu mal, oui. Mais surtout j'ai eu peur. J'ai bien pensé que je ne retrouverais pas mon souffle et que je mourrais avant d'avoir pu piper mot. À l'instant où j'allais perdre connaissance, tandis que je me préparais à me laisser emporter dans les limbes où m'apparaissait en rêve le visage réconfortant de ma mère, couvert de la longue chevelure brune qui tombait sur ses frêles épaules, à l'instant où la mort s'apprêtait à me délivrer, les raclées ont brusquement cessé. On m'a soudain réconforté, redonné à boire, aidé à respirer. On m'a assuré que j'avais bien tort de m'entêter. Tout ce qu'on me demandait, c'était d'avouer. On me laisserait tranquille. Que j'avoue ? Mais quoi ? Puisque je leur jure que je ne savais rien. Oui, j'ai vendu quelques titres de Rodrigo Chemicals avant que les mauvaises nouvelles ne tombent. Mais c'est uniquement parce que j'avais besoin de liquidités. Je n'avais aucune information privilégiée, je le jure. J'ignorais tout de ce qui devait se passer par la suite. Je n'avais pas connaissance des résultats de l'étude, ceux qui ont entraîné l'effondrement du titre quelques jours après ma vente. Je le leur affirme encore une fois avec toute la sincérité que j'essaye de leur communiquer. Malheureusement pour moi, loin de les convaincre, j'ai l'impression que mon entêtement à nier les faits qui me sont reprochés galvanise leur ardeur, attise leur mécontentement. Alors que je reprenais mon souffle, que je commençais à peine à recouvrer mes esprits, je reçois une baffe monumentale qui me vrille le tympan. Et je réalise soudain : ces gars-là n'ont pris aucune précaution. J'ai une dent cassée, mon visage doit être tuméfié, mes lèvres gonflées, entaillées, sanguinolentes. Sur mon torse se sont probablement déjà dessinées de larges ecchymoses. Si quelqu'un de l'extérieur devait me voir, et en dépit de ma mauvaise réputation, il s'indignerait peut-être. Mais, malgré cela, il me serait difficile de me faire entendre. Un bonimenteur de mon espèce, dont la fourberie n'a d'égal que la cupidité, on se douterait bien qu'il affabule, qu'il cherche à inspirer une pitié qu'il ne mérite aucunement.

Tout de même, je saurais m'arranger pour que ma version des faits soit largement diffusée. Dans la France de 1985, on n'accepterait pas que les flics mettent un type dans un tel état, fût-il aussi détestable que moi. Ainsi, ces trois individus ne courraient pas ce risque s'ils ne le considéraient pas comme négligeable. S'ils ne retiennent pas leurs coups et ne se préoccupent pas des traces éventuelles qu'ils seraient susceptibles de laisser, c'est qu'ils ont bien leur petite idée derrière la tête. Ils sont sûrs que je ne pourrai jamais parler, simplement parce que je ne sortirai pas vivant de ce trou. Si la mort n'intervient pas pendant l'interrogatoire, elle m'attend de toute manière juste après. On ne me reverra plus, on ne me questionnera pas. Ils n'auront pas à se justifier. Il n'y a aucune autre issue possible. Mais alors pourquoi ont-ils tant besoin de mes aveux ? Que vaudra une confession détaillée, même si elle était signée de ma main, si j'ai disparu quand elle est rendue publique et si l'on ne sait rien des conditions de son obtention ? Pas grand-chose, certainement. Et puis, le coupable une fois mort, l'affaire perd de son intérêt, y compris pour la police. Non, en toute logique, s'ils veulent me faire parler, c'est qu'ils sont convaincus que je détiens une information. Une information qui leur échappe et qu'ils jugent de la plus haute importance. Ou bien ils l'obtiennent et ils se débarrassent de moi, ou bien ils n'y parviennent pas et ils se doivent de poursuivre leur entreprise « jusqu'au bout », avec la même méthode. Plus longtemps je me tairai, plus longtemps je resterai en vie. Mais, à quelques heures ou tout au plus à quelques jours près, mon destin est identique : crever ici. Je réalise que, quoi qu'il arrive, je vais finir mon existence dans cette cave insalubre. C'est trop bête. Je me mets à pleurer.

Le type qui me dévisage avec un sourire mauvais, c'est David. Ce n'est pas parce qu'il s'est aimablement présenté à moi que je le sais. Je l'ai appris quand les deux autres l'ont interpellé, à deux ou trois reprises, lorsqu'il me frappait, et l'ont encouragé à calmer ses ardeurs. « Mollo David, t'emballe pas, laisse-le respirer de temps en temps... Hé ! ho ! David, un peu moins fort, tu vas le tuer avant qu'il ait pu causer. » Donc lui, il s'appelle David. Il est blond aux yeux marron clair tirant sur le vert ; il a le visage anguleux, la mâchoire large, les arcades sourcilières saillantes et les pupilles rapprochées. Ses cheveux mi-longs se referment sur ses joues, enveloppant sa figure comme la capuche d'un sorcier. Avant même qu'il ait posé la main sur moi, il me terrifiait déjà. Ses épaules sont larges, ses bras épais, ses poings massifs. Son T-shirt blanc moulant ses pectoraux et ses abdominaux est couvert d'une veste en jean qu'il n'a toujours pas retirée, preuve que les premiers coups ne l'ont pas véritablement échauffé. De tout son être se dégage une insondable animosité contre moi, dont la raison m'est pour le moment totalement obscure. Comme ses comparses ont semblé le réaliser eux aussi, je sens qu'il éprouve une réelle satisfaction personnelle à me tabasser, qui va bien au-delà des nécessités de ce qu'on doit encore appeler, à ce stade, une enquête. Et voilà donc que je me mets à sangloter devant la brute. Non que je le fasse exprès et que j'espère ainsi susciter sa pitié ou sa bienveillance. La vérité est que je ne peux pas retenir mes larmes. Hélas, le spectacle lamentable de mauviette pleurnicharde que je donne à voir décuple encore sa rage, si c'était possible. Il me prend les deux oreilles, qu'il broie entre ses énormes doigts, et me secoue la tête en maugréant entre ses dents de cesser de chialer immédiatement ou alors il me bute aussi sec.

– Compris ?

Curieusement, sa haine acharnée a tendance à le rendre plus humain que ses deux collègues. Au fur et à mesure qu'il me tabasse, il me fait moins peur. Sa colère n'est ni feinte ni froide. Il me hait pour de bon et pour une raison précise, peut-être plusieurs. Il m'en veut personnellement, à la différence de ses acolytes dont je devine qu'ils auront la torture plus technique, méthodique, professionnelle. Inhumaine. Je sens qu'ils ont laissé à David les premières heures, comme pour lui être agréables. Mais le temps passe et ce sont les deux autres sbires qui vont bientôt se charger de moi. Ce sera pire, j'en suis certain. Si au moins je pouvais comprendre ce que David a au juste à me reprocher, peut-être qu'il y aurait une lueur d'espoir. Seulement voilà, je ne sais rien. Je ne sais rien de ce qu'ils me veulent, de ce qu'ils entendent me faire avouer, de ce qu'ils croient savoir sur moi. Ils insistent pour que je confesse un délit financier, une malversation machiavélique dont j'ignore tout. Derrière David, les deux autres se lèvent et trépignent, manifestant leur impatience. Au plafond, la lampe à incandescence, la seule qui éclaire cette pièce lugubre, donne des signes de faiblesse. Elle clignote par intermittence, jetant des éclairs terrifiants sur les murs ruisselants et sur les visages des cerbères. L'un des deux flics en arrière-plan allume une cigarette en silence. De mon œil encore vaillant, je le dévisage avec envie. Il se lève, s'approche, pose la main sur l'épaule de David et le tire vers lui pour le faire reculer. David fait un pas en arrière et lui laisse la voie libre. Le type s'avance encore et me tend le paquet de Rothmans bleues. J'en extrais une avec difficulté, activant comme je peux mes mains engourdies. Il me regarde agir avec ses yeux globuleux. L'homme est râblé, taiseux. Sa démarche est assurée, il roule les hanches comme les cow-boys qui descendent de cheval, les bras le long du corps, un peu écartés des cuisses. Ses cheveux noirs sont coupés très court, mais tout de même coiffés par une raie parfaitement rectiligne. Malgré les longues heures que nous avons passées enfermés dans cette atmosphère moite, sa chemise gris foncé est encore boutonnée jusqu'au col. Il me donne du feu, puis il replace le paquet de cigarettes dans sa poche et loge le briquet doré juste à côté, parfaitement aligné. Cet homme est à l'évidence bien organisé, voire un tantinet maniaque. J'inspire une grande bouffée, la première depuis longtemps. La fumée qui envahit mes poumons me fait quelque peu vaciller en même temps qu'elle soulage brièvement mes douleurs. Le type me regarde et sourit froidement.

– Je m'appelle Stéphane, dit-il d'une voix grave de fumeur invétéré.

J'opine du chef.

– Rodrigo – je peux vous appeler Rodrigo, n'est-ce pas ? –, vous allez devoir vous montrer plus coopératif. David est fougueux, vous l'avez remarqué, et vous verriez votre tête… Pardon, mais je vous le dis franchement, vous n'êtes pas beau du tout.

Sans me quitter des yeux, mais s'adressant à David dans son dos, il ajoute :

– Il faut que tu apprennes à te contrôler, David. Regarde dans quel état tu nous l'as mis.

Le costaud, furieux, s'est appuyé le dos contre le mur, les bras croisés. Il fusille son acolyte du regard et il ne répond pas. Stéphane reprend :

– Rodrigo, je vais reformuler la question que nous vous posons depuis que vous êtes ici, et que vous ne semblez pas avoir comprise, étant donné votre silence obstiné durant de trop longues heures déjà. Il y a longtemps qu'on devrait en avoir fini. On est tous un peu crevés maintenant et on a besoin de repos. Donc je vous le demande à nouveau : qui vous a informé des résultats de l'étude clinique dénommée MAISON ?

En fait de reformuler, il répète la question qu'ils m'ont serinée depuis que je suis enfermé ici. Si je lui redis que je n'étais pas au courant, que personne ne m'a donné le moindre tuyau, il va se mettre vraiment en rogne. Et pourtant, si j'ai vendu des actions Rodrigo Chemicals avant que les résultats de cette étude ne soient rendus publics et que le cours de Bourse ne plonge, ce n'est pas parce que j'étais illicitement informé, c'est que j'avais besoin d'argent, voilà ! MAISON – Maladies Arthritiques Inflammatoires chez les Sujets Ostéoporotiques Naïfs de traitement – était un essai clinique randomisé sur plus de trois mille patients, portant sur l'efficacité d'un nouvel anti-inflammatoire, d'une classe thérapeutique inédite, dans l'arthrose du genou chez les femmes postménopausées. La molécule que Rodrigo Chemicals avait mise au point était un anti-inflammatoire de nouvelle génération, qui devait permettre de suivre une thérapie au long cours en évitant les effets secondaires bien connus des produits existants, à savoir principalement l'ulcère de l'estomac. Notre remède miracle était inoffensif pour le système digestif, une petite révolution. Hélas ! Alors que l'étude touchait à sa fin, en troisième et dernière phase, et que le rapport bénéfice-risque était sur le point de s'afficher comme le meilleur du marché, je reçus un coup de fil du directeur scientifique de Rodrigo Chemicals. Il m'apprit qu'un nombre anormal d'incidents cardio-vasculaires chez les patientes recevant le produit actif et non le placebo nous obligeait à suspendre l'étude clinique. Les événements étaient statistiquement significatifs : non seulement on devait interrompre l'essai, mais encore – et c'était beaucoup plus grave – il était à peu près certain que le produit ne serait jamais mis sur le marché. Le lendemain matin, Rodrigo Chemicals se fendit d'un communiqué de presse détaillé. Le cours de Bourse s'effondra en quelques jours. Comme j'avais vendu une partie de mes titres deux semaines auparavant, je fus immédiatement accusé – si ce n'est par la justice dans un premier temps, au moins par la rumeur – d'avoir été informé des résultats en amont.

Les trois bourreaux que j'ai devant moi, et qui n'ont aucun doute sur ma culpabilité, veulent savoir qui m'a donné ce renseignement crucial et dans quel but. Je reste sans voix. Affamé, assoiffé, épuisé moralement et physiquement, perclus de douleurs, j'accepterais de balancer ce qu'ils demandent. Hélas, j'ignore quoi leur répondre. Je n'ai rien su. Personne ne m'a confié le scoop à l'avance. Il n'y a pas plus de complot que de beurre en broche. Alors, d'où leur vient cette certitude ? Stéphane fume en me dévisageant avec une forme de pitié. Il semble vouloir me dire : « Ce que vous avez subi jusqu'ici n'est rien à côté de ce qui vous attend.

Lâchez le morceau et finissons-en. » Je serais ravi de suivre son programme, même si le « finissons-en » signifie me zigouiller, soyons clairs. Je n'ai aucun « morceau » à lâcher. Pas une seule miette, je dois l'avouer. Rien. Stéphane, qui s'était assis sur un tabouret, écrase méthodiquement sa cigarette jusqu'à ce que toute l'incandescence se soit évanouie et qu'aucune fumée ne s'en dégage plus, puis il me tend le cendrier afin que je fasse de même. Il se relève pour aller causer au troisième sinistre sire. L'homme en question est plus grand que les deux autres, maigre comme un coucou, le visage émacié, les joues creusées, le crâne chauve recouvert d'une seule mèche noire plaquée sur la peau blanche. De profondes rides témoignent qu'il est aussi plus âgé. Qui sait ? C'est peut-être lui le chef de la bande. Je n'en serais pas étonné, si j'en juge par la posture de Stéphane à son égard ou le ton dont il use pour lui parler. Il chuchote ; j'ai du mal à comprendre ce qu'ils se disent. J'écrase ma cigarette à mon tour et me soulève péniblement afin d'aller poser le cendrier sur le bureau. David se redresse soudain, tel un félin prêt à bondir sur sa proie. Que s'imagine-t-il ? Que je vais m'enfuir ? Que je vais leur sauter dessus, lui balancer l'objet dans la figure ? J'ai les mains menottées et tous les muscles engourdis, je ne risque pas de devenir un adversaire de taille. D'un geste, Stéphane ordonne à David de se calmer. La voix nasillarde du troisième homme se fait entendre quand je me rassois.

– Vous êtes un vrai dur, monsieur Ganos. Je vous félicite pour votre courage. Mais votre obstination ne vous mènera pas loin, croyez-moi. Personne ne sera jamais témoin de votre résistance à toute épreuve, de votre capacité à surmonter la souffrance physique. Vous n'apparaîtrez pas dans les livres d'histoire, monsieur Ganos. Car, si vous vous entêtez, je crains que vous n'apparaissiez plus nulle part, vous me suivez ?

D'un coup de menton, il ordonne à Stéphane et à David de faire ce qu'ils ont à faire. Intuitivement, je me doute que cela ne va pas être le moment le plus agréable du séjour que j'ai passé dans cet endroit terrifiant, même si ce qui a précédé n'était déjà pas très réjouissant. Les deux gaillards s'approchent maintenant ensemble. Ils se collent très près de mon visage. Leur haleine est incommodante et me rappelle que, moi aussi, je suis complètement déshydraté, plus qu'eux encore, bien sûr. Je les supplie par un borborygme qui signifie : « Est-ce que je peux boire ? »

Ils se regardent, hésitent. Stéphane hausse finalement les épaules et se retourne pour attraper sur la table une bouteille en plastique à moitié pleine. Il me la tend en affichant un sourire en coin. Sur son visage se dessine une expression mystérieuse qui reflète un regret. Je me demande si c'est d'avoir eu à me donner de l'eau qui le contrarie ou, à l'inverse, de me voir dans cet état. Je ne crois pas que ce type soit très doué pour les sentiments ni pour l'empathie. Donc j'opte pour la première hypothèse. Qu'il m'ait donné à boire va sans doute me permettre de survivre aux prochaines épreuves et de parler, mais cela risque aussi de retarder le moment où ils vont être en mesure de se débarrasser de moi. Je devine qu'il commence à en avoir assez de croupir ici, lui aussi, même si sa position est, convenons-en, nettement plus enviable que la mienne. Je me précipite sur le goulot que je plaque contre mes lèvres mutilées. Malgré la douleur que je m'inflige, j'avale le liquide tiède le plus vite que je peux, craignant que mon tortionnaire ne me l'arrache des mains d'un instant à l'autre. Posté devant moi, les bras croisés cependant, Stéphane ne bronche pas tant que je bois et il me laisse vider la bouteille jusqu'à la dernière goutte. Je déglutis de travers et tousse abondamment en la lui rendant. David me scrute d'un regard plein de feu. Il serre les dents. Je vois ses mandibules vibrer. Je me demande soudain s'il ne va pas me mordre. Stéphane insiste une dernière fois :

– Vous êtes sûr que vous n'avez rien à nous dire, monsieur Ganos ? Je vous pose de nouveau la question, avant que nous passions aux choses sérieuses. Et ce ne sera pas de gaîté de cœur, croyez-moi. Qui ?

Il hurle :

– Qui vous a donné l'info ? Vous comprenez quand on vous parle ? Qui, bordel ?

Comme je ne réponds toujours rien, Stéphane me colle une baffe. Pas très forte, mais assez quand même pour me faire vaciller. Puis il lâche dans un murmure :

– Sombre crétin.

Se retournant vers le grand maigre, il soulève les bras en signe d'abandon. « Ce candidat est têtu comme une mule, décidément. On n'en tirera rien si on n'y met pas les moyens. » Alors, le grand type se redresse à son tour et s'approche. Les deux autres s'écartent. On dirait qu'ils ont, eux aussi, peur de lui. Presque autant que moi. On dirait qu'ils n'ont pas envie d'être une fois de plus les témoins de ce que le tortionnaire s'apprête à mettre en œuvre. Ils devinent le scénario qui va s'écrire devant eux, et, franchement, on sent qu'ils ont vu mieux, plus agréable. Aussi détestable que je sois, on ne peut pas souhaiter à son pire ennemi d'avoir à subir le sort qui m'est réservé. De mon côté, j'imagine, j'échafaude.

J'étais encore bien en deçà de la réalité. Si je pressentais que ce qui m'attendait n'avait rien d'une partie de plaisir, j'étais loin de soupçonner le niveau de sophistication du type qui allait désormais s'occuper de moi. Plus qu'un artiste, l'homme était un virtuose du supplice.

Je ne me suis pas trompé sur les capacités du troisième homme, le grand maigre au visage émacié. Parfois, pas toujours mais parfois, les gens portent sur leur faciès la marque de ce qu'ils sont réellement. Les timides ont l'air timide, les doux ont l'air doux, les roublards ont l'air futé, les salauds ont l'air honnête. En ce qui concerne l'être ignoble qui m'a torturé des heures entières, ses traits trahissaient tout de lui, dessinaient avec précision sa personnalité profonde. Ses joues creusées de rides, son menton proéminent, sa dentition rentrée, ses petits yeux noirs perçants, rapprochés, son crâne presque chauve sur sa longue tête en lame de couteau et son cou étroit, son buste fin, posé sur de longues échasses, lui donnaient l'allure du croquemitaine, tel que je me l'étais toujours imaginé. Mais le monstre fantastique qui menaçait les enfants était sûrement bien plus tendre que mon bourreau d'aujourd'hui. À plusieurs reprises, j'ai cru défaillir, étouffer, perdre connaissance sous l'effet de la violence électrique de ses traitements, mais l'homme aux doigts d'argent savait chaque fois arrêter son geste avant qu'il soit trop tard. Il m'a maintenu en vie. Bientôt, d'ailleurs, il n'avait même plus besoin d'agir pour m'arracher des cris de souffrance. Il lui suffisait de dévoiler un sourire carnassier ou de brandir l'instrument qu'il venait d'utiliser, et je tressaillais, je hurlais, je suppliais. C'est là qu'il est devenu vraiment très fort. Il n'était même plus nécessaire qu'il me touche pour que je sois prêt à tout, à accepter toutes les humiliations, à avouer, si au moins j'avais eu quelque chose à avouer. Quand il m'ouvrait la bouche d'une main en tenant une turbine fraisée ou un scalpel de l'autre, je sanglotais comme un enfant, l'implorant d'un râle. Quand il s'approchait de mon bas-ventre, effleurant seulement mon pubis ou mon entrecuisse de ses doigts gantés, je me cabrais de toutes mes forces, à m'en briser la colonne vertébrale, jusqu'à m'évanouir. Tellement convaincu que je m'obstinais à garder le silence, mon tortionnaire m'observait avec une forme d'admiration mêlée d'incompréhension. Mais qu'est-ce que je pouvais bien avoir dans le crâne pour me montrer à ce point récalcitrant ? Et où puisais-je mon énergie pour faire preuve d'une telle détermination ? D'où tirais-je ce pouvoir presque magique ? D'une potion concoctée par quelque druide des temps modernes ou par la Rodrigo Chemicals elle-même ? J'aurais voulu lui expliquer, encore et encore, que je n'avais rien à révéler, mais je n'en étais même plus capable. Soudain, au bout du bout du désespoir et de la souffrance, l'idée m'est venue d'inventer. Un coupable, un indic, une filière, quelque chose qui leur donne du grain à moudre. Pour obtenir un répit, ne serait-ce que d'un jour, ne serait-ce que d'une heure, d'une minute. Mais dans mon désarroi, dans le désordre de mon corps et de mon esprit, je n'ai pas pu. Alors que le grand maigre approchait de ma pupille une pointe acérée, j'ai fermé les yeux, par réflexe.

Il fait très lourd et nous souffrons tous les trois de cette chaleur moite et accablante tandis que nous progressons sur la dune. Au loin, l'Atlantique roule sur la plage dans un grondement tonitruant. Le sable fonctionne comme un miroir : il nous envoie du soleil par en dessous. Les rayons nous brûlent de haut en bas et de bas en haut. Mais rien ne nous arrête. Nous poursuivons notre marche à pas lents. Papa est notre guide. Il transpire lui aussi. Il meurt de soif, mais il n'en montre rien. Sa peau très claire est particulièrement sensible, plus rouge encore que la nôtre, à Maman et moi. Il nous fait signe d'avancer plus vite. J'ai fini par dépasser Maman qui peine terriblement. Je lui ai même proposé de porter le panier. Elle a hésité, puis elle a accepté. Enfin, nous arrivons au bord de l'eau. Maman étend la nappe sur le sable en se faisant aider de la brise marine pour la déployer à l'horizontale. Je demande la permission d'aller goûter l'eau. « D'accord, mais pas trop loin, c'est dangereux. On doit pouvoir te garder à l'œil. » Que je me méfie des baïnes ! « Promis. » Mais la première vague me renverse. Une deuxième s'abat sur moi. Une troisième. Je suis couché sur le sable, suffocant. L'eau a envahi mes poumons, je l'expulse comme je peux en développant une toux douloureuse. Papa est à califourchon sur mon torse et m'assène de grandes baffes en hurlant. Je suis surpris ; Papa ne m'avait jamais frappé jusqu'à présent.

Ce n'est pas Papa. C'est Stéphane. J'avais plongé dans un rêve délicieux, mais ici il n'est pas question de pique-nique ni d'océan. Ce sont des seaux d'eau qu'on m'a balancés dans la figure pour me sortir du coma dans lequel j'étais en train de m'enfoncer. Derrière lui, l'homme à la tête de croque-mort m'observe avec une expression indéchiffrable. La commissure de ses lèvres est relevée, mais pourtant il ne sourit pas. Il commence à douter, je crois. J'imagine. J'espère. Pourquoi n'ai-je toujours pas parlé ? J'ai l'impression que, de toute sa carrière de tortionnaire, personne ne lui a jamais résisté aussi longtemps. Ou bien des gars qui n'avaient véritablement rien à avouer. Alors il doute, forcément. Il se demande à qui il a affaire. Un vrai dur de dur, comme il n'en a jamais connu, ou un pauvre type qui n'a rien à dire ? Stéphane l'interroge du regard. Je tousse comme un damné, j'ai avalé de l'eau de travers. Toujours adossé au mur, David boude, les bras croisés. Il semble furieux. On lui a retiré l'accusé des mains. Résultat des courses, on n'a rien obtenu de moi et je suis à moitié mort. Bravo !

Peu à peu, je reprends mes esprits et ma respiration, je réussis à boire ; je quémande de mes yeux hagards une explication, une absolution, un peu de pitié. Stéphane, clope au bec, se risque à briser le silence assourdissant :

– Il ne dira rien, hein ? T'en penses quoi ?

Le tortionnaire en chef sort un chewing-gum mentholé de son paquet rectangulaire, en détache méticuleusement le papier d'aluminium et engouffre méthodiquement dans sa bouche, en s'aidant des incisives, la languette verte qui donne la « fraîcheur de vivre ». Il mâchonne trois ou quatre fois avant de répondre à son acolyte tout en continuant de me fixer d'un air intrigué :

– Ou ce type est complètement con, mais j'en suis pas si sûr… Ou c'est un surhomme, comme je n'en ai rencontré qu'un seul, une fois, là-bas en Algérie, qu'on avait terminé à la gégène, mais qui n'avait rien lâché. Ou bien c'est qu'il n'a rien à dire. C'est ce qui me paraît le plus probable.

– De toute façon, dans les trois cas, on perd notre temps. J'en peux plus, moi, de moisir ici. On a mieux à faire, non ? Je propose qu'on l'achève et qu'on s'en débarrasse vite fait.

Il livre son idée simplement, le bourru Stéphane. Ne prend pas la peine de chuchoter. N'a rien à me cacher. Il n'imagine pas que je songe à protester. Comment pourrais-je m'opposer à ce projet, d'ailleurs ?

L'autre mâche lentement, semble hésiter. Il se laisse tomber sur le fauteuil, monté sur des roulettes, qu'il fait reculer d'un coup de talon. Il allonge ses jambes sur le bureau, bascule la tête en arrière et croise les mains derrière la nuque. Le plafonnier donne de nouveaux signes de faiblesse et se remet à clignoter par intermittence. Stéphane s'impatiente. Il a sorti son flingue, un vieux MR73 qui a l'air d'avoir déjà beaucoup servi. Il le braque dangereusement vers moi, l'œil gauche fermé.

– Je ne risque pas de le rater. On y va ?

– Pose-moi ça, crétin.

C'est David qui est intervenu, de sa voie hargneuse. Il a quitté le mur et il s'approche de Stéphane d'un pas décidé. Le grand escogriffe s'est raidi, il a remis les pieds par terre et il se lève en opposant une main menaçante à ses collègues.

– Calmez-vous, tous les deux !

Puis il se tourne vers Stéphane :

– Il a raison. Tu ne peux pas lui tirer dessus ici. Réfléchis.

– Quoi ? Personne n'entendra la détonation dans ce trou ! On n'est pas près de nous poser des questions !

– Ce n'est pas le sujet, Stéphane. Et le sang ? Et les éclats ? Et la poudre ? Éparpillés un peu partout ! Non, si on veut s'en débarrasser, il faut montrer plus d'imagination. On ne peut pas le flinguer comme ça.

Moi, je les observe et je les écoute deviser tous les trois, comme si j'étais spectateur de ma propre vie et de ma mise à mort. On ne me demande pas mon avis, mais on ne se soucie pas non plus de faire preuve de discrétion à mon endroit. On discute de mon sort sans la moindre gêne. C'est un peu comme si je n'existais déjà plus. On dit qu'au moment de mourir, dans un accident, on revoit sa vie défiler en un clin d'œil, dans la fraction de seconde qui précède l'impact. Et c'est vrai. Lorsqu'ils ont tiré sur mon père et que l'auto s'est renversée, j'ai eu le temps de revoir toute mon enfance, les gâteaux de Maman, les câlins, les quelques brimades à l'école, les devoirs, les lignes d'écriture, les cours de violon, les pas de tango, le sourire de Papa quand il me soulevait dans ses bras, la tendresse de ses coups quand nous nous bagarrions pour de faux, que je cognais de toutes mes forces sans qu'une seule fois il vacillât. Il a pris la balle en plein front. Une moto qui croisait notre route en sens inverse. Le passager du deux-roues, solidement accroché au conducteur, leurs blousons de cuir noir bien collés l'un à l'autre, ne l'a pas loupé. La tête de Papa est tombée contre le klaxon. La voiture a fait une embardée, la roue avant droite a grimpé sur le talus. L'horizon s'est mis à tournicoter comme une toupie. Moi, je rebondissais sur toutes les parois de l'habitacle. Nous avons dû effectuer trois ou quatre tonneaux, je n'ai pas compté. Assez pour que le visage de Maman s'ensanglante. Quand le tumulte de l'auto heurtant le sol caillouteux, de la tôle froissée, des corps qui cognaient contre les montants des portières ou les fenêtres, a cessé, quand la fureur s'est tue, quand il ne resta plus que le silence et l'odeur du sang mêlée à celle des plastiques brûlés, j'ai espéré qu'elle parlerait. Elle n'a plus rien dit. Je l'ai appelée. Elle n'a pas répondu. Maman était morte, elle aussi. Personne n'a pu m'expliquer par quel miracle j'en suis sorti indemne. À peine quelques égratignures. Les mystères de l'accidentologie. Toujours est-il que oui, en ce jour de novembre 1960 où mon père et ma mère ont disparu ensemble en emportant leur terrible secret, j'ai vu ma vie défiler en l'espace de quelques secondes. Mais aujourd'hui, devant mes bourreaux qui débattent du moyen le plus efficace de mettre fin à mes jours, je prends mon temps pour dérouler le film de ces trente-neuf dernières années. L'enfance à Buenos Aires qui s'achève brusquement le long d'une route, les trois ans de pensionnat, les études à Paris, financées par un mystérieux mécène dont j'ignore tout, encore aujourd'hui, les débuts de Rodrigo Chemicals, les succès de nos premiers anesthésiques, les jeunes filles en fleur, ma première amoureuse, Maria Dolores – nous avions cinq ans –, et les suivantes, jusqu'à ma dernière conquête, Noura, peut-être celle de trop, dont les caprices n'auront pas été pour rien dans ma chute. Ces souvenirs ne se bousculent pas, ils se suivent, bien sagement, en ordre serré. Aussi n'ai-je pas vu Stéphane replacer son arme dans son fourreau et saisir le mouchoir blanc que lui tendait la grande asperge chauve. Il l'a rassuré d'un signe de la main, qui semblait dire : « Ce sera suffisant pour l'étrangler ; de toute façon, il ne peut pas se débattre. » Lorsque je réalise ce que Stéphane s'apprête à me faire subir comme ultime supplice, la peur me submerge à nouveau.

Même longtemps après que se sont passés les événements que je décris ici, en rédigeant ces lignes aujourd'hui, je suis secoué de frissons.

Je me souviens que ce jour-là je ne parviens ni à hurler, ni à appeler à l'aide, ni à réclamer la clémence. Je gigote activement, avec l'espoir vain de me défaire de mes liens. Impossible. Je revois Stéphane, qui se donne une fausse allure de Robert De Niro quand il joue les méchants, s'avancer vers moi d'un air sadique. Il a roulé le grand mouchoir. Il lève les bras pour me le passer autour du cou. C'est alors qu'une détonation me déchire les tympans. J'ai le temps de lire la stupeur dans les yeux de Stéphane, juste avant que la vie les quitte. Le caïd s'affaisse et s'étale à mes pieds de tout son long. Son dos est maculé par une large tache de sang. Aussitôt après, un deuxième coup de revolver me fait sursauter de nouveau. Cette fois, c'est le grand échalas qui s'écroule. La fumée, le sang, la mort. Mais pas la mienne. Pas encore.

David vient de descendre ses deux collègues pour les empêcher de m'exécuter froidement. Il a pris un risque énorme. Même s'ils étaient dans l'illégalité totale en me maintenant dans ce tréfonds, même si leurs faits et gestes ne pouvaient répondre qu'à d'obscures instructions, ils étaient nécessairement tous les trois liés par le secret inavouable d'une étrange enquête. Ils obéissaient à une hiérarchie parallèle, à des donneurs d'ordre qui ne doivent pas ressembler à des enfants de chœur. L'action de David, l'assassinat de ses coéquipiers sous mes yeux, est plus qu'audacieuse. Elle est téméraire. Celui qui vient de passer des heures à me rouer de coups sans ménagement, avec même un certain acharnement, voire une forme de plaisir, a soudain pris la décision de me sauver la vie en mettant la sienne en péril. Pourquoi ce revirement si brusque et inattendu ? David aura bien du mal à cacher la mort de ces deux affreux personnages, qui sera vraisemblablement rendue publique. Difficile de faire autrement : si le lieu de mon supplice est et restera mystérieux, ainsi que la nature de cette énigmatique investigation, la disparition des deux flics ne pourra être dissimulée très longtemps au grand public. La police devra vite reconnaître que je me suis moi aussi volatilisé. C'était le projet de toute façon ; il ne fallait pas que je ressorte vivant du bunker. Les fonctionnaires ont sûrement un scénario à refourguer aux journalistes crédules. Moi vivant, je pourrai parler et démolir la belle histoire qu'ils avaient imaginée me concernant et qu'ils comptaient servir au monde. Et David lui-même ? La police craindra d'éventuels aveux et mettra tout en œuvre pour le faire taire. Il est maintenant l'homme à éliminer, peut-être encore plus que moi. Pourquoi a-t-il pris ce risque inouï pour me protéger ?

Les jours qui viennent me donneront de découvrir ses étonnantes motivations.

David a abattu Stéphane, puis a tiré très vite, au jugé, sur le troisième homme. Aussi n'a-t-il pas touché un point vital du premier coup. Une fois au sol, le blessé, parcouru de spasmes, a grogné comme s'il voulait dire quelque chose. David s'est approché, a tendu l'oreille et l'a écouté avec attention. Il a semblé comprendre puisqu'il a hoché la tête. Il s'est redressé et, froidement, a collé une deuxième balle dans la nuque de la victime qui, alors, n'a répondu qu'en laissant retomber lourdement sa tête sur le lino, dans une mare de sang. Le bruit de la troisième détonation a tant fait siffler mes oreilles que je ne distingue pas ce que me dit David. Il répète en criant :

– Il faut déguerpir au plus vite !

Il entreprend de défaire les liens qui m'entravent. Au même instant, l'ampoule du plafonnier rend l'âme, cette fois définitivement. Nous plongeons dans l'obscurité la plus totale. Me voilà aveugle, en plus d'avoir été assourdi par les coups de feu. David parvient cependant à me détacher, m'aide à me soulever et à marcher vers la sortie que nous devinons de mémoire. Mes membres endoloris me soutiennent à peine. Ce n'est pas que j'aie mal ; ce que je ressens est au-delà de la souffrance. La douleur irradie chaque parcelle de mon corps, à l'extérieur, sur la peau, les ongles, les yeux, et à l'intérieur, dans ma bouche, mon estomac, mon ventre. J'ai la sensation que tous mes os ont été brisés un à un. Je suis devenu la douleur elle-même. À ce moment-là, je n'ai qu'un regret : que Stéphane ne m'ait pas tué sur-le-champ, avant que David s'y oppose. Quand il a braqué son arme vers mon front, un soulagement s'est mêlé à la peur naturelle. Nous allions en finir. Furtivement, je me suis alors remémoré cette phrase de Jacques Mesrine : « À quoi bon pleurer le soleil ? Tes larmes t'empêchent de voir les étoiles. » J'allais quitter l'astre de feu pour me retrouver au milieu du firmament, mais Stéphane n'a pas tiré. Il aurait dû. Me voilà vivant et perclus de blessures, boitillant dans un couloir sombre ; je suis soutenu et poussé par l'homme qui vient de me délivrer pour une raison qui m'échappe. Pourquoi ai-je pensé à Mesrine en cet instant ? Il y a six ans, lorsque ce bandit solitaire a été exécuté par la police en pleine rue, j'avais été subjugué par les images de ce pare-brise criblé de balles, qui passaient en boucle à la télévision, tout autant que par les photos de la tête ensanglantée du criminel, qui pendouillait devant le volant de la BMW marron. La portière ouverte sur son corps sans vie recouvert d'un blouson de cuir m'avait rappelé de manière frappante la vision de mon père dans des circonstances semblables. Le jour du meurtre, j'étais descendu de l'auto par l'arrière. J'avais ouvert la portière et découvert Papa dans cette même posture, le visage marqué de plaies identiques à celles que l'on a photographiées dix-neuf ans plus tard sur la figure de l'ennemi public numéro un, abattu par la police française. Derrière la dépouille de mon père, j'ai aperçu ma mère gisant sur le siège du passager, immobile et silencieuse aussi, bien que n'ayant pas été touchée par la rafale. C'était l'accident de voiture qui avait eu raison d'elle. Notre Peugeot 403 bleue, celle dont mon père avait pu faire l'acquisition d'occasion à force d'économies et de sacrifices, celle qui nous menait aux pique-niques du dimanche, était froissée et fumante. Des émanations de plastique brûlé et de tôle chauffée à blanc emplissaient l'air. J'avais quinze ans. Devant moi, la belle auto de Papa n'abritait plus que deux cadavres.

Stimulé par David qui me presse, je continue de progresser à petits pas dans ce tunnel glauque et malodorant. L'humidité suinte partout. Nous montons des escaliers, toujours dans le noir. Des marches par dizaines. J'ai l'impression que nous sortons des profondeurs d'une oubliette. Otto Lidenbrock, le personnage de Jules Verne, ayant entrepris le fameux voyage au centre de la Terre, aurait assurément pu rôder dans le coin. Enfin, nous distinguons une lueur. Un halo qui heurte désagréablement ma rétine, déjà habituée à l'obscurité. Dehors, je ne reconnais rien. Nous sommes en rase campagne. Je peux discerner, au loin, deux énormes cheminées de béton. Nous nous trouvons sur une espèce de parking, un espace rectangulaire recouvert de bitume, clos de barbelés et cerné de panneaux triangulaires incitant le promeneur ou les curieux à la méfiance. *Défense d'entrer, danger de mort.* Non loin de nous, des engins de chantier, camions, pelleteuses, témoignent dans un grand vacarme qu'une construction est en cours. Il s'agit d'une centrale nucléaire, sans nul doute. David me passe devant et se dirige vers un bâtiment portant le sigle *EDF* et orné des mêmes avertissements que l'enclos. Il décadenasse ce qui a tout l'air d'être une porte de garage. Quand elle se soulève, je reconnais la R18 qui m'a conduit ici. David en a la clé. Il me fait signe de me dépêcher de monter à bord. Après une seule marche arrière, il démarre en trombe dans le petit matin brumeux, sans ajouter un mot. Le paysage m'est inconnu. Je ne sais pas où nous nous trouvons. L'air est doux et sec, sans être véritablement chaud. Les pieds de maïs et les tournesols desséchés, dont la tige a fini par se courber sous les assauts des rayons brûlants du soleil, me donnent tout de même à penser qu'on est dans le sud de la France. Combien de temps ai-je finalement passé dans ce trou ? Quel jour sommes-nous ? Je le lui demande.

– Nous sommes le 5, dit-il. Le 5 septembre. Ici, c'est la centrale nucléaire de Golfech. En octobre et novembre 81, il y a eu des affrontements violents entre opposants à sa construction et partisans, et aussi avec les forces de l'ordre, bien sûr. Il y a eu pas mal d'incidents, parfois assez graves. Le préfet a fini par convaincre Paris d'établir dans ce bunker secret un poste d'observation de la police et d'y loger, le cas échéant, des CRS capables de réagir rapidement en cas de grabuge. Or, après plusieurs années calmes, leur présence a été jugée inutile et trop coûteuse. On a vidé le site, mais la police a gardé l'usage des locaux. Pour les opérations, disons…, hors normes. Maintenant que tu connais l'endroit, ta peau vaut encore moins cher qu'avant. Ou encore plus cher, selon comme on voit les choses. Bref, toi et moi, on n'est rien moins que des chevreuils qui doivent échapper à tous les chasseurs de France réunis en meute. Si on survit et que l'existence de ce lieu s'ébruite, c'est la cata. On cherchera à savoir ce qu'on y a fait, et, crois-moi, pas que des belles choses. Y a plus d'une affaire moisie qui s'est terminée ici. Il serait temps qu'ils démarrent le premier réacteur pour qu'on puisse se débarrasser de quelques cadavres.

En prononçant ces derniers mots, il ne peut contenir un sourire narquois qui se dessine à la commissure de ses lèvres. Mais il se ressaisit rapidement et, toujours cramponné à son volant, sans lâcher la route des yeux, il poursuit, sentencieux :

– On n'a même pas deux heures devant nous avant que notre bagnole soit recherchée par tous les flics de France et… les gendarmes ! On n'est pas difficiles à identifier, crois-moi. La chasse va être ouverte vite fait et on est moins bien armés que des chevreuils, tu vois… Eux, au moins, ils peuvent courir. On est des proies faciles. On n'a qu'un seul moyen d'échapper au pire. Fuir. Fuir en vitesse, le plus vite possible, et se planquer.

Je me demande si David se rend compte que, dans mon état, la question est ailleurs. Je ne sais pas si je vais pouvoir surmonter l'épreuve, survivre tout simplement, même dans l'hypothèse où nous parviendrions à trouver de quoi nous abriter et nous nourrir, dans une cachette quelconque. Je ne suis plus qu'une loque, un amas de chair sanguinolente dont j'ignore comment il tient encore en un seul morceau. Je suis secoué par d'irréguliers tremblements, parcouru par de longs frissons électriques. Mes mains et mes pieds, parfois mes bras et mes jambes s'agitent brusquement, de manière désordonnée, sans que je puisse les contrôler.

Sans prêter attention au mort-vivant que je suis, affalé à sa droite à la place du mort tout court, David fonce sur la nationale, les yeux rivés sur les accotements, très concentré. Les platanes assassins défilent bon train devant ma fenêtre. Dans le clair-obscur laiteux de l'aube de cette fin d'été, il me semble que nous les frôlons dangereusement. Ce n'est sans doute qu'une illusion. Je vois les arbres danser avant de se jeter sur moi, dans une sorte d'hallucination probablement liée à mon état général. Une fois ou deux, je balance la tête pour éviter de ramasser le tronc en pleine figure. David, mutique, ne tient aucun compte de mes mouvements chaotiques. Il roule de plus en plus vite, dépasse les poids lourds, franchit les lignes blanches. Je suis secoué, bercé. Je finis par me laisser envahir par le sommeil. Il y a presque deux jours que je n'ai pas dormi. Malgré les terribles élancements qui me transpercent, la fatigue prend le dessus et je m'abandonne.

Combien de temps ai-je dormi ? Sans doute pas très longtemps, car le soleil ne s'est pas encore hissé bien haut dans le ciel. Nous sommes toujours dans la même région. Nous voici à présent sur de plus petites routes départementales, sinueuses, traversant épisodiquement quelque hameau désert au milieu des champs. Ici ou là, une femme âgée, vêtue de noir, assise devant son perron sur une vieille chaise en osier, semble attendre…, mais quoi ? Nous gagnons finalement l'orée d'un bois encore vert et feuillu. David s'engage sur un chemin de terre dont l'accès était barré de branchages et dont on ne pouvait pas deviner l'embranchement depuis la route. Nous roulons à vitesse réduite, cernés de part et d'autre par un enchevêtrement de taillis, de ronces, d'arbustes cherchant à atteindre la lumière dont les privent leurs ancêtres. Enfin, la voiture s'immobilise devant une petite bâtisse en torchis.

Je devine que c'est ici que nous allons élire domicile pour quelque temps. L'endroit semble à l'abandon, mais, si on peut y dormir dans un calme et une quiétude relatifs, cela me sera, pour l'instant, bien suffisant. Je m'extrais péniblement du véhicule et je titube vers le bâtiment dont David pousse la porte branlante en bois plus ou moins moisi. Elle n'était pas fermée ; la clé est sur la serrure, à l'intérieur. Nous entrons dans un lieu sombre dont une seule fenêtre, une lucarne, éclaire ce qui pourrait être une cuisine, équipée d'un grand évier en céramique avec un robinet auquel est vissé un flexible en inox, ainsi que d'une cuisinière électrique et d'un vieux réfrigérateur qui semble en état de marche, si j'en juge par le tintamarre occasionné par son moteur. Un couloir conduit ensuite à deux pièces séparées, disposant chacune d'une table d'écolier et d'un matelas reposant à même le carrelage marron. Entre les deux, une petite salle de bains munie d'un lavabo, de toilettes, et d'une douche dont le rideau à fleurs ne tient plus que par la moitié de ses anneaux. Rien ne ressemble ici au luxe dans lequel j'évoluais il y a quelques jours à peine, mais cette planque me ravit. Elle me redonne un espoir que j'avais perdu et que ma libération-surprise ne m'avait pas encore rendu. À force de me voir mort, j'avais écarté l'idée que je puisse survivre. Une douleur suraiguë qui me perce la jambe me ramène à la triste réalité : je suis loin d'être en mesure de m'en sortir. David a pris plusieurs boîtes de médicaments qui se trouvaient dans l'armoire de la salle de bains. Il me les tend avec un verre d'eau. Ironie du sort, ce sont des anti-inflammatoires et des antidouleurs signés Rodrigo Chemicals. Je me les administre. David m'invite à m'allonger et à me déshabiller. Je m'exécute. Muni d'alcool à quatre-vingt-dix degrés, de cotons et de bandages, il entreprend de panser mes plaies avec une dextérité que je n'aurais pas soupçonnée chez celui qui m'était d'abord apparu comme une brute épaisse. Malgré tout, plusieurs fois, quand il touche une zone particulièrement meurtrie, je libère un cri de douleur qui le laisse indifférent. Puis il me donne une couverture.

– Essaye de dormir. Je sors, je vais planquer la bagnole. On devrait pouvoir rester quelques jours ici.

Lorsque mes paupières se soulèvent, la journée est passée et nous avançons déjà vers le crépuscule. J'ai dû dormir dix heures d'affilée. Aucun rêve, aucun cauchemar n'est venu troubler mon sommeil. Je meurs de soif. Je voudrais me précipiter dans la salle de bains et mettre la gorge sous le robinet. Hélas, je suis loin d'en être capable. Sitôt que j'esquisse un mouvement, je suis parcouru par d'affreuses décharges électriques qui doivent ressembler à la gégène dont mon bourreau évoquait hier encore le souvenir avec nostalgie. Impossible de bouger. De ma voix éraillée, j'appelle David. Il finit par m'entendre. En ouvrant la porte de la chambre où je suis allongé, il laisse entrer une odeur de cassoulet qui m'aide à réaliser que je n'ai pas seulement soif. J'ai aussi une faim terrible. C'est rassurant : je suis en vie, mes fonctions vitales se remettent en marche. David s'est changé. Il porte un pantalon de toile marron foncé et une chemise kaki. Avec sa casquette de chasseur vissée sur la tête, sa dégaine est presque méconnaissable. Il m'explique, avec fierté, que cette tenue lui permettra d'aller faire des courses en ville aux heures de pointe, noyé dans la masse. Il utilise une mobylette, un 103 Peugeot muni d'un top-case. Il me sourit amicalement. Pour la première fois, je sens se dégager de lui une forme d'empathie. Quelle étrange situation ! Il m'aide à me lever, à boire, à aller aux toilettes, à me laver. J'ai perdu toute pudeur. David a les gestes d'une infirmière ou d'une aide-soignante. Rigoureux, discrets. Nous nous asseyons face à face autour de la table de la cuisine, une planche de contreplaqué posée sur deux tréteaux. David nous sert. Je brûle de l'assaillir de questions, mais je me retiens, certain qu'il ne tardera pas à s'expliquer et à m'interroger. Je me trompe ; il avale en silence les morceaux de saucisse de Toulouse, le confit de canard qui n'en finit plus de rendre de la graisse, la poitrine de porc. Il sourit vaguement de temps à autre. Après avoir vidé son assiette creuse et l'avoir saucée avec de la mie de pain, il relâche son dos sur le dossier de sa chaise et me fixe droit dans les yeux.

– J'ai appris à manger de tout, dit-il. C'est comme ça qu'on m'a élevé. D'abord et avant tout, survivre. Les autres considérations passent après. Y en a trop qui sont morts bêtement de ne pas avoir suivi ces préceptes.

Je ne comprends rien de ce qu'il me raconte. Le cassoulet, on aime ou on n'aime pas, mais, dans la situation où nous sommes, nous ne pouvons pas faire la fine bouche. Il s'agissait peut-être d'une préparation en conserve ; pourtant, il restera sans doute le meilleur repas de mon existence, malgré le supplice que les plaies encore à vif de mes gencives et de ma langue m'ont infligé à chaque passage d'un aliment chaud.

– David, je crois qu'on ne doit pas faire les difficiles… Ce cassoulet en vaut un autre, mais franchement il nourrit bien…

Il me dévisage, aussi dédaigneux que dubitatif. Je n'ai peut-être pas compris ce qu'il voulait dire par là. Il me demande :

– De la saucisse et de la poitrine de porc, il n'y a rien qui te paraisse bizarre là-dedans ?

– Non… C'est… c'est la recette quoi…

– Et tu ne trouves pas ça étrange que j'en mange ?

– Pas vraiment… Pourquoi ?

Il cogne un poing rageur sur la table. Les couverts et le plat sursautent. Il semble soudain très en rogne. Je ne voudrais pas qu'il lui reprenne l'envie de me tabasser. Il hurle :

– Je suis juif ! Tu n'as pas compris ? Je me vois contraint de manger du porc alors que je suis juif, *capito* ?

Moi qui ai été élevé en dehors de toute religion, je dois dire que c'est une considération qui m'était totalement étrangère. Mes parents n'avaient presque jamais évoqué ces sujets avec moi. C'est en grandissant que j'ai découvert, dans ce pays laïque qu'était l'Argentine de mon enfance, qu'existait l'Église catholique, d'abord, puis d'autres autels, d'autres croyances. David, oui, bien sûr, David est un prénom juif. Et alors ? Il est parfois porté par des non-Juifs. Il y a deux jours encore, ce type me rouait de coups. Puis il a tué de sang-froid deux de ses collègues pour me mettre à l'abri du danger. Enfin, il a pris soin de moi comme d'un enfant malade. Aussi, juif ou pas juif, la question ne m'avait même pas traversé l'esprit. Maintenant qu'il le dit, oui... David, effectivement... Et alors ?

– Alors rien. Sauf que c'est grâce à ça qu'on est ici. Cette planque a été utilisée par mes grands-parents pendant la guerre, à partir de fin 43. C'est en s'y réfugiant qu'ils ont échappé à la déportation, tu vois. On ne les a jamais trouvés ici. Donc, c'est un peu grâce à elle que je suis vivant. J'ai vécu ici avec mes grands-parents pendant plusieurs mois jusqu'à la Libération en août 44. Mes parents, eux...

Sur ces derniers mots, sa voix s'est radoucie. Son regard se perd dans le vide... Il reste quelques minutes silencieux, puis décrète tout à coup :

– Allons nous coucher. Tu as besoin d'un bon repos. On ne pourra pas rester toujours ici. Les temps ont changé depuis la guerre. On nous mettra le grappin dessus beaucoup plus facilement, de nos jours. Reprenons des forces tant qu'on peut.

Il fait le tour de la table pour m'aider à me mettre debout, puis il me soutient jusqu'à mon matelas sur lequel je m'affale de tout mon long. Dehors, il fait nuit noire. Il règne un silence de mort, seulement perturbé de temps à autre par le bruissement des feuilles agitées par la brise. David me fait avaler un somnifère, encore un produit Rodrigo Chemicals. Je m'abandonne de nouveau au sommeil, pour une longue nuit.

Au petit matin, tandis que l'aube rosée filtre à peine à travers les persiennes, je parviens à me redresser tout seul. Quel bonheur !

Hier encore, je croyais que je n'y arriverais plus jamais. J'appelle David. Silence, aucune réponse. Où peut-il bien être ? Notre abri de fortune est vide de toute présence humaine. Le temps de passer par la salle de bains, je perçois le ronronnement d'un moteur de mobylette. David est de retour.

– Pain frais et croissants au menu ! annonce-t-il fièrement, tout en faisant chauffer du café.

Puis il balance deux quotidiens sur la table. Ma gueule en première page des deux canards. « Rodrigo Ganos à nouveau en cavale », titre *Le Figaro*. *Libé* lance : « Rodrigo a-t-il du cœur ? » Les journaux publient la même photo de moi, celle avec la moustache qui me donne un mauvais air de tueur en série. Ils disposent de la même information : arrêté pour délit d'initié, dans le cadre de l'enquête sur Rodrigo Chemicals, je suis parvenu à saisir l'arme de l'un de mes gardes et à abattre deux policiers tandis que je prenais la fuite en utilisant le troisième comme otage et bouclier humain. Nous avons quitté le commissariat en volant une voiture de service. Pour des raisons de sécurité, la police n'a pas indiqué à quel endroit les faits se sont produits. Mais on rappelle que je peux être en ce moment même n'importe où sur le territoire et que, après avoir été démasqué comme l'escroc qu'on a décrit ces derniers mois, je suis en outre un homme dangereux et violent. Tout témoignage permettant de retrouver ma trace, tout signalement sera le bienvenu, mais on incite à la plus grande prudence : on conseille de rester extrêmement discret, d'éviter de s'approcher de moi et de me parler si l'on me rencontre. Il n'y a en revanche aucune image de David, son nom n'est même pas cité par les journalistes. Nous lisons les articles chacun à notre tour en dévorant le petit-déjeuner. Le soleil entre par l'étroite ouverture au-dessus du réchaud et m'éblouit. En me détournant par réflexe, j'aperçois une vieille radio, quoiqu'à l'inox encore brillant de mille feux, de marque Panasonic. Elle trône sur un établi près de l'évier. Elle est branchée sur France Inter. *Sweet*

Dreams s'achève lorsque je l'allume, puis un jingle annonce les informations. J'occupe la première place de ce journal un peu vide. On y revient sur la découverte de l'épave du *Titanic* cinq jours plus tôt, on s'inquiète du sort de J. R. Ewing dont les aventures reprennent le samedi suivant dans le prochain épisode de *Dallas*. La Rodrigo Chemicals, mon évasion, mes assassinats supposés, mon arnaque boursière sont les éléments les plus croustillants de l'émission. David coupe soudain rageusement le sifflet au journaliste en appuyant avec brutalité sur le pauvre poste radiophonique qui ne lui a rien fait. Il m'interroge de sa voix grave :

– Bon, il est temps que tu me dises ta vérité, Rodrigo ! Comment tu as su avant les autres pour l'étude MAISON ?

Je n'en reviens pas ! Il persiste à ne pas me croire ! J'étais convaincu qu'il avait pris la décision de me libérer, de m'arracher aux griffes des tortionnaires prêts à m'allonger d'un coup de revolver, parce qu'il avait compris que je ne mentais pas, qu'en réalité je n'avais rien à cacher. Mais non ! Il reste persuadé que je conserve par-devers moi un secret inavouable. Il ne m'a délivré que pour obtenir la primeur de l'information pour son compte. Il n'est pas mon allié, il n'éprouve aucun intérêt pour moi, il veut juste poursuivre son investigation seul et en tirer tous les bénéfices. J'en suis à me demander s'ils ne m'ont pas joué une scène de théâtre. Constatant que je ne lâchais rien, même sous la pire des tortures, ils auraient mis au point cet artifice. David a pu tirer sur eux avec des balles à blanc. Le sang ? Des poches de liquide rouge, comme au cinéma ! J'ai pourtant bien du mal à admettre ce scénario, que j'élimine aussi vite que je l'ai imaginé. Les deux flics semblaient bien refroidis pour de bon. Je me ressaisis, je chasse de mon esprit ces vilaines – et terrifiantes – pensées. Je dois garder ma confiance en David. Sinon, où trouver espoir ?

– David, je vous l'ai répété cent fois, là-bas… Comment peux-tu imaginer une seconde que je vais te servir ici une vérité que j'aurais pu dissimuler, même sous l'effet des pires sévices ?

Gêné, il baisse les yeux. Je me rassure peu à peu. Non, décidément, David n'a pas l'air d'un agent double jouant un triple jeu. Il y a chez lui une sincérité que j'ai ressentie… dès les premières baffes. Il relève la tête et reprend calmement :

– O. K., admettons. Alors pourquoi as-tu vendu des titres Rodrigo Chemicals quelques jours avant la divulgation de l'information sur MAISON ? Si tu ne savais rien de particulier comme tu le prétends avec une persévérance qui est, je dois dire…, impressionnante, alors pourquoi ?

Enfin ! Enfin, quelqu'un me pose cette question ! Personne ne l'a fait jusqu'ici, ni les journalistes, ni les flics qui m'ont retenu deux jours durant dans cette cave sordide. Enfin, les yeux dans les yeux, je vais pouvoir lui raconter ce qui s'est réellement passé. Peut-être qu'il ne me croira pas, peut-être que mes paroles resteront vaines, mais au moins une fois, une seule, j'aurai eu la possibilité de m'expliquer, de livrer ma version des faits. Si j'avais la foi, je rendrais grâce à Dieu. Mais c'est à David que je dois mes remerciements. J'entreprends de lui répéter, encore, que je ne disposais d'aucune information privilégiée ; je lui confirme que j'avais simplement besoin d'argent. C'est la seule et unique raison pour laquelle j'ai vendu des titres. Bien entendu, cette justification est difficile à croire pour le commun des mortels. Ma fortune semble considérable. Comment pouvais-je me retrouver à court de liquidités ? C'est donc que je faisais des folies ! Pas vraiment, pourtant. Je ne suis pas amateur de cuisine raffinée, ni de grands vins, ni de tableaux. Je ne me suis offert que le minimum de ce qu'un homme doté de ma surface financière se doit d'avoir : un bel appartement dans le 16e à Paris, mais sans ostentation, une berline allemande, une voiture de sport italienne décapotable, une montre haut de gamme, et quelques costumes dont le prix reste raisonnable. Rien qui puisse mettre en péril mon aisance. Non, à vrai dire, mon seul talon d'Achille, c'est…, oui, je dois le reconnaître, c'est Noura, ma jolie fiancée, mon ange, ma folie, ma diablesse. Dès le premier regard, dès que ses yeux de braise ont allumé en moi un feu que rien n'a pu éteindre depuis, j'ai compris que je serais incapable de résister à cette sirène. Ce que Noura veut, Dieu le veut. J'obéis au moindre de ses désirs, je me soumets corps et âme à ses volontés. Elle n'a pas besoin de réclamer, elle n'a qu'à penser pour que je m'aplatisse. Il a suffi, au printemps dernier, qu'elle s'extasie devant un somptueux Riva, tout de bois verni vêtu, disposant d'un splendide bain de soleil aux coussins verts sur lesquels elle rêvait de s'alanguir, pour que j'entreprenne aussitôt d'acquérir ce bateau.

Je me suis empressé de céder à ce caprice qu'elle avait à peine miaulé. Mais il fallait verser des arrhes à l'armateur. Or à ce moment-là, je me trouvais un peu à court de liquidités, ayant réalisé, quelques jours auparavant à peine, des placements dont je ne pouvais pas me séparer facilement. Pour passer commande et assurer ce premier virement, ainsi que ceux qui devaient suivre, j'ai décidé de faire entrer un peu d'argent frais en vendant quelques actions de Rodrigo Chemicals. Un peu plus que le montant requis, pour être sûr que je pourrais éventuellement faire face à de nouveaux besoins du même type dans un avenir proche. La quantité de titres vendus sur le marché représentait en réalité une broutille, mais le cours de Bourse était au plus haut et j'empochai à cette occasion une coquette somme. Hélas, c'est cette plus-value qui allait provoquer mon malheur. Deux semaines après la vente, le titre Rodrigo Chemicals s'est effondré. En réaction à notre communiqué de presse révélant les déboires de l'étude MAISON, le cours de Bourse a été divisé par deux en une seule séance et a reperdu le tiers de ce qui restait le lendemain. La COB, la Commission des opérations de Bourse, a examiné les mouvements que j'avais opérés sur l'action dans les semaines qui avaient précédé ces annonces. Quand les autorités ont réalisé que j'avais vendu, ne serait-ce qu'une petite proportion de ma participation dans Rodrigo Chemicals juste avant le drame, elles ont vu rouge. Branle-bas de combat. Accusations multiples et inculpation pour délit d'initié. Après un premier interrogatoire à charge par la COB et une convocation chez un juge d'instruction dans la foulée, j'ai compris que, si je voulais espérer me défendre et échapper aux griffes d'une justice qui avait déjà fait de moi un coupable de choix, je devais, d'abord et avant tout, me planquer. Fuir au plus vite. Et sans ce crétin de fonctionnaire de l'aéroport, je pourrais être à Buenos Aires à l'heure qu'il est, sirotant un maté sur une plage. Au lieu de ça, me voilà reclus dans ce bouge avec un type qui, avant de me sauver la vie, a passé des heures à me redessiner le portrait. Mon nez cassé me rappelle à chaque inspiration la sauvagerie avec laquelle mon libérateur s'est d'abord acharné sur moi.

David accueille mon récit avec une moue dubitative. Il ne met pas catégoriquement ma parole en doute, mais il reste sceptique.

– Admettons que tu dises vrai, l'ami…

« L'ami », l'expression me surprend. Il marque un temps, lève les yeux au ciel comme s'il réfléchissait. Puis il poursuit :

– Tout cela ne serait que le fruit du hasard… Tu aurais vendu une petite proportion de ta participation dans Rodrigo Chemicals pour faire face à un besoin d'argent à court terme, sans connaître la nouvelle à l'avance. Tu aurais eu en quelque sorte… du bol ?

– Une étude clinique qui échoue au dernier moment, alors qu'elle était sur le point d'aboutir, le cours de Bourse qui s'effondre, une grande partie de ma fortune qui s'en va en fumée, et ma réputation avec, puis une enquête pour délit d'initié, qui conduit à mon arrestation et qui, passe-moi l'expression, « l'ami », comme tu dis, me soumet à des tortures presque mortelles…, tu peux appeler ça du bol, oui. De toute façon, je n'avais pas l'info, non.

– C'est ce que je veux dire, tu m'as compris. Du pot, dans le sens où tu n'étais pas initié. Tu as gagné de l'argent sans vraiment le faire exprès, quoi… C'est ce que tu persistes à prétendre, en tout cas.

J'observe David qui me dévisage en retour. Nous nous toisons longuement, cherchant à nous comprendre autant qu'à nous dominer l'un l'autre. Son visage est plus marqué, plus ridé, plus tombant que je ne l'avais noté jusqu'ici. David est plus vieux que je l'imaginais. Ses cheveux châtains sont abondants et n'ont pas blanchi, mais les marques de sa peau, les sillons de son front, les protubérances que dessinent ses veines sur ses mains indiquent qu'en réalité il est peut-être plus proche de la cinquantaine que je ne le croyais. Je tente de décrypter ce personnage étrange. À la fois dur et froid, il est capable d'abattre deux collègues sans ciller et de témoigner parallèlement d'une fougue, d'un courroux tout humain. Mais, doué aussi d'une certaine empathie lorsqu'il me soignait, il sait se montrer presque affectueux quand il le veut. Qui est-il et que cherche-t-il ? Sans transition avec mes aventures juridico-financières, il entreprend de se livrer. Son regard se détourne du mien, s'enfuit vers la lumière qui pénètre difficilement par la lucarne.

– Je venais d'avoir six ans quand ils sont venus les arrêter. Ils avaient pourtant réussi à changer d'identité. On ne s'appelait plus Rosenberg. On s'était renommés Rostand. Pour garder le début du nom, et au moins les initiales, au cas où. Et puis mon père était un inconditionnel de Cyrano de Bergerac, dont il déclamait sans cesse la fameuse tirade, paraît-il, comme me l'a appris mon grand-père par la suite. Quant à moi, je n'étais plus David, j'étais devenu Damien. Rachel, ma mère, s'appelait Raymonde depuis 1940, je ne la connaissais d'ailleurs que sous ce prénom-là. Je ne savais même pas que j'étais juif. J'étais Damien Rostand, fils de Jérôme Rostand dont j'ignorais qu'il avait été un jour Joseph Rosenberg. Nos faux papiers passaient partout. Mes grands-parents eux-mêmes s'étaient mués en bons chrétiens. Le dimanche, on allait ostensiblement à la messe. On n'avait pas l'accent des gens d'ici, mais ça ne choquait pas trop, les voisins posaient peu de questions, je crois.

Mes parents se gardaient de nouer des contacts étroits. On avait quitté Paris et franchi la zone libre dans les premiers jours de 41. Nous étions logés à Montauban, dans un petit trois-pièces au deuxième étage. Dans la rue, on nous regardait un peu de travers, mais je ne m'en rendais pas compte. Mes parents travaillaient aux champs, en silence. Deux mois avant le débarquement, jour pour jour, le 6 avril 44, vers les huit heures du soir, on a entendu frapper des grands coups à la porte. « Police ! Ouvrez ! » Maman a aussitôt compris. Elle a soulevé deux lattes du parquet qui avaient été découpées préalablement. Elle m'a attrapé, a plaqué ses lèvres sur mon front de toutes ses forces et m'a fait entrer sous le plancher. Elle a refermé et mon père a ouvert la porte. Par un interstice, j'ai vu la scène. Ils étaient trois. Ils avaient le même chapeau, le même imper en cuir noir, le même revolver braqué sur mes parents. Ils me cherchaient. « Où est le môme ? » ils criaient. Comme ils n'obtenaient aucune réponse, ils ont attrapé ma mère, lui ont collé le flingue sur la tempe et ont hurlé à mon père : « Tu nous donnes le mioche ou on règle son compte à ta femme ? » Je voyais tout par en dessous. Elle a fait oui avec la tête. Je pense que c'était un signe entre eux… Ça voulait dire : « Je suis prête. Ne parle pas. Sauvons le petit au moins, quoi qu'il en coûte… »

La voix de David déraille un peu. Ses mains se sont mises à trembler. Il allume une Gitane et me tend le paquet. J'accepte très volontiers son offre, même si mes lèvres endolories ne sont toujours pas en état d'accueillir la sèche bienvenue. La gorge serrée, j'attends en silence qu'il poursuive. Une goutte s'est formée à la commissure de sa paupière. Il ne la laisse pas s'échapper. Deux ou trois battements de cils permettent de ravaler cette larme.

– Ils n'ont pas tiré sur elle dans l'appartement. Le type s'est contenté d'un coup de crosse qui lui a cassé le nez et l'a fait tomber juste sur les lattes qui me couvraient, ce qui m'a plongé dans le noir total. À partir de ce moment-là, je n'ai plus rien vu. Protégé de la lumière et de la Gestapo par le corps de ma mère, j'ai entendu les flics fouiller le logement de fond en comble, soulever les lits et les matelas, vider les placards, les armoires, les malles. En désespoir de cause, le chef a décrété qu'il était temps de déguerpir. À ma mère encore consciente, ils ont ordonné de se lever. Dans le rai de lumière, j'ai aperçu mes parents une dernière fois, sortant sous les coups des trois hommes. Et puis le silence est revenu. Le silence et l'obscurité. Je suis resté dans ma cachette toute la nuit, sans bouger. Malgré la terreur, le chagrin et… et… la colère, surtout, je crois bien que j'ai fini par dormir un peu sous le plancher. Au petit matin, j'ai entendu quelqu'un entrer. Deux personnes. C'étaient mes grands-parents. Je me suis montré. Nous ne nous sommes pas parlé. Ils m'ont emmené ici, dans cette cahute qui ressemblait à peu de chose près à ce qu'elle est aujourd'hui. La cuisinière en moins, disons. Nous y avons survécu jusqu'à la fin de la guerre.

J'encaisse le choc du récit. J'imagine le pauvre gosse dans son réduit. David et moi avons donc quelque chose en commun. Nos parents nous ont été arrachés quand nous étions enfants, bien que ce ne fût pas au même âge. Ce qui nous rapproche, ce n'est pas tant qu'ils aient si tôt disparu de notre vie, c'est plutôt la façon dont ils sont morts. La violence, la brutalité avec laquelle ils nous ont été enlevés. Lui, au moins, il sait pourquoi, il connaît l'origine historique et idéologique de la folie meurtrière qui a conduit les siens quelque part à l'est. Il sait pourquoi et comment ceux qui devaient veiller sur lui s'en sont allés mourir atrocement, loin de chez eux. Moi, j'ignore encore pourquoi on a tiré sur mon père sous mes yeux. Je n'en ai pas cherché la raison.

David ajoute :

– Dans cette cabane, nous avons vécu en quasi-autarcie. Ils se procuraient quelques rares vivres, je ne sais pas trop comment. Et nous sortions le moins possible. C'est là qu'ils m'ont tout raconté. Mon vrai nom, celui de ma famille, mon histoire. Ils m'ont dit qu'ils avaient des origines d'Europe de l'Est, ce que leur accent suffisait à révéler. La seule chose qu'ils n'auraient jamais pu imaginer, c'est d'être poursuivis par la police française. La France des Lumières, la France qui leur avait été décrite comme le pays de la tolérance universelle, la France qui avait enfanté Victor Hugo et Rimbaud dont ils avaient appris les poèmes à l'école, c'est cette France qui leur avait enlevé leur fille, Rachel, qu'ils ne devaient plus jamais revoir. C'est ça qui les étonnait le plus, au fond, je crois.

Sa voix s'est étranglée sur la fin de son récit. Il s'est laissé aller. Il me sourit tristement, presque tendrement. Je commence à apprécier cet homme qui m'a pourtant utilisé il y a peu comme punching-ball, des heures durant. Je pourrais même dire que je commence à l'aimer. Jusqu'ici, je lui étais seulement reconnaissant de m'avoir sauvé la vie. Mais, après ces confessions, je sens qu'est né en moi un sentiment nouveau à son égard, une sorte d'affection. Cependant, je ne comprends pas le rapport entre lui, son histoire, et mon triste sort du moment. Je l'interroge. Il répond :

– Si nous survivons, tu le comprendras, le rapport.

Il écrase sa cigarette et quitte la cuisine. Derrière la cloison, j'entends couler la douche. Je me demande combien de temps nous allons rester là et ce que nous ferons une fois que nous serons obligés de partir. Un nuage passe, la pièce s'assombrit. Je pense à Noura. Ses éclats de rire me manquent, son grain de peau, ses seins généreux, sa folie, ses cheveux longs, noirs, ondulés, ses quenottes d'opaline, ses caprices, ses airs de chien battu, son œil mutin, ses mains chaudes. Quand les retrouverai-je ? M'a-t-elle déjà oublié ? S'est-elle déjà réfugiée dans les bras d'un autre ? Jouirai-je encore un jour de ses lèvres sucrées ? Comme la douleur de mon corps s'estompe peu à peu, c'est l'absence de ma belle fiancée qui pèse désormais de plus en plus sur mon cœur meurtri. Elle voulait un enfant. Peut-être est-elle enceinte de moi, même. Peut-être que je ne connaîtrai jamais ce petit qui grandit en elle. L'élèvera-t-elle dans l'ignorance de son père, tandis que je resterai condamné à une éternelle errance de fugitif ? Ces pensées me bouleversent, m'anéantissent.

David réapparaît. Les cheveux encore humides, il finit de boutonner sa chemise en jean.

– Ne fais pas cette tête d'enterrement ; on est encore vivants, toi et moi. Quant à ceux que j'ai refroidis avant-hier, je ne crois pas qu'on soit invités aux obsèques !

Il assortit son bon mot d'une franche pichenette sur l'épaule.

– Si tu dis vrai et que tu n'as bénéficié d'aucune info avant de vendre tes actions Rodrigo Chemicals, c'est qu'il y a beaucoup de choses que tu ignores encore. Il est grand temps que je te mette au parfum. Va prendre une douche et enfile les fringues que je t'ai préparées. Elles devraient être à peu près à ta taille. Ne te rase surtout pas, évidemment. Et n'oublie pas la casquette et les lunettes de soleil. On part. On ne reviendra pas.

Je me souviens d'un événement, à Buenos Aires, il y a longtemps. J'avais six ou sept ans peut-être. Comme j'étais toujours premier de la classe, je n'avais pas beaucoup de copains de mon âge. Mais j'en avais un. Il s'appelait Bernardo, il faisait une tête de plus que moi, avait les yeux noirs et la coupe en brosse. Nous étions presque inséparables pendant les récréations. Il me protégeait des sarcasmes et des agressions des autres gosses. Dans la cour, nous nous isolions du groupe ; nous nous inventions des mondes. Nous étions soldats, aventuriers, marins, chasseurs… Il était tout l'opposé de moi. Un cancre indiscipliné, mais aussi drôle et imaginatif. Je l'aimais comme le grand frère que je n'avais pas eu. L'école primaire disposait d'une cantine. Avant le déjeuner, on nous faisait mettre en rang par deux devant la porte à double battant qui ouvrait sur un préau couvert. Nous devions, quand l'instituteur nous avait fait signe, nous diriger vers les lavabos et nous y laver les mains, avant de pénétrer dans le réfectoire huit par huit, ce qui correspondait au nombre de places par table.

Ce jour-là, pour une raison inconnue, et restée mystérieuse, le groupe qui nous précédait était formé de seulement sept élèves. Il fallait compléter. Le maître voulut me séparer de Bernardo. Je protestai avec vigueur. Rien à faire. Je le suppliai. Il éleva la voix en fronçant les sourcils et m'ordonna d'obéir, me tirant par le col et me poussant vers les lavabos. Cet homme, qui s'appelait Miguel, probablement une traduction de « Michel », car il avait un fort accent français, ne m'avait jusqu'ici jamais brutalisé. Quand il me parlait, il manifestait toujours beaucoup plus de douceur qu'envers les autres gosses. D'un naturel peu sévère, il était encore plus tendre avec moi qu'avec mes camarades. Aussi, je fus surpris de ce revirement soudain et de cette crise d'autorité. Mon sang ne fit qu'un tour. En cet instant fugace, je perdis presque la raison et donnai libre cours à une colère qui me semblait toute justifiée. Tandis que j'avançais, la mort dans l'âme, je fus pris d'une pulsion irrépressible. Je fixai Miguel droit dans les yeux et lui adressai un bras d'honneur. Il me foudroya à son tour. Je ne me laissai pas impressionner. Je répétai mon geste. Puis je tournai les talons. Il hurla : « Rodrigo ! Viens ici immédiatement ! » J'étais foutu. Les foudres de toute la hiérarchie du corps professoral allaient s'abattre sur moi. Je serais exclu de l'école, renvoyé. Ma mère pleurerait. Je m'en voulais déjà de ma révolte imbécile. Je m'attendais à tout, et à pire que cela, en approchant, tête baissée, de l'instituteur. Mais au lieu de m'emmener dans le bureau du directeur, de m'administrer les coups de baguette que je méritais sur les doigts ou le postérieur, de m'infliger une humiliation publique, de me forcer à présenter mes excuses, à genoux, devant tous les élèves de l'établissement, le maître ébouriffa mes cheveux bouclés et me replaça dans le rang à côté de mon ami Bernardo. Il nous envoya côte à côte dans le groupe suivant et il ne nous sépara plus.

Plus tard, c'est ce même Miguel qui devait m'enseigner patiemment le français, jusqu'à me rendre quasi bilingue, ce qui me permit de suivre des études supérieures en France. Je pense presque tous les jours à lui et à cet événement surtout. Je réécris l'histoire, à l'infini, et je me demande encore ce qui me valut, cette fois-là, cette exceptionnelle clémence.

Souvent mon père, plutôt que ma mère, venait me chercher à la fin du cours particulier de français. Il aimait cette langue étrangère qu'il lisait dans le texte. Il l'avait apprise à l'école, lui aussi.

Quel était ce mystérieux établissement de l'Ohio où l'on étudiait le vocabulaire et la grammaire d'un vieux pays européen presque oublié ? Papa n'en racontait pas plus. Mais, au fil du temps, j'ai compris que Miguel et mon père entretenaient des relations qui dépassaient largement les rapports habituels du professeur et du parent d'élève. Peu à peu, tandis que je grandissais et que le monde me dévoilait au compte-goutte ses mystères, je découvris qu'il existait en fait une profonde camaraderie entre les deux hommes. Un secret, ou plus que cela, les liait de manière indéfectible. Quand, en ce mois de novembre 1960, la police, qui m'avait ramassé sur le bord de la route, hagard devant les cadavres sanguinolents de mes parents, avait essayé de trouver quelqu'un pour me récupérer au poste, c'est sur Miguel qu'elle était tombée. Je l'avais mise sur la voie ; il était le seul adulte avec qui j'avais jamais entretenu une forme d'intimité. Je n'avais pas d'autre famille. Miguel était venu me chercher. C'est chez lui que j'allais habiter, avant qu'il réussisse à me faire envoyer en France, dans un internat. En quittant Miguel et Buenos Aires, j'ai laissé derrière moi tout ce que je connaissais alors de ce monde. Je suis né une seconde fois à Brest, quand j'y ai débarqué. Je me suis enfermé dans le travail, acharné, j'ai décroché les meilleurs diplômes de ce pays, j'ai fondé la Rodrigo Chemicals et j'ai tiré un trait sur le passé. Je n'ai pas tenté de savoir pourquoi ni par qui mes parents avaient été assassinés. J'ai fermé les yeux sur mon histoire et sur la leur. Mais aujourd'hui j'ai l'intuition que cette histoire me rattrape. On ne me pourchasse pas seulement parce que je suis l'ignoble capitaliste que la foule se réjouirait de voir condamné. David et mes deux autres tortionnaires étaient persuadés que j'avais quelque chose à cacher. Un secret d'une importance capitale. C'est cette conviction qui les a initialement réunis dans leur entreprise douteuse. Ils n'en démordaient pas. Plus j'y réfléchis, plus je suppose qu'il doit y avoir un lien entre leur curieuse certitude et l'assassinat inexpliqué de mes parents.

Je suis perdu dans mes pensées et mes souvenirs quand David entre dans ma chambre en maugréant :

– Qu'est-ce que tu fous, Rodrigo ?

Je suis assis sur mon matelas, le regard errant vers les arbres. Je n'ai pas encore pris le temps de m'habiller.

– Tu n'es toujours pas prêt ? Mais tu le fais exprès ou quoi ? Tu crois que nous sommes ici pour rêvasser ? On doit filer dare-dare, je te l'ai expliqué. Allez, mets vite cette salopette et ces pataugas que je t'ai dégotés, magne-toi !

Sa dernière exclamation me tire de mes songes. Je me lève péniblement et je me fagote avec toute la hâte que mes membres mutilés m'autorisent, ce qui est encore bien trop lent pour David qui trépigne. Je me visse une casquette sur le crâne et je le suis comme je peux en boitillant. Nous sortons sans nous attarder à mettre un peu d'ordre dans la bâtisse, sans même prendre la peine de dissimuler les vêtements que nous portions en arrivant. Nous laissons nos empreintes partout. Il ne sera vraiment pas difficile de conclure que nous avons séjourné ici. David s'en moque.

Il a aussi trouvé une autre voiture. Où et comment ? Il ne me le dira pas pour l'instant. Toujours est-il que nous quittons le sous-bois dans une R5 blanche mangée par la rouille. Le soleil est déjà haut dans le ciel d'azur. Il va sans doute faire plus chaud que les jours derniers. Comme avant-hier, David est très concentré sur la route, au volant de la Renault dont le moteur poussif libère un cri strident avant chaque passage de vitesse. Nous roulons aussi vite que notre modeste auto nous le permet. David négocie les virages à toute berzingue sans s'inquiéter que cela puisse nous faire repérer par la maréchaussée du coin. C'est pourtant ce qui finit par nous arriver. Aux abords d'un village, une voiture de gendarmerie qui nous a vus rouler en trombe nous prend en chasse, toute sirène hurlante, en nous lançant des appels de phares. David ralentit, se range sur le bas-côté. Il semble très calme, allume une Gitane, puis, lorsque le gendarme cogne à la fenêtre, il lui tend placidement sa carte de police tout en s'expliquant :

– Je suis en mission, on ne vous a peut-être pas prévenus. Je transporte un témoin dans une grosse affaire et je ne peux pas me permettre de traîner. Il est menacé et risque de se trouver en danger n'importe où, n'importe quand. Je dois faire au plus vite.

– Major Roucaud, répond le militaire. Je vous présente l'adjudant Mollard.

Il désigne du menton un grand échalas descendu du véhicule juste après lui, dont la physionomie est beaucoup moins avenante que celle de son aîné et supérieur hiérarchique, le major Roucaud, qui accepte bien volontiers la cigarette que lui offre David. Un rictus malicieux se dessine sur les lèvres du gendarme, qui plisse les yeux. Je me demande si David ne pèche pas par excès d'optimisme et de confiance. Il semble convaincu que les gars du coin n'ont pas encore eu vent de notre affaire et n'ont donc pas reçu notre signalement. C'est possible, mais la mimique ironique du major m'inquiète au plus haut point.

– Un témoin ? Vous êtes sûr ?

Il penche la tête sur la gauche, comme pour essayer de saisir les détails des traits que ma barbe de trois jours dissimule assez mal, de même que ma casquette enfoncée sur le front, conformément aux instructions de David.

– Il m'a l'air déjà un peu amoché, votre témoin…

Mon protecteur saisit la balle au bond.

– Vous avez compris. Je suis parvenu à le soustraire aux mains de ses ravisseurs… Des gars comme on veut pas en rencontrer trop souvent, si vous voyez ce que je veux dire… D'ici un jour ou deux, vous les aurez aussi dans le collimateur, je n'ai aucun doute là-dessus. Mais ma priorité pour l'instant, c'est de filer et de mettre cet homme en sécurité.

Le major hoche la tête avec lenteur, toujours dubitatif, tandis que l'adjudant essaye lui aussi de me dévisager à travers le pare-brise. Roucaud conclut finalement, dans un nuage de fumée bleue :

– Bon ! On ne va pas vous retarder plus longtemps. Filez…, mais faites un peu gaffe quand même.

Alors que David a déjà redémarré et qu'il a enclenché la première, le gendarme se ravise soudain et, se penchant à l'intérieur de notre voiture, il demande :

– Vous allez où, au fait ? Vous voulez que je vous fasse escorter ?

Avec l'aplomb que sa vieille expérience de fugitif lui a donné, David élude la question et refuse l'offre.

– Désolé, mon vieux, mais je ne peux rien vous dire. C'est secret-déf. Vous serez au parfum bientôt, mais, pour le moment, je dois surtout tracer la route et rester le plus discret possible. Pas d'escorte…, mais merci quand même.

Le major hésite encore un instant. Il interroge son adjoint du regard : l'adjudant écarquille les paupières et lève les sourcils en signe d'ignorance et d'impuissance. D'un mouvement de tête, Roucaud nous invite à partir. Nous déguerpissons. Quelques centaines de mètres plus loin, roulant à une allure plus modeste et jetant d'incessants coups d'œil dans le rétroviseur intérieur, David rallume une cigarette et enclenche la radio. Le *Sexcrime* d'Eurythmics s'achève quand le journaliste reprend l'antenne et annonce, au milieu d'autres nouvelles, qu'il vient d'y avoir des avancées significatives dans l'enquête sur l'attentat de la rue des Rosiers qui a eu lieu trois ans auparavant, le 9 août 1982. Il serait possible que les auteurs ne soient pas liés à la Palestine, comme on l'a cru dans un premier temps, mais à de sombres groupuscules d'extrême droite. Je m'apprête à commenter l'information et à exprimer mon étonnement, mais, avant que j'aie pu prononcer un seul mot, David m'arrête d'un geste dans mon élan. Il veut écouter la dépêche jusqu'au bout avec la plus grande attention, ne louper aucun détail. Je suis idiot de n'y avoir pas pensé : il est concerné au premier chef par cet attentat au caractère manifestement antisémite.

Deux ans après l'attentat visant une synagogue de la rue Copernic en octobre 1980, un commando a débarqué rue des Rosiers, en ce 9 août 1982 de triste mémoire. Remontant de la rue des Blancs-Manteaux, des hommes, armés jusqu'aux dents de pistolets mitrailleurs et de grenades, ont tiré sur tout ce qui bougeait. Combien étaient-ils ? Deux, cinq ? Les témoignages se sont contredits, les souvenirs se sont brouillés. Les terroristes visaient la terrasse de Jo Goldenberg. Ils ont arrosé la devanture de grenades et de balles. Puis ils s'en sont allés d'un pas tranquille, continuant à tirer dans la foule, laissant derrière eux six cadavres et vingt-deux blessés. Action directe, une organisation anarcho-communiste très active, revendiqua l'attentat, mais se rétracta presque aussitôt. Alors qui ? Le Fatah d'Abou Nidal ? Les preuves sont faibles. L'enquête n'avance guère. Elle stagne même depuis trente-six mois. Mais voilà qu'une nouvelle piste se dessine, indique le journaliste. On aurait arrêté, au printemps dernier, trois néonazis projetant de commettre de nouveaux attentats. Ils pourraient avoir été liés à la tuerie de la rue des Rosiers. Il serait aussi possible, précise le commentateur, qu'il y ait un rapport avec une autre affaire qui fait grand bruit depuis plusieurs mois, celle dite du « scandale Rodrigo Ganos ».

Les paroles du journaliste parviennent distinctement à mes oreilles, mais ne se hissent pas aussitôt jusqu'à mon cerveau.

J'entends d'abord mon nom comme s'il s'agissait de quelqu'un d'autre, ou peut-être d'une erreur, ou d'un rêve. La chose est tellement surréaliste, tellement éloignée de tout ce que j'aurais pu imaginer que dans un premier temps je ne l'intègre pas. D'autant que David n'a pas moufté. Il est resté concentré sur la route comme il l'est depuis que nous sommes partis. À peine m'a-t-il jeté un regard furtif pour guetter ma réaction. Peu à peu, je me rends compte de l'énormité de ce qui vient d'être suggéré, de l'hypothèse avancée par le journaliste. On a associé mon aventure à l'arrestation – aux aveux ? – d'une obscure bande de décérébrés, adorateurs de la croix gammée, qu'on accuse eux-mêmes d'être liés – voire à l'origine – du massacre de la rue des Rosiers, un attentat aveugle, d'une cruauté sans nom, manifestement dirigé contre la communauté juive, sans pour autant qu'il fasse l'objet d'aucune revendication claire. Au fur et à mesure que je réalise que cet inimaginable soupçon pèse sur moi, mon cœur se met à battre à tout rompre, mon sang descend dans mes talons, je me sens défaillir. Les feuilles des platanes qui défilent dansent la farandole. Une chaleur m'envahit. J'éprouve le besoin d'ouvrir la fenêtre, de respirer l'air de la fin d'été, le parfum des tournesols desséchés. Il me faut de longues minutes pour recouvrer mes esprits. Et peu à peu, je comprends mieux. Si David a fait preuve d'une telle violence, a lâché ses coups contre ma figure tuméfiée pendant tout le début de mon « interrogatoire », c'est sûrement qu'il était persuadé, à ce moment-là, comme je viens d'en prendre conscience grâce au journal de la radio, que j'étais impliqué dans le massacre antisémite de 1982. Je n'étais pas seulement, à ses yeux, le magnat de la pharmacie qui s'était indûment enrichi sur le dos des actionnaires de la Rodrigo Chemicals, de ses salariés, de la société tout entière, voire des patients, l'être cupide au sang froid que les médias avaient dessiné, le mégalomane maladif qu'on avait maintes fois décrit. J'étais aussi, et surtout, le complice – ou l'instigateur ! – d'une attaque sanglante contre son peuple, le peuple juif dont David portait dans son cœur et sa chair les stigmates des souffrances passées. Il reconnaissait en moi la figure maudite de ceux qui lui avaient arraché ses parents tandis qu'il n'était qu'un loupiot sans défense dissimulé sous les lattes fragiles d'un parquet branlant, qui l'auraient laissé aux mains de la Milice si elles avaient malencontreusement lâché. Quand ses deux acolytes se sont acharnés sur moi à leur tour, qu'ils m'ont fait subir l'indicible alors que je n'avais rien à avouer pour alléger mon supplice, David a fini par douter de ma culpabilité. Je commence à entrevoir l'explication de son revirement. Mais il me manque une pièce maîtresse de cet invraisemblable puzzle : comment en est-on arrivé là ? Qui a pu mettre cette idée dans la tête de la police, ou tout au moins d'une certaine police ? Comment a-t-on pu venir à trouver crédible l'hypothèse que je sois lié, d'une manière ou d'une autre, à ces sinistres mouvances politiques, à ces groupuscules animés par une abjecte idéologie d'un autre âge ? Je referme la fenêtre. Tandis que nous traversons une rivière sur un vieux pont de pierre débouchant sur un patelin du nom de Larrazet, dont j'admire au loin le clocher octogonal, j'interroge David :

– Tu n'as pas l'air surpris ?

Il laisse un temps. Rallume une énième Gitane, puis répond enfin :

– Surpris ? Surpris par quoi ?

– Par ce qu'on vient d'entendre ! Tu n'as pas fait attention à ce que disait le journaliste ? L'attentat de la rue des Rosiers pourrait être lié au scandale Rodrigo Ganos ? Ça ne te choque pas ?

– Pourquoi ça me choquerait ?

David a décidé de jouer avec mes nerfs, déjà très éprouvés. Il ne m'a toujours pas complètement innocenté. Il cherche encore à me tester, peut-être même à me piéger. J'essaye de garder mon sang-froid :

– Parce que moi, ça me choque ! Qu'on me traite de voleur, de tyran, de mégalomane arrogant, soit. Ce n'est pas agréable, mais je peux… disons… m'en accommoder. Mais qu'on m'accuse d'être antisémite ? Moi ? Et pire que ça, d'ailleurs ! D'avoir commandité un attentat contre la communauté juive en France ? Ou au moins d'en avoir été complice, en coopérant avec une fange d'extrême droite néonazie ! Moi ? Mais qu'est-ce que c'est que cette histoire ?

David me croit, je pense. Je le sens ébranlé par ma sincérité. Il ralentit, emprunte une impasse étroite qui contourne un bar-tabac dont la devanture longe la nationale. Il se gare.

– Cette histoire, Rodrigo, c'est l'Histoire, avec un grand H. Mais j'ai l'impression que tu n'en connais pas un mot. Il est sans doute temps que tu saches la vérité. Je vais tout t'expliquer, mais viens, suis-moi, allons boire un coup dans ce bistrot. Tu en auras sûrement besoin. On ne nous dérangera pas ici, c'est un lieu sûr.

C'est la première fois que David m'appelle par mon prénom.

Il a rangé la voiture sous un auvent à l'abri des regards et il a jeté une bâche par-dessus. Nous pénétrons par la porte de derrière dans le rade enfumé, où quatre jeunes aux cheveux mi-longs s'affrontent bruyamment au babyfoot, tirant entre chaque point sur une Camel qu'ils placent, pendant le jeu, dans l'un des cendriers disposés aux quatre angles du terrain. Deux autres types sirotant des pastis attendent leur tour au comptoir. Ils prendront le gagnant. Ils nous jettent un regard distrait et indifférent, tandis que les joueurs, eux, ne quittent pas la balle des yeux. Un vieux bonhomme, esseulé à une table, écluse de son côté un ballon de rouge. Il a l'air complètement perdu. Une sono diffuse *Big in Japan*, d'Alphaville. Les voix, le synthétiseur et la boîte à musique se mêlent au brouhaha du bistrot et aux cris accompagnant les buts marqués, les *gamelles*, les *pissettes*. Le tenancier du lieu, un vieux moustachu aux cheveux blancs et gris comme les carreaux de sa chemise, quitte son poste quand il reconnaît David au loin. Il nous fait signe d'entrer dans l'arrière-salle, une pièce plutôt dédiée à la restauration, semble-t-il, mais vide à l'heure qu'il est. À peine nous sommes-nous installés qu'il nous apporte une bouteille de madiran, du pain et du pâté. Il tape sur l'épaule de David et lui lance :

– Adieu, petit !

Dans la région, « adieu » signifie « bonjour ». C'est curieux, mais c'est comme ça. Sans l'accent du Midi, David aurait sans doute l'air idiot de répondre avec le même vocabulaire. Il ne s'y risque pas et rétorque :

– Salut, mon vieux. On peut être tranquilles ici une heure ou deux ? Il faut qu'on cause.

Le type confirme en opinant du chef.

– Mangez vite quelque chose et ne traînez pas trop… Personne ne vous cherche pour le moment, mais ça ne va pas tarder.

David acquiesce tout en tartinant son pain. Le cafetier nous laisse sans ajouter un mot. Je m'étonne :

– Tu es bien introduit dans la région, dis-moi…

Il hausse les épaules.

– Pourquoi tu crois qu'on a choisi Golfech pour ton… interrogatoire ? Un lieu secret, bien sûr. Mais il y en a d'autres. On aurait pu aller ailleurs, mais ici j'avais mon réseau sous la main. C'est moi qui ai donné l'idée… même si, à l'époque, j'ignorais comment ça tournerait. Des cousins, des anciens de la Résistance, leurs enfants, j'ai beaucoup de relations dans le coin. Les rares Juifs qui habitent encore dans la région, je les connais tous, et tous me connaissent. On s'entraide. Tu sais ce que c'est, toi aussi, la solidarité, hein ?

Il m'adresse alors un regard appuyé et entendu. Je ne suis pas sûr de comprendre son allusion. Il nous sert du vin, généreusement. Avant de vider nos verres d'une traite, nous trinquons comme deux vieux compères. De fait, nous sommes au moins complices, à l'heure qu'il est. Même si, pour ma part, j'ignore tout des tours et des détours de la drôle d'enquête qui nous a finalement menés ici. David ressert. La moitié de la bouteille y est déjà passée. Il déglutit bruyamment, puis lance sèchement :

– Comment s'appelait ton père ?

Je suis surpris, mais je réponds du tac au tac, par réflexe :

– Juan. Pourquoi ?

– Juan, hein ? Juan comment ?

La deuxième question me semble encore plus bizarre. Si, par hypothèse, je suis le fils de mon père, il faut supposer que nous portons le même patronyme. Je ne me donne pas la peine de lui délivrer une information qu'il connaît forcément déjà. Il boit encore, fait mine d'afficher une certaine sérénité, dissimule mal son impatience. Il grince des dents. Il brûle de me confronter à ses révélations, de tester mes réactions. C'est lui qui rompt :

– Juan Ganos, hein ? C'est bien ça ?

– Évidemment… Comment tu veux qu'il s'appelle… ?

Il hausse les épaules, bascule en arrière et s'appuie au dossier de sa chaise à barreaux. Il allume une Gitane avec son briquet à essence. M'en propose une en me tendant le paquet. Je décline son offre. Il expire lentement la fumée bleue par les narines et ajoute, pensif :

– Juan Ganos, comment je veux qu'il s'appelle…

Il me lance alors :

– Attends, on parle bien du Juan Ganos qui a été abattu d'un coup de mitraillette le 7 novembre 1960 ?

Comment le sait-il ? Bien sûr, ce n'est pas une information difficile à dénicher quand on est dans la police, ce n'est pas la question. Ce qui m'intrigue, c'est la motivation de David. Pourquoi s'est-il intéressé au sort de mon père ? Je le lui demande. Nouveau soupir désabusé. Il rétorque :

– Tu n'as pas une petite idée, par hasard… ?

Je fais non de la tête. Je mens et il le sait. Ou du moins il le suppose. J'ai en effet une « petite idée », si minuscule que j'ai réussi à l'enfouir dans le tréfonds de mon subconscient. L'accent de mon père en espagnol, qui n'était pas si américain qu'il me le laissait croire, sa panique totale en mai 1960 quand j'ai exigé de connaître la vérité sur son histoire, son assassinat non revendiqué et jamais élucidé ont bien éveillé des soupçons en moi, au fil des années. Le procès d'Adolf Eichmann n'a pas pu m'échapper. J'étais pensionnaire en France et l'on prenait soin de ne pas laisser traîner les journaux qui traitaient de la question. Nous n'avions ni télévision ni radio. Je n'aurais pas dû m'intéresser à ce sujet. Mais l'obstination de mes professeurs à m'en cacher les détails eut au contraire pour effet d'attirer mon attention. J'ai fini par creuser. Adolf Eichmann avait été enlevé à Buenos Aires le 11 mai 1960. Buenos Aires, c'est là que j'habitais à l'époque. Le 11 mai, quatre jours avant que mon père ne puisse retenir son poing contre moi, dans un unique accès de colère, lorsque je voulus en savoir davantage sur lui. La coïncidence de la date et du lieu me laissa perplexe. Je n'en tirai aucune conclusion hâtive. Je n'en tirai aucune conclusion tout court. Je me gardai de pousser mes investigations plus loin. J'oubliai que mon père prononçait certains mots à l'allemande plutôt qu'à l'américaine. J'ôtai de ma mémoire les *Scheiße* qui lui échappaient quand il se brûlait avec une casserole ou quand notre vieille guimbarde, qu'il avait rafistolée comme il pouvait, ne voulait pas redémarrer au retour de nos pique-niques dominicaux. Je ne cherchai jamais à savoir pourquoi les motards armés qui croisèrent, un jour de novembre, la route de notre 403 l'avaient abattu froidement. Au fond, j'avais compris, mais je ne voulus jamais regarder cette réalité en face. Alors oui, j'ai une « petite idée ». David m'ayant raconté son passé, je me doute bien de la raison pour laquelle il s'est penché sur le destin de Juan Ganos, et, par voie de conséquence, sur le mien. J'aurais préféré ne jamais savoir. Mais je n'ai guère le choix. L'histoire cachée de mes parents m'a déjà rattrapé. Je peux continuer à fuir la police et la gendarmerie, mais je ne peux plus échapper à la funeste vérité. Je persiste cependant à nier :

– Non, David, excuse-moi, je ne vois pas du tout pourquoi tu t'intéresses à mon père. J'ignore pourquoi tu t'es renseigné aussi précisément sur lui.

– Tu l'ignores, hein ? Eh bien, je vais te mettre au parfum, alors. Bois un coup parce que ce que je vais te dire ne va pas être agréable à entendre, crois-moi.

Il remplit mon verre. Je m'empresse de le vider pour me réconforter, conscient que ce qu'il a à m'apprendre est terrible.

– Je ne me suis pas intéressé au sort de Juan Ganos, qui n'a jamais existé, figure-toi…

Je continue de feindre la surprise totale. Je pose mes deux mains à plat sur la table qui nous sépare et j'écoute en écarquillant les paupières.

–… mais je me suis intéressé de près à celui de Johann Gantzer, l'un des plus grands criminels de la Seconde Guerre mondiale. Responsable direct de la torture et de la mort de milliers de Juifs dans les camps de la mort entre 1937 et 1944. Des milliers, dont sans doute mon père et ma mère, gazés à Auschwitz, quelques jours seulement avant la libération du camp en janvier 45.

Il s'arrête, guette ma réaction. Je ne parviens pas à maîtriser le spasme nerveux, mécanique, de ma lèvre inférieure. D'une main tremblante, je saisis le paquet de cigarettes qu'il a laissé à côté de son assiette. Magnanime, il me donne du feu. Je poursuis dans mon absurde tactique qui consiste à feindre l'ignorance, alors que mon esprit est envahi de tant de soupçons, depuis si longtemps :

– Johann Gantzer… Je n'en ai jamais entendu parler. Un sale type, pas de doute… Mais quel rapport avec mon père ?

À cet instant, bien sûr, il sait que j'ai compris. Il n'aurait pas besoin d'en dire plus. Il pourrait se lever et partir ; la conclusion est évidente. Mais, je le sens, il a vraiment pitié de moi. Il tient à m'asséner lui-même la vérité, peut-être pour m'éviter d'avoir à la découvrir moi-même. Il pose une main réconfortante sur la mienne avant d'ajouter :

– Juan Ganos n'est autre que le pseudonyme hispanisé de Johann Gantzer. Juan Ganos n'a jamais existé. Ton père…, c'était Johann Gantzer. C'est le Mossad qui l'a fait assassiner en novembre 60.

Bien que je l'attende avec fébrilité depuis de longues minutes, de longues années, depuis toujours, l'information, divulguée ainsi abruptement par David, m'assomme. Comme si elle ne se suffisait pas à elle-même, elle est accompagnée du grondement du tonnerre à l'extérieur. Les maigres ampoules qui éclairent de jour et de nuit la salle de restaurant, les fenêtres étant trop petites pour distribuer assez de lumière, clignotent, vibrent sous l'effet de la détonation. Le ciel s'est assombri, l'orage approche, quelques grosses gouttes poussées par un vent tourbillonnant viennent déjà heurter les carreaux. J'ai du mal à respirer. J'avais compris depuis longtemps, au moins depuis le jour de mes quinze ans, que Juan Ganos avait un passé inavouable. L'homme merveilleusement doux et aimant que j'ai connu et qui m'a tant chéri avait une grande part d'ombre. J'ignorais jusqu'à cet instant que cette ombre fût noire à ce point. Ma poitrine est aussi serrée que ma gorge. Je ne peux pas prononcer un mot. Je tends mon verre à David qui le remplit en me gratifiant d'un sourire triste. Il y a deux jours, il était mon bourreau. Il est pire que cela aujourd'hui : il est la voix de l'horreur et du scandale. Je bois. Il reprend :

– Adolf Eichmann, que l'on avait tout juste enlevé, avait lâché le nom de ton père aux agents infiltrés qui l'interrogeaient. Les gars n'ont pas pu, ou pas voulu, agir tout de suite. Il fallait exfiltrer Eichmann d'abord. Un commando est revenu quelques mois plus tard. Sa mission était, cette fois, d'arrêter ton père et de le ramener en Israël. Mais l'opération a mal tourné. Ta mère s'est doutée de quelque chose, on ne sait pas comment. Elle a eu vent du projet. Elle s'est rendue au bar où ton père travaillait le soir, d'où il devait être enlevé à sa sortie. Elle a réussi à le faire partir par une porte dérobée. Les types du Mossad, en faction devant le troquet, se sont fait repérer par le patron qui leur a demandé ce qu'ils attendaient. L'opération avait du plomb dans l'aile. Aussitôt, l'ordre leur a été donné d'éliminer Gantzer, ou Ganos, purement et simplement. Les tueurs l'ont mitraillé le lendemain… Tu étais dans la voiture, je crois.

David, gêné, baisse les yeux en terminant sa phrase, comme s'il était lui-même coupable, comme s'il était responsable de la mort de mes parents sous mes yeux, comme si c'était lui qui avait tiré. Je me demande comment il connaît tous ces détails. Je rassemble mes forces et j'essaye de parler. Dans un souffle, je parviens à articuler :

– Tu... tu le racontes comme si tu y étais... Comment tu sais tout cela ?

Il hausse les épaules.

– Je me suis renseigné...

– Mais ces événements datent d'il y a plus de vingt-cinq ans et ils ont eu lieu en Argentine, à plus de dix mille kilomètres d'ici.

Un long éclair puis deux flashs courts envahissent la pièce. Ils sont suivis d'un nouveau grondement du tonnerre, qui arrache un sursaut à David. C'est la première fois que je vois le flic en cavale frémir. Honteux de son réflexe de peur, il secoue vivement la tête en riant, comme pour effacer sa faiblesse momentanée, avant de poursuivre :

– J'ai été élevé par mes grands-parents. Je suis allé à l'école laïque, on n'a plus parlé de judaïté. Je n'ai jamais foutu les pieds à la synagogue. Moi, mon truc, c'était le foot. En 54, j'avais seize ans, j'ai pu assister à la finale de la Coupe du monde à Berne, en Suisse. Mon grand-père avait économisé et m'a conduit jusque là-bas. C'était un périple extraordinaire ! Le plus beau jour de ma vie. Dans notre enthousiasme, l'étoile de David que je portais autour du cou au bout d'une chaîne en or est sortie de ma chemise au moment où je levais les bras pour applaudir un but. J'ai aussi malencontreusement donné un coup de coude dans la figure de mon voisin qui m'a repoussé violemment en hurlant : « Eh ! oh ! fais gaffe, le youpin ! Dégage ! On ne veut pas de toi ici. » La guerre était achevée depuis neuf ans, je pensais qu'on en avait fini avec le problème des « youpins ». Mais non ! Ce jour-là, j'ai compris que je resterais pour toujours le Juif de service. Avec ou sans kippa, je ne pourrais pas échapper à ma condition… J'ai décidé de me faire pourchasseur de nazis, anciens ou nouveaux. J'ai commencé à y consacrer mon temps libre. Et puis j'ai suivi des études de droit et je suis entré dans la police, ce qui a grandement facilité ma tâche.

Il a repris tout son sérieux. Son regard fixe est dur, dépourvu de l'émotion qu'il exprimait un instant plus tôt. Il se lève, se dirige vers la fenêtre, observe la pluie qui s'est mise à tomber violemment et qui produit un vacarme extraordinaire. Puis il se retourne, se plante en face de moi, les mains posées sur le dossier de sa chaise.

– Ton père a été longtemps un rouage central dans les enquêtes que j'ai menées. Son nom, sous différentes formes, ses identités, apparaissent partout. Bien qu'il soit mort, j'ai travaillé sur lui plus que sur personne d'autre. Voilà pourquoi je sais tant de choses sur son compte. En même temps, je suivais ton parcours, espérant que tu trébuches, que tu me mettes sur de nouvelles pistes. Quand le scandale de ton délit d'initié est arrivé, je me suis dit que, cette fois, je te tenais pour de bon. On allait dérouler la pelote. Il a fallu que je te voie résister aux traitements qu'on t'a infligés à Golfech pour que j'envisage la possibilité de ton innocence…

J'ai bien du mal à comprendre en quoi le délit d'initié, dont les autorités comme l'opinion publique m'accusent inlassablement, peut avoir quelque rapport que ce soit avec le passé de mon père, si peu glorieux soit-il. J'ai d'autant plus de difficultés à faire un lien entre les deux sujets que David est l'un des seuls à savoir que je suis le fils de l'ignoble Johann Gantzer. Moi-même, je l'ignorais jusqu'à aujourd'hui.

– C'est vrai, mais les deux autres flics savaient, eux aussi. Ils appartenaient comme moi à une section à part, un groupe créé à la sortie de la guerre, dont la seule mission est de pourchasser les anciens nazis. En réalité, nous devions également, dans le même temps, étouffer les affaires trop gênantes pour les hommes politiques en place, effacer les traces des souvenirs désagréables pour la réputation de tel ou tel. En gros : un pour un. On nous laissait un collabo à dénoncer en échange d'un honneur sauvé. C'était le deal. Je l'ai accepté. Je voulais mettre la main sur les vrais salauds, sur les bourreaux de mes parents et de tant d'autres. Nous avions tous des renseignements de première bourre sur ton père, sur ceux encore en vie qui avaient été ses amis et ses alliés potentiels en Europe. Je te le répète, Johann Gantzer est un personnage central.

Il n'hésite pas, David, il n'hésite pas à me retourner le couteau dans la plaie. Il me fixe droit dans les yeux. Il vide ce qui restait de vin dans la bouteille, puis il continue en parlant un peu plus fort pour couvrir le crépitement de la pluie, interrompu par le grondement de l'orage qui s'éloigne.

– Dans les années cinquante et soixante, les plus grands criminels de guerre ont pour la plupart réussi à quitter l'Europe. Personne ne les a vraiment pourchassés. On a plus ou moins fermé les yeux. Les anciens ne voulaient plus entendre parler de tout ça, surtout en Allemagne bien sûr, mais en France non plus. Ce qui comptait, c'était la réconciliation et la paix. C'est ma génération qui a commencé à s'intéresser vraiment au sujet. On s'est mis à fouiner pour suivre la trace de ceux qui s'étaient planqués. On les a sortis de leur trou, les uns après les autres. Du coup, ceux qu'on n'avait pas encore débusqués ont cherché à fuir, à leur tour. Et pour ça, il fallait un réseau, et des financements. C'est là que tu interviens !

Il a lâché ces derniers mots avec un enthousiasme mal contrôlé. Il a tapé du poing sur la table, faisant rebondir les verres et les couverts, et il a pointé son index vers moi, s'interrompant pour vérifier si je comprenais où il voulait en venir. Je crois que je commence en effet à entrevoir la logique qui a conduit à mon enlèvement, puisqu'il faut bien appeler ainsi mon arrestation et le traitement que j'ai eu à subir deux jours durant.

– Ce que tu es en train de me dire, David, c'est qu'au nom de ce qu'a fait mon père pendant la guerre, et dont j'ignore tout, vous vous êtes mis dans la tête que je finançais l'évasion des criminels nazis ? C'est ça ?

Ce raisonnement simpliste, David n'est pas fier de devoir avouer que c'était en effet le sien.

– Oui, ce n'est pas totalement faux, c'est un peu ce que nous avons cru…

– Mais quel rapport avec l'étude MAISON ?

– Quand le scandale a éclaté dans la presse, on s'est aussitôt tournés vers les autorités boursières. On a rencontré à la COB le type en charge du dossier Rodrigo Chemicals. Le gars nous a affirmé qu'il ne pouvait y avoir aucun doute : si tu avais vendu des titres quinze jours avant la sortie d'une nouvelle qui avait fait vaciller ta boîte et provoquer l'effondrement du cours de Bourse, c'est que tu avais été renseigné. On t'avait à coup sûr donné l'info. Tu devais être coupable de délit d'initié. Enfin très très probablement, selon lui. Or tu connaissais le directeur scientifique, celui qui menait l'étude. Tu le connais même très bien en réalité… C'est plus qu'un employé, c'est un ami, n'est-ce pas ?

Décidément, David est bien informé. En effet, j'ai des relations bien plus que professionnelles avec l'homme en charge des essais cliniques de la Rodrigo Chemicals, celui qui a découvert qu'un signal cardio-vasculaire invalidait l'étude MAISON. Nous avions noué des liens d'amitié au sein de l'internat dans lequel j'ai été scolarisé à mon arrivée en France pendant l'hiver 1960-1961. Il était élève dans l'établissement en question, et quelqu'un lui avait demandé de m'accueillir, de prendre soin de moi au début, le temps que je m'adapte. Qui était ce « quelqu'un » ? Je ne le sus jamais exactement. L'un de mes mystérieux protecteurs, sans doute. Toujours est-il que Loïc et moi sommes devenus d'inséparables compagnons de route. Au sortir de ses études de pharmacie, c'est tout naturellement que je l'ai embauché pour mener les études cliniques de la Rodrigo Chemicals. Il a démarré en même temps que l'entreprise, avec moi, et il a accompagné notre développement. Bien qu'il soit mon employé depuis quinze ans, Loïc est aussi mon meilleur ami.

– Loïc ? Loïc Martin ? Oui, c'est plus qu'un employé et associé..., c'est un ami ! Je ne vois pas pourquoi je nierais une évidence pareille !

– Voilà, c'est parfait, on progresse. Précisément, c'est cet « ami » qui aurait pu te donner le tuyau à l'avance ?

– Tu ne crois pas si bien dire, David. C'est évidemment lui qui m'a appelé pour m'informer que l'étude avait foiré... Mais son coup de fil est postérieur à ma vente d'actions ! C'était deux semaines plus tard... Je n'ai bénéficié d'aucun tuyau, je ne sais plus sur quel ton te le répéter. Que Loïc soit mon meilleur copain n'y change rien...

– Oui, j'ai fini par admettre ta version des faits... C'est pour ça que nous sommes là tous les deux, face à face, ici et maintenant. C'est parce que j'ai pensé que tu ne pouvais pas continuer à dissimuler la vérité dans l'état où tu étais que j'ai pris tous les risques pour te faire sortir de Golfech. Sinon, tu moisirais déjà six pieds sous terre, mon pauvre garçon ! Tu étais riche à milliards, tu n'avais pas besoin d'argent. Pourquoi alors prendre un tel risque ? Nous avons supposé que, comme nous imaginions que tu l'avais fait auparavant depuis longtemps, tu finançais toujours des groupes clandestins visant à aider d'anciens nazis ou organisant des meurtres ou attentats ciblés, tels que celui de la rue des Rosiers. Et tu avoueras par ailleurs que cette intimité avec Loïc, en charge de l'étude clinique, n'a fait que renforcer la suspicion à ton égard.

Ces accusations sont épouvantables, mais je peux comprendre pourquoi il les profère. Quand j'ai décidé de disparaître, de fuir les autorités, j'ai totalement coupé les ponts avec Loïc. Je me doutais qu'il serait mis sur écoute illico.

– Pourquoi vous ne l'avez pas arrêté, lui aussi, si vous étiez convaincus que l'information venait de lui ?

David semble hésiter. Dehors, la pluie est en train de cesser, le crépitement s'est évanoui. Je me laisse distraire par un arc-en-ciel majestueux qui se déploie derrière les vitres du restaurant, telles les plumes d'un paon qui fait la roue. Le calme est revenu. Le vacarme du bar attenant filtre à nouveau au travers de la porte vitrée qui nous sépare. On perçoit distinctement les cris de joie, de rage, les accusations de *pissettes* et de *reprises* des parties de babyfoot. David se décide finalement à répondre :

– On espérait… le piéger. On l'a fait suivre et écouter. Mais rien. Il n'est pas tombé dans le panneau. Il s'est tenu à carreau.

– Pourquoi tu aurais voulu qu'il ne se tienne pas à carreau ?

– Loïc Martin…, celui qui t'a accueilli au pensionnat…, tu ne t'es jamais demandé pourquoi il avait pris un tel soin de toi quand tu es arrivé en France ? Ni qui le lui avait demandé ?

Un rayon de soleil s'engouffre soudain par la fenêtre. Il s'étale sur la mosaïque, me force à plisser les yeux. David est à contre-jour, mais je perçois son léger sourire en coin.

– Non, je dois admettre que… non… J'ai pensé que ce devait être le proviseur qui l'avait choisi par hasard.

– Je vois… Dis donc, tu ne t'es pas interrogé sur grand-chose depuis ton adolescence, hein ? Ni sur l'histoire de ton père, ni sur les raisons de son assassinat… Rien, vraiment ?

David appuie là où ça fait mal. J'avais noté que l'accent de mon père sonnait parfois plus allemand qu'anglais, j'avais entendu ses jurons dans la langue de Goethe, j'avais remarqué son trouble quatre jours après l'arrestation d'Adolf Eichmann à Buenos Aires, lorsqu'il m'avait frappé devant la porte de notre petit appartement. Je savais, sans me l'avouer, que Papa avait un passé sombre à cacher, mais, après sa mort, je n'ai plus voulu creuser davantage. J'ai cherché à me tourner vers l'avenir, à effacer de ma mémoire les souvenirs de mon enfance, cette enfance pauvre et heureuse qui fut la mienne. Quand Loïc Martin m'a proposé son amitié et son soutien à mon arrivée à l'internat, je les ai acceptés sans me préoccuper des raisons qui pouvaient expliquer son dévouement. David me force aujourd'hui à reconsidérer ma propre histoire, à l'aune de tout ce qu'il vient de m'apprendre.

– Loïc Martin est le fils d'un célèbre collaborateur, membre de la Milice. Un de ceux qui ont participé à l'organisation de la rafle du Vél'd'Hiv, entre autres faits d'armes. On attribue à son père une responsabilité directe dans au moins quinze mille déportations.

Allons bon ! Lui aussi. David ne m'épargnera rien. J'encaisse. Ma poitrine se serre un peu plus sur mon cœur, comme un étau. Le patron du bistrot revient dans la pièce et nous crie avec son accent rocailleux :

– Comment ça va par ici ? Vous voulez encore quelque chose ? J'ai du confit de canard, je vous le fais chauffer ?

David répond non de la tête, mais réclame du vin supplémentaire en agitant la bouteille vide avec un sourire. Le vieux bonhomme s'absente, le temps d'aller piocher un autre madiran qu'il nous apporte, jovial. Avant de se retirer, il se fend d'une tape amicale sur l'épaule de David. Puis il referme la porte derrière lui.

– Le père de Loïc Martin a été condamné à mort par contumace en 1948. Il avait quitté la France bien avant cela. Il était parti… en Argentine. À Buenos Aires, précisément. On pense que c'est lui qui a aidé ton père à s'évader aussi. Un peu après lui.

David s'arrête, guette ma réaction. Je reste sans voix. J'attends la suite. Je suis désormais prêt à tout entendre.

– Il s'appelait Martin, Michel Martin, tout simplement. Il s'est rebaptisé Miguel Martinez en arrivant en Argentine. Le père de ton ami Loïc est mort là-bas, dit-on, dans le courant de l'année 1967. Là encore, c'est le Mossad qui a cherché à l'attraper, mais ça a été un nouvel échec. Il a repéré les espions infiltrés qui s'apprêtaient à lui mettre la main dessus et il a réussi à se coller une balle dans la tête, avant que les agents n'entrent chez lui.

Miguel ! Miguel Martinez ! L'instituteur qui m'aimait ! Celui dont j'avais deviné qu'il entretenait des liens particuliers avec mon père. Celui qui avait fait preuve d'une étrange indulgence à mon égard, celui qui m'avait aussi appris le français. Miguel Martinez, dont le vrai nom était donc Michel Martin, avait été un collaborateur pur et dur, réfugié en Amérique du Sud. Pas l'un de ces Français qui, par négligence, par ignorance, par faiblesse ou tout simplement par veulerie, ont fermé les yeux sur les horreurs commises par l'occupant. Non, un collabo, un vrai, comme on en voit dans les films, avec un imper de cuir noir et un brassard. Un de ces sales types qui devait ressembler à ceux qui étaient venus arrêter les parents de David. Qui sait d'ailleurs s'il n'en faisait pas partie ? Et Miguel était aussi le père de mon ami Loïc. Je commence à avoir du mal à assimiler toutes ces informations qui se bousculent déjà dans mon esprit embrumé. Je suis pris d'un haut-le-cœur. David se ressert du vin et m'en propose. Je refuse.

Soudain, il se fige. Une lumière bleue clignote au-dehors. C'est une camionnette de gendarmerie. Au travers des carreaux, nous reconnaissons le major Roucaud, celui qui nous a arrêtés tout à l'heure pour excès de vitesse. Suivi de son acolyte Mollard, il s'approche de l'entrée du bistrot. David se trompait quand il m'affirmait, il y a une heure, que nous étions ici en lieu sûr et que nous ne serions pas dérangés. Il faudrait fuir. Trop tard. Nous sommes coincés.

Deux gendarmes se postent en faction devant les fenêtres du restaurant. Ils sont tout jeunes, on dirait que ce sont des gamins qui se sont déguisés. Leur démarche est mal assurée, leurs gestes gauches. Ils ont la main posée sur l'arme de poing restée dans son fourreau, comme s'ils étaient prêts à dégainer. On devine pourtant qu'ils en seront incapables le moment venu. Cela n'a pas échappé à David qui s'est retourné pour leur jeter un coup d'œil. Ils n'osent même pas faire un pas vers le bâtiment. Nous apercevons Roucaud et Mollard passer devant eux et pénétrer dans l'établissement par la porte du bar. David demeure très calme, immobile. Professionnel, il furète partout du regard pour trouver une échappatoire. Nous restons figés. La partie de babyfoot s'est tue quand le major et l'adjudant sont entrés. Le brouhaha a cessé, lui aussi. Roucaud brise le silence. Il interroge le tenancier du lieu, notre protecteur. L'ami de David fait l'innocent :

– Qui ça, vous dites ? Rodrigo comment ? Ah ! le type des affaires, là, en cavale... Le gars qui est parti avec la caisse, c'est ça ? Eh bé non, mon pauvre, je l'ai pas vu. Mais je l'aurais pas reconnu, de toutes les manières. J'ai aperçu sa tête l'autre jour, dans le poste, mais bon, j'ai un peu oublié...

Un instant s'écoule. L'un des deux gendarmes doit lui montrer une photo de ma trombine, avec ou sans moustache.

– Ah ! c'est sa tête, ça ? Eh bé non, ça me dit rien, que voulez-vous.

– Et l'inspecteur David Rosenberg ? Vous le connaissiez, non ? demande Roucaud.

– David ? Oh oui, bien sûr ! Du temps qu'il habitait par ici, je le voyais souvent. Je l'ai connu petit, même, le pauvre pitchoun. C'était pas drôle, non, à cette époque-là. Mais quand il a eu grandi, il est parti. Je l'ai pas revu depuis quelques années, maintenant...

Des bruits de pas, de l'autre côté de la porte du restaurant. Roucaud et Mollard semblent déambuler dans le bar. Vont-ils entrer ici ? Le son s'éloigne à nouveau. Les gendarmes ont dû retourner vers le comptoir. L'adjudant Mollard prend le relais :

– On les a vus tous les deux sur la route tout à l'heure. Dans une R5 blanche. Mais on n'avait pas eu l'info qu'ils étaient en cavale. On n'a eu le renseignement que plus tard. Ils sont activement recherchés, vous le savez ?

– Qui est recherché ? La police ? Les gendarmes poursuivent les policiers maintenant ? Nous voilà bien !

Et le taulier de libérer un grand éclat de rire, accompagné en chœur par la clientèle amusée. Vexé, Mollard hausse le ton :

– Ne plaisantez pas trop avec moi, monsieur, si vous voulez éviter que je vous coffre illico pour outrage, compris ?

– Du calme, du calme, Mollard…, l'interrompt Roucaud. Monsieur n'est pas au courant de l'affaire. Il est surpris qu'on soit à la recherche d'un policier ! C'est assez compréhensible… C'est vrai que ça peut paraître étonnant. Je vous explique : David Rosenberg aurait, comment dire, pété les plombs, figurez-vous. Il aurait tiré sur ses collègues à bout portant et aurait pris la fuite avec le dénommé Rodrigo Ganos. Dans une Renault 5 blanche, comme l'a précisé l'adjudant… Et il se trouve qu'un témoin en aurait vu une rôder par ici. C'est ce qui motive notre visite.

Nous ne percevons plus que le silence. Puis un bruit de pas. Un pas ferme, régulier, militaire. Les gendarmes approchent de nouveau.

D'un bond, comme un félin aux pattes de velours, David se précipite sans un bruit, avec la rapidité de l'éclair, vers les toilettes. La porte se referme derrière lui, il a disparu. Je reste seul, tétanisé. J'entends le pêne grincer ; quelqu'un entre dans le restaurant. Je ne me retourne pas. La voix de Roucaud m'interpelle. Mon cœur bat à tout rompre. Ma bouche et ma gorge s'assèchent. Me voilà encore une fois fait comme un rat.

– Monsieur ? Monsieur ?

La casquette toujours vissée sur la tête, ma barbe de trois jours en paravent, j'espère bêtement que le flic ne va pas m'identifier. Je ne bronche pas. Mais il répète :

– Monsieur ?

Je ne peux plus éviter de me tourner vers lui. Je réponds :

– Ah ? C'est à moi que vous parlez ?

Roucaud a un mouvement de recul à la vue de mon visage. J'ignore s'il me reconnaît, mais ma dégaine originale lui confirme sûrement que je suis le type qu'il a croisé sur la route. Rodrigo Ganos, l'homme le plus recherché de France.

– C'est bien vous, monsieur Ganos ?

Mollard est entré derrière lui et fouille la salle d'un regard perçant pour essayer de repérer où David a pu se cacher. Le restaurant n'est pas très grand, l'adjudant a vite fait de constater qu'il n'y a aucune planque possible. Il se précipite alors aux sanitaires, claque violemment trois portes, en ressort blême.

– Il a filé, major. Rosenberg est passé par la fenêtre des chiottes. J'ai regardé : la R5 est garée derrière. Il a dû partir à pied.

Roucaud digère l'information. Se tourne vers moi. Revient vers Mollard. À nouveau moi. Lui. Il hausse les épaules, lève un sourcil.

– Il nous reste au moins Ganos, on n'a pas tout perdu.

Dans un souffle désabusé, il m'ordonne :

– Monsieur Rodrigo Ganos, vous êtes en état d'arrestation. Je vais vous demander de bien vouloir nous suivre.

Discrètement, il a descendu sa main vers son revolver, au cas où, tandis que le grand escogriffe s'approche, brandissant les menottes qu'il s'apprête à me passer. Ma cavale aura été aussi courte qu'intense. Je comprends au moins maintenant de quoi je suis accusé. Et pourquoi.

Je suis en garde à vue depuis déjà plusieurs heures, et rien. Pas d'interrogatoire, pas une question en dehors de : « Vous avez faim, soif ? Souhaitez-vous vous rendre aux toilettes ? » Tout juste si, à mon arrivée, on m'a demandé de décliner mon identité. On m'a enlevé mes chaussures, ma ceinture, et on m'a collé dans une cellule grisâtre qui sent l'urine et le renfermé. On m'a donné une couverture dont je n'ai pas l'usage puisqu'il fait une chaleur à crever, dans ce trou. J'ai dû réclamer à boire plusieurs fois. C'est toujours le même type qui répond. Un gendarme aux traits juvéniles qui se trouve dans l'incapacité de me fournir les informations que je lui demande. Il rougit lorsque je m'adresse à lui. Quand vais-je être interrogé ? Où Mollard et Roucaud ont-ils bien pu passer ? Quelles sont les accusations qui portent exactement sur moi ? Il ne sait pas, le brave jeune homme. Il voudrait m'aider, je le vois bien, je le devine. Il n'ose pas me regarder en face. Il est impressionné par le calibre du prisonnier dont on lui a confié la charge. Je ne suis pas n'importe qui, un petit malfrat de passage, vulgaire recéleur de bagnole, braqueur de bureau de tabac, dealer de pacotille, mac de seconde zone. Non, je suis Rodrigo Ganos, le milliardaire qui s'était fait la malle avec son pactole sous le bras, le fuyard rattrapé par la police des frontières, l'homme qui a peut-être abattu de sang-froid deux de ses geôliers, à moins qu'il n'ait contraint David à le faire, on n'est pas très sûr, on hésite, mais, quelle que soit la version retenue, je suis du gros gibier. Je faisais déjà la une des journaux avant ma première arrestation. Je suis désormais devenu un véritable mythe, l'ennemi public numéro un. Mesrine, son soleil et ses étoiles peuvent aller se rhabiller. Je suis le boss. Le caïd. Le Parrain, c'est moi. On me savait doué pour les malversations financières, les combines et les stratagèmes perfides. On a maintenant appris que j'étais en outre capable de me montrer physiquement violent, féroce, que je ne craignais pas de faire couler le sang. D'après ce que mon jeune gardien m'a dit et les bruits de couloir que j'ai réussi à saisir depuis que je suis dans ma cage, c'est comme cela que je suis dorénavant dépeint à l'extérieur. Un criminel de haut vol, un homme dangereux. Il est possible que j'aie enlevé David Rosenberg, et que je m'en sois débarrassé avant d'être arrêté. L'ai-je assassiné ? Rien n'est exclu.

Si c'est cette thèse qui est finalement retenue, elle pourrait bien avoir des conséquences désagréables pour David. S'ils se décident en fin de compte à me faire porter le chapeau, ils n'hésiteront pas à descendre mon sauveur pour qu'il se taise et ainsi je passerai pour le meurtrier. Une pierre, deux coups.

J'attends dans ma cellule. Je suis seul. J'entends vaguement les chauffards avinés se plaindre du traitement inadmissible qui leur est infligé : ça ne se passera pas comme ça, ils ont le bras long, les gendarmes vont regretter leur initiative… Une vieille pute s'interroge : depuis le temps qu'elle exerce et qu'elle est bien connue de la gendarmerie, qu'est-ce qu'on a donc soudain à lui reprocher ? Racolage sur la voie publique… Vingt-quatre heures de garde à vue pour si peu… Elle trouve que c'est excessif. Un jeune mineur est aussi accusé de vol à l'étalage. Une broutille. On le garde au chaud quelques heures, pour l'impressionner, mais il n'y aura pas de suite. La porte de ma geôle finit par s'ouvrir. On me conduit dans le bureau du major Roucaud. De loin, fumant une cigarette, les pieds sur sa table, il me fait signe d'approcher, de m'asseoir. À sa droite, l'adjudant Mollard attend, devant une machine à écrire, les consignes de son supérieur. Roucaud en a vu d'autres, c'est ce que toute son attitude semble exprimer. Il m'a fait mariner trois heures sans un mot d'explication. Il ne s'est pas donné la peine d'ouvrir la bouche depuis que je suis entré, il ne s'est pas redressé, il ne s'est adressé à moi que par les mouvements de sa main. Il a beau se retrouver face à Rodrigo Ganos en personne, qu'il a lui-même arrêté d'ailleurs, il ne va pas s'en laisser conter. Ce sont des messages subliminaux qu'il m'envoie. Pour ma part, je suis désorienté. Mon âme est plus endolorie encore que mon corps depuis que David m'a jeté au visage la vérité sur le passé de mon père. Mon cœur est plus esquinté que mes os. Comment accepter l'idée que l'homme que j'aimais le plus au monde, le héros de mon enfance, celui qui incarnait la tendresse même, ait été, avant d'être mon père, un bourreau sanguinaire bien plus cruel que mes tortionnaires des sous-sols de Golfech ? Je ne m'y résous pas. Je voudrais mourir, disparaître, n'avoir jamais existé. Je m'assois face au major et je laisse éclater mon chagrin, ce chagrin qui m'habite, sans que j'en aie tout à fait conscience, sans que je le sache vraiment, depuis vingt-cinq ans. Je libère les larmes qui se bousculaient à mes paupières. Elles ruissellent sur les plaies encore ouvertes de mes joues. Je pleure comme un enfant. C'est ce qu'on dit toujours. Pleurer comme un enfant. Eh bien, moi, il m'a fallu attendre mes quarante ans pour me laisser aller. Roucaud claque la langue contre son palais. Ma crise de faiblesse l'agace. Il finit par se redresser sur sa chaise, pose les pieds par terre et se penche sur son bureau. Il frappe un grand coup sur la table, avec ses deux mains. Sans crier, mais d'une voix forte, il me demande de décliner mon identité, ma date et mon lieu de naissance, s'étonne que j'aie vu le jour à Buenos Aires. Sa surprise me rassure un peu. S'il ne connaît pas déjà ma biographie en détail, c'est qu'il n'est pas obsédé par le cas Ganos. Il n'est pas bourré d'*a priori* sur mon compte, n'a pas dévoré la presse qui ne parle que de moi depuis des semaines.

Roucaud est un peu hors du monde, hors du temps. Il a la télévision, m'affirme-t-il, mais il ne l'allume jamais. Il ne s'est intéressé à l'affaire qu'après avoir reçu l'ordre de m'arrêter. Jusque-là, il avait simplement entendu circuler mon nom. Il n'avait lu ni article ni rapport me concernant, n'avait pas supposé qu'il croiserait ma route dans la région. Sur ce point-là, sa hiérarchie ne peut sans doute pas lui en vouloir ; moi-même, je ne l'aurais jamais imaginé. Il s'est souvenu m'avoir aperçu comme passager, sous une fausse identité, dans une Renault 5. Il nous a retrouvés. « Nous », pas tout à fait. Il n'a mis la main que sur moi. Rosenberg s'est volatilisé. Ou est-ce moi qui l'ai fait disparaître ? C'est l'hypothèse que les autorités retiennent pour le moment. Roucaud n'y va pas par quatre chemins. Il me signifie que je suis maintenant soupçonné non seulement de malversations financières, mais en outre du meurtre de trois policiers dans l'exercice de leurs fonctions. Autant dire que j'encours gros. Très gros, même. La perpète, sans remise de peine, tout simplement. Et c'est sans compter les liens éventuels que l'on pourra établir entre mes activités et l'attentat de la rue des Rosiers. Mollard tape consciencieusement ce qu'il entend, retranscrit le plus fidèlement possible notre conversation, sans me poser de question et sans s'en poser non plus.

C'est à moi de parler. Je nie en bloc. Que faire d'autre de toute façon ? D'abord, je n'ai commis aucun délit financier, n'ai jamais disposé d'aucune information privilégiée. Ensuite, je n'ai tué personne. Ni David ni ses deux collègues. Comment ai-je pu leur échapper ? Je n'ose pas dénoncer David. Il est grillé pour de bon, quoi qu'il en soit. C'est un fugitif que l'on n'hésitera pas à abattre le moment venu, pour le faire taire. Ce n'est pas tant pour le protéger, lui, que je ne veux pas dire toute la vérité. C'est surtout que les sous-sols de Golfech sont eux-mêmes des lieux clandestins. L'histoire de ma première arrestation doit être réécrite. Personne ne croira à ma version des faits. Je risque de m'enfoncer dans de vaseuses explications qui me décrédibiliseront. Il faut que je trouve autre chose. Je plaide l'ignorance. Je me suis évanoui pendant mon interrogatoire à l'aéroport du Bourget. Peut-être ai-je été drogué, je n'en sais rien. Toujours est-il que je me suis réveillé dans la voiture de David. J'ignore ce qui s'est passé entretemps. L'inspecteur Rosenberg a fini par me déposer dans le bistrot où on est venu m'arrêter. Il était parti bien avant l'arrivée des gendarmes.

Mon histoire n'est pas crédible pour deux sous. Roucaud rallume une cigarette. Mollard tousse. Le major se lève et se met à déambuler de long en large dans le bureau en fumant, préoccupé, à la manière de l'inspecteur Colombo. Comme le feuilleton a un grand succès en ce moment, je me demande si les mimiques répétées de l'acteur n'influencent pas l'attitude de notre gendarme. Cette idée m'amuse. C'est la première fois depuis des jours, des semaines peut-être, qu'une image plaisante, drôle même, me traverse l'esprit. Un sourire involontaire et inconscient s'accroche à mes lèvres. Roucaud sursaute.

– Qu'est-ce qui vous arrive, Ganos ? Il y a deux minutes, vous pleuriez comme un gosse, et, maintenant, vous vous marrez ? Vous ne seriez pas en train de vous foutre de ma gueule, par hasard, non ?

Sa réaction me ramène instantanément à ma triste réalité. Mon visage se referme devant la mine sévère du major. Quant au lugubre Mollard qui n'exprime rien, sa vue seule suffit à me refroidir.

– Non, non, absolument pas, major. Il y a longtemps que je n'ai pas souri, voilà tout. C'était un réflexe, rien de plus. Croyez-moi, la situation dans laquelle je me trouve n'a rien d'amusant.

Il tire sur sa cigarette, s'approche et souffle la fumée tout près de moi. Je rêve d'une Gitane, semblable à celles que David m'a offertes deux jours durant, bien meilleure que la blonde proposée par Stéphane à Golfech. Mais Roucaud se fout de mes goûts en matière de tabac autant que de m'incommoder par les volutes qu'il dégage. Il reprend sa réflexion :

– Résumons-nous, monsieur Ganos. Rodrigo Ganos. Vous êtes né à Buenos Aires en mai 1945.

– C'est exact. Orphelin de père et de mère à quinze ans. Mes parents ont été assassinés pour des raisons que je n'ai jamais tirées au clair. J'ai réussi à venir en France à la fin de l'année 1960.

– Je vois…

D'un geste brusque, il écrase à moitié le mégot incandescent, puis il se rassied. Mollard finit de consigner ce que je viens de dire. Roucaud se gratte la joue.

– Mais… comment, au fait ? Comment avez-vous pu rejoindre la France ? Et pourquoi la France, d'abord ? Vous aviez de la famille ici ?

Je suis mal à l'aise. Je vais être obligé de mettre Roucaud sur la piste des amitiés de mon père. Il va dérouler le fil, comprendre ce que David sait depuis longtemps. Par pudeur, je voudrais qu'il ne connaisse jamais la vérité. Mais il est là pour la découvrir. C'est son métier. Il patiente. Je finis par répondre :

– Non, je n'avais pas de famille ici. Mais j'avais appris le français avec un ami de mon père. Un instituteur. C'est aussi lui qui m'a aidé à partir. Je suis monté dans un bateau de marchandises. On m'y a nourri et bien traité pendant toute la durée de la traversée jusqu'à Brest. Ensuite, on m'a fait délivrer une carte d'identité à mon vrai nom, en bonne et due forme, et un certificat de nationalité française. On m'a envoyé dans un pensionnat. Un camarade m'a accueilli, Loïc Martin. Il est devenu depuis mon meilleur ami et mon plus proche collaborateur.

– Loïc Martin, oui…, j'ai vu passer ce nom-là. Un élément m'échappe, pourtant. Vous dites toujours « on ». « On » m'a nourri, « on » m'a fourni des papiers… Mais qui étaient tous ces gens que vous ne connaissiez pas ?

Dans une tentative désespérée, j'essaye de botter en touche.

– On n'est pas là pour parler de mon enfance… C'était il y a plus de vingt-cinq ans, ce n'est plus trop le sujet, si ?

– Cher monsieur Ganos, si vous voulez bien, c'est moi qui vais continuer à distinguer ce qui fait partie du sujet de ce qui n'en fait pas partie. Chacun son rôle. Moi, je pose les questions. Vous, vous répondez, O. K. ? Qui étaient ces « on » que vous évoquiez ?

– Je n'ai jamais revu aucune de ces personnes. À mon arrivée en France, une femme m'attendait sur le quai. Elle portait une robe gris foncé. Elle m'a fait signe quand je suis descendu du bateau. Je me suis approché et je l'ai suivie. Elle m'a conduit jusqu'à l'internat. Je n'ai jamais rien su d'autre et… je n'ai jamais rien demandé.

Le téléphone sonne. Le major décroche.

– Roucaud à l'appareil ! Oui. Oui, il est là, en face de moi… Non, je ne sais pas. Aucune trace, non… Oui, d'accord. Entendu.

Il raccroche et m'explique :

– Votre arrestation fait déjà grand bruit. Les autorités s'inquiètent de ce que vous avez pu faire de ce pauvre David Rosenberg. Nous allons y venir tout de suite. Mais d'abord, j'aimerais en savoir un peu plus sur vous. Vous étiez donc orphelin à quinze ans. De mystérieux protecteurs vous ont permis d'accéder à un internat français dans lequel vous avez suivi une scolarité brillante. Vous avez continué à bénéficier de financements d'origine inconnue, qui vous ont accompagné aussi pendant vos études.

Devant la simplicité brute de son propos, je prends conscience de l'aveuglement volontaire dans lequel j'ai vécu durant toutes ces années, sans jamais chercher à comprendre qui étaient tous ces bienfaiteurs, ni pourquoi ils me voulaient tant de bien. Me voilà désormais au pied du mur.

Roucaud ricane. Mollard l'imite machinalement, sans doute par réflexe d'obséquiosité.

– Vous ne vous êtes pas posé de question, monsieur Ganos ? Vous avez été aidé et financé jusqu'en 1968, date à laquelle vous avez terminé vos études de…

Il fouille dans un tas de paperasse étalée en désordre sur son bureau. Il déplace quelques feuilles pour en dénicher d'autres, mais il les rapproche trop du cendrier encore fumant. Elles s'embrasent alors qu'il est en train de parcourir une fiche. Je l'interpelle, il souffle sur le papier puis tape dessus. Agacé, il écrase le mégot plus fermement qu'à sa première tentative, avant de reprendre :

–... des études de chimie, c'est ça. Vous êtes sorti brillamment de l'École nationale supérieure de chimie en 1968 ? C'est bien ça ?

– Oui ! C'est exact... La fin de mes études a été un peu perturbée par le mois de mai... Je n'ai pas trop participé aux événements. Je ne me suis jamais intéressé à la politique. De toute façon, je ne me sentais pas concerné. Je n'avais pas de raison de me révolter. L'idée de chasser les « vieux cons » ne me préoccupait pas particulièrement. Bref, j'ai obtenu mon diplôme tant bien que mal et j'ai profité du vide ambiant pour lancer mon affaire au plus vite. Avec l'aide de mon ami Loïc. Loïc Martin.

– Ah oui, c'est ça ! Oui, Loïc Martin, oui..., lâche Roucaud tout bas, de sa voix éraillée par des années de tabagisme, ponctuée de raclements de gorge.

Il se frotte le menton en fronçant les sourcils. Colombo n'est vraiment pas loin. Derrière ses exagérations, sa gestuelle théâtrale, ses expirations bruyantes, ses minauderies, ses agacements, ses bouffées de cigarette, ses éclats de voix, il y a chez Roucaud quelque chose d'attendrissant. Un étrange mélange de dureté, de ruse et de faiblesse. Mais tel est pris qui croyait me prendre. Ses petits yeux bleu-vert cherchant à percer mes secrets me donnent aussi à voir les siens. Il y a du malheur chez cet homme, une fragilité qu'il tente de dissimuler par son apparente assurance. Je me sens proche de lui. Moi qu'on a regardé comme un surhomme, comme le démon en personne, moi dont l'image de dur à cuire précédait, au sein même de la Rodrigo Chemicals, celle de bandit de grand chemin que les médias ont forgée depuis, je me sens chétif et faible, au contraire. On me dit brutal, je me vois doux. On me croit autoritaire, je suis timide. On me dit bravache, téméraire. J'étais ambitieux, certes, mais au fond je suis trouillard.

– Et ce Loïc, alors ?

– Alors quoi ?

– Comment l'avez-vous connu ?

– À l'internat, je vous l'ai dit. Il m'a pris sous son aile dès les premiers jours.

– Ah oui, c'est ça, à l'internat ! Mais ensuite vous vous êtes perdus de vue ?

– Pas du tout. Il a fait des études de pharmacie. Quand j'ai fondé la Rodrigo, je me suis naturellement tourné vers lui pour me seconder. Au départ, je pensais monter une boîte de chimie qui développerait des solutions de parapharmacie courante : des désinfectants, des crèmes anti-UV, rien de révolutionnaire. C'était à contre-courant, à cette époque où tout le monde prônait le retour à la nature, où les jeunes partaient pour Katmandou ou le Larzac. Et puis peu à peu, on a recruté d'autres chimistes et des biologistes et on a mis au point et commencé à commercialiser des molécules actives, des anti-inflammatoires, des antipyrétiques, des somnifères et des anxiolytiques. Au bout du compte, la Rodrigo Chemicals est vraiment devenue une entreprise pharmaceutique au sens propre.

– La Rodrigo, oui…, la Rodrigo Chemicals. Pas jaloux, votre ami Loïc, que l'entreprise qu'il avait contribué à construire porte uniquement votre nom et que le sien n'apparaisse nulle part ?

La question me surprend. Je dois avouer que je ne me l'étais jamais posée.

– Loïc est un garçon intelligent, rigoureux, méthodique. Il a été l'un des premiers à bâtir des études médicales assorties d'un *groupe contrôle* et d'une analyse statistique approfondie, avec mon aide sur le plan mathématique. Il a beaucoup concouru au succès de la Rodrigo Chemicals, c'est indéniable. Pour autant, il n'avait pas l'âme d'un entrepreneur ni celle d'un leader. Il n'a jamais manifesté la volonté d'avoir cette position. Il a toujours été évident que j'étais le seul dirigeant.

Roucaud hoche la tête d'un air dubitatif. Il entoure le nom de Loïc Martin en rouge au stylo-bille.

– Et sur ce point non plus, vous ne vous êtes jamais interrogé ? Vous n'avez jamais soupçonné votre ami et collaborateur de nourrir quelque rivalité secrète en son for intérieur ?

C'est un nouveau coup que me porte Roucaud. Après les révélations sur mon père, dois-je maintenant apprendre que mon ami, mon allié de toujours, mon frère de cœur me jalousait, me haïssait sans que je m'en sois douté ? Le major me fixe en arborant un léger rictus. Derrière lui, Mollard déploie son grand corps et fait quelques pas pour se dégourdir les jambes. Je reste coi.

– Vous êtes-vous demandé, monsieur Ganos, ce qui pouvait bien être à l'origine de vos ennuis ?

– Euh… je… c'est-à-dire, oui, bien sûr. J'ai été accusé d'un délit que je n'ai pas commis. La presse s'est emparée du dossier, avant même la justice. Impossible de me défendre contre la calomnie. Alors, j'ai essayé de fuir, voilà.

– Voilà ? Voilà quoi ? Ou vous avez menti, ou vous n'avez pas menti ! Si vous disiez vrai, pourquoi fuir ?

– Je ne pouvais pas le prouver…

En prononçant ces derniers mots, je vois mieux où Roucaud veut en venir. Mon unique recours était le témoignage de Loïc Martin. Devant un juge, Loïc était le seul susceptible de dater l'information qu'il m'avait donnée, prouvant ainsi qu'elle était postérieure à la vente de mes actions. Pourquoi n'ai-je pas utilisé son témoignage comme preuve incontestable de mon innocence ? Je me demande si, comme pour mon père, je ne me suis pas voilé la face volontairement. Roucaud insiste :

– Un seul homme avait le pouvoir de témoigner en votre faveur et de vous innocenter. Pourtant, vous n'avez pas essayé de vous appuyer sur lui, sur sa parole. Vous avez préféré vous soustraire à la justice et tenter une expédition désespérée en Argentine plutôt que de vous défendre ici, en France. Naturellement, cela n'a fait que conforter l'idée que vous étiez coupable. Il n'y a rien de plus logique. Mais, en ce qui me concerne, je trouve que vous n'avez pas la gueule de l'emploi… Mollard, ne notez pas ça, je vous prie.

L'adjudant s'étonne :

– Hein ? Pourquoi ?

D'un bond, Roucaud se jette sur lui. J'ai peur qu'il lui assène une baffe, mais il se contente de hurler, dans un élan de fureur :

– Mais bordel, Mollard ! Quand est-ce que vous allez arrêter de discuter mes ordres ? Vous voulez que je demande votre mutation à la cité du Mirail ? J'ai des amis haut placés, vous savez ! Je peux m'en servir ! Compris ?

Mollard blêmit, cesse de taper à la machine. Roucaud reprend son souffle, revient vers moi, s'assied à demi sur la tranche de son bureau et poursuit :

– Je ne devrais pas dire ça, voyez-vous. On ne devrait pas présumer de la culpabilité ou de l'innocence des gens sur la foi de leur figure ou de leur dégaine. Et pourtant, on a beau être gendarme, avoir le sens du devoir et le respect de la rigueur, on n'en est pas moins homme. Oh ! oui, vous allez me dire, des pervers sexuels à qui on donnerait le bon Dieu sans confession, des escrocs au visage d'ange, des gars qui tuent leur femme à coups de beignes pour l'enterrer au fond du jardin et qu'on prendrait en pitié comme des veufs éplorés, oui, j'en ai connu, pour sûr. Et, inversement, des petites frappes que j'aurais estimées cent fois coupables et dont le parcours s'est avéré irréprochable après enquête, oui, j'en ai rencontré aussi, c'est vrai. Mais franchement, entre nous, ce ne sont que quelques exceptions qui confirment la règle. La vérité – Mollard, vous ne notez surtout pas ! Compris ? –, la vérité, c'est que, le plus souvent, nos candidats à la cabane ont la gueule de l'emploi, oui. Les braqueurs ressemblent à des braqueurs, les dealers à des dealers, les escrocs en col blanc à des escrocs tout court. Et là, avec vous, je ne sais pas, mais mon petit doigt me dit que vous n'êtes pas capable d'avoir réalisé le quart du tiers de ce dont on vous accuse…

Il m'a tenu ce discours sur un ton cordial, presque chaleureux, comme l'aurait fait un flic à la retraite racontant ses souvenirs à un journaliste ou à un ancien camarade de régiment, autour d'une bière ou à l'ombre d'un platane. Il s'est approché de moi avec un sourire en coin que je n'arrive pas à interpréter. Cherche-t-il à me mettre en confiance pour mieux me piéger ? Je reste sur mes gardes. D'une voix fluette, je lâche seulement :

– Merci, major.

– Ah non, ne me remerciez pas ! Je vous dis juste les choses comme je les vois. Mais ce n'est pas ma conviction qui va vous permettre de sortir d'ici ! Vous n'imaginez pas la pression que je subis ! Si je vous ai laissé mariner trois heures en bas, ce n'est pas pour le plaisir, croyez-moi.

– Ah bon ? Effectivement, ça a été long. J'ai pensé que…

– Vous vous trompiez ! Ce sont des histoires entre la police et la gendarmerie. J'ai passé tout ce temps au téléphone avec Paris pour négocier. J'ai eu bien du mal à obtenir gain de cause.

L'adjudant l'interrompt :

– Major, attention ! Si je peux me permettre, vous ne devriez peut-être pas révéler…

Roucaud éructe :

– Mais il ne va pas la fermer, celui-là ?

Mollard se renfrogne. Je demande :

– C'est quoi votre gain de cause ?

– Vous garder ici vingt-quatre heures. Ils voulaient que je vous défère tout de suite, ou que je vous remette à la police.

Ces derniers mots me font froid dans le dos. Ces flics dont il parle, il ne les connaît peut-être même pas. Ce sont ceux qui m'ont trimballé du Bourget à Golfech et qui se sont occupés de mon cas. Oh ! pas les mêmes que ceux auxquels Roucaud a eu affaire, bien sûr ! D'autant que deux d'entre eux sont morts et le troisième est en fuite. Des types dans le genre des miens. Je n'ai pas envie de revivre entre leurs mains l'épisode d'il y a quatre jours. Je ne voudrais pas qu'il me livre à eux à nouveau. J'en frissonne, malgré la chaleur humide qui s'impose dans cette atmosphère confinée. Les deux gendarmes se tamponnent régulièrement le front. Quant à moi, l'appréhension me fait littéralement dégouliner.

– Serait-il possible d'ouvrir la fenêtre ? Et est-ce que je pourrais boire quelque chose, s'il vous plaît ?

Roucaud fait signe à son adjoint d'ouvrir les deux grandes fenêtres qui ne sont pas protégées par des barreaux. Un souffle d'air s'engouffre, il est le bienvenu. On est au rez-de-chaussée. Un bref instant, j'imagine sauter d'un bond dans la cour plongée dans l'ombre à cette heure tardive de la journée. Je me vois fuir à toutes jambes. Mais je suis menotté et incapable de tenter un coup pareil. Mollard se rassied en gloussant dans sa barbe. Roucaud l'apostrophe :

– Qu'est-ce qui vous amuse tant, adjudant ?

L'autre se met à rire franchement.

– Excusez-moi, major ! C'est l'expression « boire quelque chose » ! Quelque chose… comme quoi ? Un pastis ? Une Suze ? Notre candidat se prend pour le facteur ou quoi ? « Oh ! vous boirez bien quelque chose… »

Mollard se bidonne. Roucaud réagit :

– Bon ! Écoutez, si ça vous amuse, tant mieux, mais, pour le moment, allez donc chercher de l'eau fraîche et rapportez-nous trois verres. Moi aussi, je meurs de soif. Et vous savez quoi ? Le temps presse. Nous n'avons plus que vingt heures devant nous et il nous faudra bien dormir un peu.

Pendant l'absence de Mollard, Roucaud se confie :

– Ce type est un âne. Et il est méchant comme une teigne. On me l'a imposé, je n'ai pas eu le choix. C'est pénible de me le coltiner toute la sainte journée, je vous assure. Cependant, je dois l'avouer aussi, c'est un excellent limier. Quand il flaire une piste, il ne la lâche pas.

Pourquoi me fait-il ces confidences ? Que tente-t-il de me dire ? Que je dois me méfier de Mollard plus que de lui ? Que, si je mens, je me ferai certainement coincer par l'adjudant ? Je m'interroge. La grande gigue revient, armée des verres et d'un broc. Il nous sert. J'avale d'un trait. Il me ressert. Je recommence. J'ai la nausée.

Le major reprend alors l'interrogatoire en règle. Mollard doit retaper tout le récit, depuis les débuts et l'ascension de la Rodrigo Chemicals jusqu'à mon arrestation dans le restaurant, en passant par mon prétendu délit d'initié, ma planque à Paris pendant quelques semaines, ma fuite avortée en Argentine, et mon invraisemblable histoire de réveil dans la voiture de Rosenberg après un trou noir géant de plusieurs jours. Roucaud ne se donne pas la peine de me contredire, il tient à avoir ma déposition *in extenso*, peut-être pour mieux mettre en lumière ses faiblesses par la suite. J'ai des doutes sur les intentions de cet homme. Mais je suis, quoi qu'il en soit, à sa merci. Il a fallu deux bonnes heures supplémentaires pour tout retranscrire, au rythme de la machine à écrire qui n'a pas manqué de se gripper à plusieurs reprises et de nécessiter un réapprovisionnement en ruban et en papier carbone.

Le jour est désormais complètement tombé. On a refermé les fenêtres et allumé un néon qui diffuse une lumière blafarde et triste dans cette pièce qui ne l'est pas moins. La seule décoration consiste en un portrait photographique glacial du président en exercice, François Mitterrand. Son image figée, son demi-sourire faux, son regard vague me rappellent tout à coup les rumeurs qui courent à son sujet. Mitterrand aurait-il eu une attitude ambiguë pendant l'Occupation ? La presse évoque de plus en plus librement les amitiés gênantes du chef de l'État. On parle en particulier d'un dénommé René Bousquet, un personnage aux facettes multiples qui aurait échappé à l'épuration lors de la Libération, mais dont le parcours n'aurait peut-être rien à envier à celui de mon père. Un article de *L'Express*, en 1978, a mis le feu aux poudres, conduisant l'ancien préfet de la Marne, reconverti en homme d'affaires, à démissionner de l'ensemble de ses mandats d'administrateur. Certains journalistes vont jusqu'à avancer que Bousquet aurait été à l'origine de la rafle du Vélodrome d'Hiver de juillet 1942, celle-là même dont le père de Loïc Martin aurait été l'un des organisateurs. Se pourrait-il qu'il y ait un lien entre cette enquête qui démarre et mon inculpation ?

Les deux gendarmes bâillent ensemble en silence pendant que mes pensées s'évadent. Il est dix heures du soir passées.

Roucaud s'affale sur son fauteuil.

– Laissons tomber pour aujourd'hui, adjudant ! Je suis crevé.

– Mais, major…

– Je vous dis qu'on laisse tomber, c'est tout ! J'ai besoin de réfléchir. Je vais aller m'enfiler un cassoulet que je me suis gardé au frigo et me mettre au lit. On se retrouve ici à six heures demain matin et on fait le point avec notre candidat.

Puis, s'adressant à moi :

– Je ne sais pas ce que vous avez fait ni ce qui vous a mené ici. Mais je pense que vous êtes le maillon d'une chaîne que vous ne maîtrisez pas. À Paris, ils sont convaincus que vous avez tué Rosenberg. Du moins, ils font semblant de le croire. Je ne suis pas de cet avis. Je suis persuadé que le flic est votre complice, au contraire…

Il me dévisage un court instant, guette ma réaction en me fixant malicieusement. Je ne bronche pas.

–… et vous allez m'aider à le retrouver ! Entretemps, reposez-vous. On a du pain sur la planche, demain.

D’un coup de menton, il fait signe à Mollard de sortir. Une minute plus tard, le gendarme aux traits juvéniles qui m’avait conduit ici vient me rechercher pour me ramener dans ma cellule.

On m'a servi un repas tiède longtemps après tout le monde, quand Roucaud a décidé d'interrompre mon interrogatoire. Il y avait de la soupe aux vermicelles, du poulet accompagné de purée de carottes et un yaourt nature. Je n'ai pas pu terminer. J'ai appelé, on est venu me retirer le plateau. La dernière fois que j'ai été soumis à ce genre de régime, c'était lors d'un séjour de deux jours à l'hôpital pour une petite intervention chirurgicale. J'avais une vingtaine d'années.

Je parviens à m'endormir un peu avant minuit, lorsque les protestations épisodiques des autres détenus ont fini par s'évanouir aussi. Mon sommeil est agité. Les tortionnaires de Golfech réapparaissent sous la forme de monstres, leurs traits se mélangent à ceux de mon père qui brandit son bras droit tendu devant le portrait du Führer tandis que ma mère, qui a étrangement pris le visage de Romy Schneider, essaye de sauver ma fiancée Noura des griffes d'un milicien. La scène se déroule dans notre petit réduit de Buenos Aires ; je suis encore un enfant, mais j'accuse mon père de m'avoir menti. Il s'apprête à me balancer son poing dans la figure quand je me réveille en sursaut, couvert de sueur. Il me faut de longues secondes pour retrouver mon souffle. J'entends les verrous glisser. Je fixe la porte de ma cellule, qui s'entrebâille sur la silhouette de deux hommes que je reconnais aussitôt. L'un tient l'autre en joue. Je cligne des yeux, je me pince pour savoir si je suis toujours dans mon cauchemar ou si ce que je vois est bien réel. David braque son MR73 sur la tempe du jeune sous-officier qui n'en mène pas large. Le gendarme vient d'ouvrir la porte. Il tient encore le trousseau d'une main tremblante.

– Donne-moi les clés et entre là-dedans, lui intime mon libérateur d'une voix calme mais ferme.

Le jeune homme obéit. David me fait signe de le rejoindre, sans ajouter un mot. Il enferme le pauvre garçon à double tour et nous filons. À l'étage, deux autres gendarmes dont la bouche est scotchée par du chatterton, menottés au radiateur et désarmés par les soins du flic, nous regardent fuir, sans broncher. Nous sortons sous le ciel étoilé. David me lance les clés d'une 205 rouge dont il s'approche. L'auto est sagement garée sur la gauche de la rue à sens unique. Elle semble nous attendre en toute quiétude.

– C'est toi qui conduis !

Encore embrumé de sommeil, hagard, perdu, désorienté, je m'installe au volant de la voiture. David s'assied côté passager. Il ouvre la fenêtre, n'attache pas sa ceinture et tourne la tête en tous sens pour tenter de repérer d'éventuels poursuivants dans l'obscurité que les lampadaires de la ville ne dissipent que partiellement.

– Démarre, magne-toi.

Tandis que nous quittons la place de parking, un coup d'œil dans le rétro me permet de constater que la gendarmerie semble tout à fait paisible. Le hall d'entrée est éclairé, l'ouverture entrebâillée. On imagine nos braves militaires de garde prêts à recevoir les plaintes de la nuit en attendant patiemment le retour de leurs collègues partis patrouiller. David a raison, évitons de traîner. J'enclenche la seconde. Nous traversons la petite ville silencieuse. Je m'arrête au stop. David, qui me guide, à droite, à gauche, tout droit, m'a commandé de baisser la vitre aussi de mon côté. Un air frais et humide s'engouffre à l'intérieur de la voiture. Il me réveille autant qu'il m'apaise. Quand je m'arrête au stop, je peux distinguer le bruissement du vent dans les feuilles, qui commencent à s'assécher en cette fin d'été. Une chouette hulule dans le lointain. La nuit est douce. La ville dort sur ses deux oreilles. Pas une ombre sur les trottoirs. La fuite semble facile. Qu'a fait David après avoir échappé à son arrestation ? Comment s'est-il procuré ce nouveau véhicule ? Il ne dit rien. Mais il a perdu l'assurance qu'il avait jusqu'ici. Il est anxieux. Il me délivre ses instructions d'une voix saccadée. Il n'est plus le flic sûr de lui, qui, il y a quelques jours, abattait ses deux collègues de sang-froid ou qui, hier encore, me décrivait les honteux états de service de mon père adoré. Il a presque l'air d'avoir peur. Je le connais encore peu, mais assez pour savoir qu'il n'est pas du genre trouillard. J'ai même rarement lu une telle détermination dans le regard de quelqu'un. Mais, entre hier après-midi et cette nuit, il a changé. Qu'est-ce qui le tracasse autant ? Je romps le silence :

– Merci, David. Je veux dire… pour la libération. Même si ce major, là, Roucaud, me paraît honnête, lui, au moins, je n'allais pas forcément m'en tirer comme ça. Je le crois sincère et je suis convaincu qu'il cherchait à démêler le vrai du faux. Mais je ne suis pas à l'abri du risque d'aller faire un tour en cabane.

David allume une Gitane et m'ordonne de la boucler. Il braque même furtivement son arme vers moi, avant de la reposer sur ses genoux. Je me tais. J'essaye de passer en revue les dernières heures… Soudain, un détail me revient qui pourrait bien expliquer l'inquiétude soudaine de Rosenberg. Un détail que j'avais remarqué pendant l'interrogatoire de Roucaud. Quand Roucaud fouillait dans son fourbi pour rechercher les notes qu'il avait prises sur moi, et qu'il a par mégarde laissé s'enflammer une partie des papiers, j'ai nettement aperçu la photo de David sur l'une des feuilles qui s'envolaient. Jusque-là, il n'y avait rien d'étonnant puisqu'il est un des personnages-clés dans l'enquête du major. Ce qui m'a troublé davantage, sans que j'en prenne réellement conscience sur le moment, c'est qu'apparaissaient sur cette même fiche les noms de diverses personnalités publiques, dont ledit René Bousquet, natif de Montauban, non loin d'ici, d'après ce que j'avais lu avant le début de mon affaire et ma première arrestation. J'ai eu le temps de repérer d'autres patronymes qui me disaient vaguement quelque chose : Leguay, Darquier, Baylet... Des flèches rouges et bleues qui reliaient tous ces individus, dont certains étaient entourés de plusieurs traits. Je me rends compte à présent que ce n'est pas le portrait de Mitterrand qui m'a fait penser à Bousquet directement. Ce nom me trottait déjà dans la tête, depuis que je l'avais vu associé à Rosenberg dans les papiers de Roucaud. Quand mes yeux se sont posés sur la photo du président, j'ai songé à ses amitiés gênantes parce que je venais de voir apparaître *René Bousquet* dans la liste de Roucaud. D'autres personnages publics, des politiques, des artistes, des chefs d'entreprise étaient alignés par ordre alphabétique sur cette liste reliée à la photo de David. Je n'ai aperçu que furtivement le document ; je n'en ai pas retenu tous les détails. Aussi je me demande s'il ne s'agirait pas, par hasard, des personnalités que mon sauveur s'est engagé à réhabiliter « à la main ». Il fallait laver certains noms. En échange de quoi, il avait carte blanche pour les plus ignobles bourreaux. David me l'a bien expliqué : « un pour un ». Roucaud, qui semble être un bon fouineur, serait-il sur le point de comprendre cette étrange procédure et de révéler le pot aux roses au grand public, mettant à mal le travail de David ? Piqué par la curiosité, j'interrogerais bien le flic, mais je sens qu'il n'est pas d'humeur à bavarder, encore moins à se confier à moi. Je me tais pour l'instant. Nous sortons de Beaumont par le nord. Demain soir, nous prendrons la direction de Bordeaux. Là-bas, un passeur me cachera dans la cale d'un cargo de marchandises, m'annonce David sur un ton formel qui n'invite pas au débat ni à la contradiction. Je quitterai la France clandestinement. Il a besoin de moi, il veut me savoir à l'abri. D'ici quelques jours, j'accosterai à Casablanca. Mon cœur fait un bond : Casa est la ville natale de Noura ! Sa famille y vit encore : son père, un vieux moustachu ronchon dont elle m'a si souvent parlé avec des trémolos dans la voix, deux de ses sœurs, sa maman qui boit du whisky en cachette à l'apéritif sans jamais se séparer de son hidjab aux mille couleurs. Vais-je enfin revoir ma jolie fiancée ? David douche vite mes espoirs. Je serai débarqué sur le port par ses amis sur place. Avant d'arriver, je me serai fait enfermer dans un conteneur dont on m'aura précisé le matricule. On me laissera sortir le moment venu, pas plus de quelques heures après mon débarquement. Que je prévoie assez d'eau pour tenir tout de même, et une bouteille vide pour uriner. On me conduira dans un riad au cœur d'une médina, un endroit gardé si secret que David lui-même ne le connaît pas de façon précise. On ne pourra pas me retrouver tant que je ne me montrerai pas. Personne ne saura où je suis, mis à part quelques-uns des alliés de David. Combien de temps devrai-je rester caché ?

– Le temps qu'il faudra ! répond David avec agacement. Tu n'as aucune question à poser. Tu n'as pas le choix, tu obéis, un point c'est tout !

Il a coupé court à toute nouvelle tentative d'objection. Nous roulons en silence pendant une demi-heure jusqu'aux abords de la petite commune de Saint-Nicolas-de-la-Grave, village natal d'Antoine de La Mothe-Cadillac, fondateur de la ville de Detroit au XVIIIe siècle, qui inspira les créateurs de la marque de berlines qui porte son nom. Je me demande pourquoi David, si sombre en cette nuit sans lune, prend soudain le soin de me conter cette anecdote. Il me fait arrêter devant une cabine téléphonique. Il a besoin de passer un coup de fil pour finaliser les détails de mon voyage. L'appel n'est pas long, il me rejoint vite.

Nous quittons le bourg par l'ouest et, quelques kilomètres plus loin, nous nous enfonçons dans un sous-bois qui longe la Garonne. Une fois la voiture stoppée dans un recoin qui nous semble peu repérable, David décide que nous demeurerons ici jusqu'à l'aube, enveloppés par les longues branches des saules blancs qui se mêlent aux peupliers noirs recouverts de lianes, protégés par les chênes centenaires.

– Essayons de dormir. Demain, nous devrons patienter encore ici toute la journée, tout en restant à l'affût, avant de partir pour Bordeaux à la nuit tombée.

Il est près de trois heures. David abaisse le dossier de son siège presque jusqu'à l'horizontale et se recroqueville en chien de fusil, les yeux fermés, le flingue fermement serré dans sa main droite. Je l'imite de mon côté, mais il m'est impossible de trouver le sommeil. La fatigue et le stress réveillent les séquelles des affres douloureuses issues de mon séjour dans les sous-sols de Golfech. La peur me gagne. Je tremble. La forêt a gardé l'humidité déposée par l'orage de l'après-midi. Les effluves de l'humus envahissent l'habitacle dont nous avons laissé les fenêtres ouvertes. Ils chassent l'odeur de tabac froid, caressent mes narines, me rappellent les pluies d'été de Buenos Aires, que nous accueillions comme des dons du Ciel salvateurs. Quand Papa était là, il m'emmenait courir sous le déluge. Nous revenions trempés. Maman nous grondait, nous déshabillait, nous frottait malgré nos protestations, étendait nos vêtements à la fenêtre pour les faire sécher. Souvent, mes parents partageaient alors une bière pour fêter l'événement. J'avais parfois droit à un verre de lait. Ces souvenirs finissent par m'apaiser. Je m'assoupis tant bien que mal.

Quelques heures plus tard, le petit jour m'arrache à la somnolence. David est levé, je l'aperçois assis près du fleuve. Je vais m'installer à côté de lui. Il jette mécaniquement des cailloux dans la Garonne, pas trop loin, de peur d'être repéré. Il reste à l'abri des arbres. D'ici, pense-t-il, personne ne peut nous voir. Si une péniche passait, il serait toujours temps de reculer. Il me tend une bouteille d'eau en plastique.

– C'est tout ce que j'ai à t'offrir pour le petit-déjeuner.

Je ne refuse pas, cependant. J'en vide un quart à grosses gorgées.

– Que sais-tu d'autre sur… sur… Johann Gantzer ?

Je n'arrive déjà presque plus à l'appeler « Papa ».

– Johann Gantzer a vu le jour à Bonn le 16 décembre 1905, cent trente-cinq ans après la naissance de Beethoven dans cette même ville. Pour son père, un professeur de mathématiques qui se prénommait Ludwig, passionné par la grande musique et instrumentiste lui-même, c'est un signe du destin. Il a tôt envisagé pour son fils une carrière de musicien. Il a initié Johann, ainsi baptisé en l'honneur de Strauss, à la pratique du violon dès son plus jeune âge. La Grande Guerre est arrivée. Ludwig est mort à Verdun au printemps 1916. Il semble que Johann ait accueilli la capitulation de l'Allemagne comme une terrible humiliation, un coup porté à la mémoire de son père. Il poursuit néanmoins de brillantes études de sciences physiques, se distingue à de nombreuses reprises, fréquente les plus grands : il est repéré par Werner Heisenberg, qui le mentionne plusieurs fois dans les lettres adressées à sa famille, et même dans certains de ses travaux. Il décrit Johann comme un jeune homme travailleur, fougueux, doué d'une intelligence prodigieuse, mais il déplore toutefois son exaltation excessive. Johann effectue de longs séjours aux États-Unis, à l'université de Columbus, dans l'Ohio. Il en revient presque bilingue, mais également convaincu que la Première Guerre mondiale, et surtout la défaite allemande, est attribuable à la traîtrise du complot juif, une idée qui circule activement là-bas aussi. Il s'engage très tôt aux côtés d'Hitler, rejoint le commandement des SA dans les tout premiers.

Un léger ressac asperge les pieds de David, ce qui l'oblige à reculer vivement. Je sursaute à mon tour, suis parcouru d'un long frisson dont je ne peux déterminer l'origine exacte : le brin d'air frais qui vient de me caresser ou le récit glaçant du flic. Je ne voudrais pas en savoir plus, mais je brûle en même temps de connaître toute la vérité. C'est moi qui relance :

– Et après ?

– Après ? Quoi après ?

David s'imagine bien ce que je souhaite découvrir, sans que je sois sûr, pourtant, de le désirer vraiment. Quel a été le rôle exact de mon père pendant la guerre et l'Occupation ? A-t-il été impliqué dans la déportation des Juifs ? Le flic se lève. Les mains dans les poches de son jean, il déambule entre les arbres, frotte la terre de l'extrémité de ses Stan Smith et ne quitte pas des yeux le bout de ses pieds. Il hésite à tout déballer.

– Ton père a fait partie de la kommandantur à Paris. Il travaillait sous les ordres du général von Choltitz jusqu'en août 44. Il a alors déserté et il a probablement réussi à s'enfuir de la capitale au début du mois d'août, on ne sait pas trop comment. En tant qu'officier allemand, il s'est arrangé pour traverser la France encore occupée, jusqu'à Bordeaux. De là, il a sans doute embarqué sur un bateau de pêche et gagné l'Espagne. Puis il aurait rejoint le Portugal. Il serait parti de Porto en septembre pour l'Argentine, à bord d'un cargo…

Une fois encore, ce que m'apprend David me fait l'effet d'un coup de poignard, de massue, qui me coupe le souffle. Essayant avec difficulté de retrouver ma respiration, je parviens à articuler :

– Ce que tu es en train de me dire, David, c'est que je m'apprête demain à quitter la France clandestinement par le même chemin que mon père il y a quarante et un ans ? Je suis devenu un paria comme lui dans ce pays qui est devenu le mien, au fil des ans. Comme si j'avais commis les mêmes crimes que lui.

David sort la main de sa poche pour la passer dans son abondante chevelure châtain. Il s'accroupit tout près de moi. Il a autre chose à me confier et son embarras est perceptible.

– Rodrigo, écoute…

C'est la deuxième fois qu'il prononce mon prénom depuis que nous nous connaissons. Le ton est plus solennel que jamais.

– Rodrigo, ce départ de Bordeaux, en août 44, tu l'as… comment dire… déjà fait.

Là, je ne vois pas où il veut en venir. Je reste coi, interloqué. Il hoche la tête en signe d'approbation, comme pour confirmer qu'il sait ce qu'il raconte. Il n'est pas soudain devenu fou. Il a l'esprit tout à fait clair, c'est moi qui ne comprends pas, une fois de plus.

– Oui, quand ton père a quitté le port dans son petit chalutier en pleine nuit, il tenait, emmitouflé dans une couverture, un nouveau-né de quelques jours, quelques semaines peut-être. Et cet enfant, Rodrigo, c'était toi…

Il a prononcé ces deux derniers mots dans un chuchotement tellement faible que je me demande si j'ai bien entendu. Cet enfant, c'était… moi ? Je suis perdu. Le soleil se hisse déjà au-dessus de l'horizon et commence à réchauffer l'atmosphère ; les oiseaux piaillent gaiement, s'affairent à dénicher quelque ver de terre caché sous les feuilles, tandis que les insectes se mettent à bourdonner autour de nous. Je dois dégager d'un geste un nuage de moucherons qui menace de venir se nicher sous mes paupières. L'existence poursuit son cours ici autant qu'ailleurs en cette fin d'été, indifférente à mon sort, à mon histoire et d'ailleurs à l'Histoire. Ces peupliers, ces guêpes et ces araignées se soucient comme d'une guigne de nos sombres tourments. Elles répètent, sans se lasser, l'absurde cycle de la vie qui, des amibes, a donné naissance aux organismes multicellulaires, aux algues, aux mollusques, aux poissons et finalement aux mammifères. De reproduction en reproduction, il est arrivé qu'un jour de 1943, un homme et une femme se sont rencontrés et se sont aimés. En juillet 1944, un nouvel être est né de l'union des gamètes de Johann Gantzer avec ceux d'une femme inconnue. Ce nourrisson, c'était moi. Je m'appelle Rodrigo Ganos et, jusqu'à il y a quelques secondes, je croyais être né le 15 mai 1945 à Buenos Aires. Tout petit, j'étais considéré comme un enfant en avance… Je comprends mieux maintenant pourquoi : j'étais presque un an plus vieux que mon âge officiel. Depuis deux jours, je sais que mon papa n'était pas le tendre barman Juan Ganos que j'ai connu, mais l'ignoble Johann Gantzer, physicien de son état, et bourreau sanguinaire à l'occasion, barbare criminel sur les bords. Je dois désormais admettre que je ne suis pas né dans la ville qui m'a vu grandir, ni même dans la bonne année. Ces terribles révélations me torturent en me pénétrant, mais elles laissent bientôt la place à un nouveau doute, plus déchirant encore. Une sourde inquiétude qui me vrille l'estomac au fur et à mesure qu'elle prend corps. Si je suis né en France, c'est que... Mon Dieu ! Non, je ne peux pas y croire. Je m'entends pourtant lui demander :

– Et ma mère, Soledad ? Elle est née argentine et, autant que je sache, a toujours vécu là-bas. Elle ne parlait pas français... Johann n'a pas pu la connaître à Paris où elle n'a jamais mis les pieds ?

J'ai à peine terminé mon propos que ma naïveté me saute aux yeux. Évidemment ! David n'a plus qu'à m'asséner le dernier coup :

– Ta maman... ta maman n'est pas... celle que tu crois. Ton père a rencontré Soledad bientôt après avoir débarqué à Buenos Aires. Nous ne savons pas exactement à quelle date, mais nous pensons que c'est elle qui l'a aidé à se procurer un nouveau passeport. Johann se faisait appeler John, un Américain communiste qui avait fui les États-Unis. Grâce à son quasi-bilinguisme, la supercherie a pris et il a obtenu ainsi, avec le concours de sa femme, une nouvelle identité. Quant à Soledad, elle t'a adopté et t'a élevé comme son fils.

Quelle douleur d'entendre ces révélations de la bouche de ce flic que je ne connaissais pas il y a une semaine à peine, même s'il semble éprouver pour moi une certaine compassion !

– Et... comment dire... ma... ma vraie mère, alors ? C'était qui ?

David secoue la tête de droite à gauche. Il est désolé.

– On a cherché. On a beaucoup cherché. Mais on n'a rien trouvé. On a supposé qu'elle avait abandonné cet enfant de la honte...

Se rendant compte de la monstruosité de son expression, il s'excuse :

– Pardon, ce n'est pas ce que je voulais dire…

– Continue !

–… oui, pardon. On suppose qu'elle a tenté d'abandonner l'enfant, de se débarrasser de cette preuve de sa liaison avec un officier allemand, au moment où elle a appris que les troupes alliées fonçaient vers Paris. Peut-être a-t-elle ainsi évité d'être tondue. En tout cas, nous n'avons pas trace d'elle. À vrai dire, nous ne savons absolument pas qui elle était. Aucune rumeur n'a circulé à propos d'une liaison qu'aurait pu avoir ton père.

Chose curieuse, je suis presque soulagé par ce dernier aveu. Voilà quarante-huit heures que David me bombarde de révélations stupéfiantes. Ma vie entière ne semblait jusqu'ici présenter pour lui aucun secret. Je suis paradoxalement heureux qu'il lui manque un morceau du puzzle. Ainsi, mon histoire ne lui appartient pas tout à fait. L'identité de ma mère naturelle, que j'ignore aussi, leur aura échappé. Une partie de mon intimité demeure encore préservée.

Nous restons un moment assis l'un à côté de l'autre en silence. David a recommencé à jeter, dans la Garonne, des cailloux ou de petites boules de terre préalablement modelées. J'ai ôté les pataugas qui ne m'ont pas quitté depuis deux jours. Je me masse la plante des pieds. Je sens mauvais, David aussi. Je suggère que nous profitions de la proximité de l'eau pour nous débarbouiller.

– Tu as raison. D'ailleurs, j'ai ce qu'il faut.

David se dirige vers la voiture et en revient avec un savon de Marseille. Chacun de nous se lave sommairement pendant que l'autre fait le guet. Après la brève toilette, je m'allonge. Je finis par m'endormir à nouveau. Au réveil, David a disparu. Je me lève d'un bond. L'auto n'est plus là. La panique s'empare de moi. Je me précipite vers le fleuve, rebrousse chemin, me mets à courir vers la route qui borde le bois, reviens sur mes pas dès que j'entends le bruit d'un moteur. Je m'arrête enfin, m'accroupis, me blottis contre un arbre. Le visage aimant de Soledad m'apparaît. Ses rides naissantes à la lisière de ses paupières, la douceur de ses mains, sa voix chaude qui m'endormait lorsqu'elle me chantait une comptine. J'étais son *Rodri*, son *cariño*, son *ángel*. Elle était ma petite maman chérie. Elle ne l'est plus. Je dois faire mon deuil d'elle une seconde fois. Il me faut entreprendre une quête nouvelle, découvrir l'identité de celle qui m'a réellement mis au monde. Après des années d'enquête sur moi autant que sur mon père, la police spécialisée n'est pas parvenue à trouver qui était ma génitrice. Les diverses investigations n'ont même pas mené vers une vague piste ! La tâche s'annonce encore bien plus ardue pour moi qui ne dispose d'aucun moyen et qui me vois obligé de quitter la France dès ce soir, sans savoir si je pourrai y revenir un jour.

La 205 rouge refait son apparition sur le sentier. David en sort en arborant le sourire satisfait du devoir accompli. Il brandit fièrement un grand sac contenant bon nombre de sandwichs, de sodas, de friandises.

– Il faut qu'on mange ! Surtout toi. Tu risques de ne pas pouvoir te nourrir de sitôt. Prends des forces !

– Mais… où as-tu trouvé tout ça ?

Il sourit :

– Pas sous le pied d'un cheval, pardi ! Je suis allé à l'épicerie du village, qu'est-ce que tu t'imagines ?

– Mais… comment as-tu fait pour ne pas être repéré ? Tu es sûr de ne pas avoir été suivi ?

Là, il rit franchement.

– Voilà que notre homme d'affaires en cavale s'inquiète de mes capacités professionnelles ! Écoute, en matière de filature, je suis très compétent. C'est même, je pourrais dire, ma spécialité. D'ailleurs, ma tête n'est pas dans tous les journaux depuis des mois, comme la tienne. Personne ne me connaît. Seuls les services de police et de gendarmerie savent à quoi je ressemble, et encore… Je n'ai eu aucune difficulté à me mêler à ceux du coin qui faisaient tranquillement leurs courses.

Il me tend un énorme sandwich au saucisson. Je ne le refuse pas. Nous mastiquons en silence. Puis son œil se remet à pétiller. Il m'attrape par le bras, m'aide à me lever et me conduit vers le coffre de la voiture. Il l'ouvre.

– C'était jour de marché aujourd'hui. Je me suis aussi procuré de nouvelles tenues !

Il déploie deux chemises rouges, deux pantalons en jean et deux casquettes marquées du logo Ferrari.

– À partir de maintenant et jusqu'à ce soir, nous serons des aficionados de la *Scuderia* en goguette, comme en témoigne d'ailleurs la couleur de notre bolide, dit-il, enjoué, en assortissant ses paroles d'un léger coup de pied sur le bas de caisse. Allez, viens, change-toi !

David semble avoir retrouvé l'assurance qu'il avait perdue dans la nuit. Je brûle toujours de savoir ce qui le tracassait tant. Une fois rhabillé, je lui demande tout de go :

– Tu étais très nerveux quand nous avons quitté Beaumont. Qu'est-ce qui t'inquiétait à ce point ?

Il hésite. Son destin et le mien ont beau être désormais liés pour toujours, il n'est pas sûr de la confiance qu'il peut mettre en moi ni de l'amitié contre nature qu'il peut accorder à son ancienne victime. Ses questions récentes lors de notre première planque prouvent qu'il ne s'est pas encore fait une religion définitive sur ma participation, indirecte mais tout de même possible, à l'attentat de la rue des Rosiers. Doit-il dans ces conditions me confier l'objet de ses tourments ? Après un soupir d'indécision, il finit par avouer :

– Ce gendarme…, Roucaud…, il me préoccupe. Il va fourrer son nez partout. Il est sur le point de comprendre le fonctionnement de notre unité spéciale. Il sait que j'enquête sur René Bousquet depuis longtemps. C'est d'ailleurs en suivant cette piste que j'ai découvert l'existence de ton père ainsi que celle de Michel Martin.

Devant mon air dubitatif, il s'explique :

– Martin travaillait pour la Milice sous les ordres plus ou moins officieux de Bousquet, alors secrétaire général de la police. Il répondait directement à Jean Leguay, le délégué de René Bousquet. Gantzer, quant à lui, faisait partie de leurs interlocuteurs côté allemand, au même titre qu'Adolf Eichmann. C'est tous ensemble qu'ils ont préparé la rafle du Vél'd'Hiv.

Ces mots écorchent encore cruellement mes oreilles. Comment supporter d'entendre le nom de mon père accolé à ceux de « Vél'd'Hiv », « Milice », « Adolf Eichmann » ? Je n'ai cependant pas le choix si je veux saisir les raisons de l'inquiétude de David. Pour en avoir le cœur net, je ne dois pas interrompre le dialogue.

– Je ne comprends pas, David. Même si vos méthodes sont pour ainsi dire… musclées (je me touche le menton encore endolori, en prononçant ces mots) et s'il est exact que vous vous arrangez régulièrement avec la loi, votre unité n'est cependant pas une société secrète. Un gendarme peut bien connaître son existence et vos sujets de recherches…

Il lève les yeux au ciel, agacé par ma naïveté.

– Tu crois que nous avions l'autorisation, même tacite, de te traiter comme nous l'avons fait ? Tu crois que notre hiérarchie aurait approuvé la chose si elle l'avait sue ? Nous avions carte blanche tant que nous ne nous faisions pas prendre. Disons que l'IGPN ne venait pas trop fouiller dans nos affaires, mais, au moindre coup de Trafalgar, on nous lâchait. Nous étions prévenus et nous travaillions en connaissance de cause. Et je te le répète, c'est donnant-donnant. Bousquet est un des types protégés. Il a déjà été jugé. *Non bis in idem !* On ne peut pas juger deux fois quelqu'un pour les mêmes motifs. C'est pourquoi il nous faut des éléments nouveaux si on veut le choper. Mais personne n'a envie qu'il tombe, surtout pas là-haut, au sommet (David pointe son doigt vers le plafond). Je joue double jeu, tu comprends ? Je feins de chercher à le réhabiliter, mais, en réalité, mon enquête avance, je pose mes pions. C'est la raison pour laquelle j'ai besoin de toi. Je ne pouvais pas laisser mes deux abrutis d'acolytes te buter. Tu m'es indispensable. Mais maintenant il ne faut pas que cet obstiné de Roucaud vienne fouiner là-dedans, il foutrait tout en l'air.

Peu à peu, les pièces du puzzle commencent à s'imbriquer. L'image globale se dessine progressivement. J'entrevois le plan qui mijote dans la tête de David. Je vais lui servir d'éclaireur autant que d'appât. Par moi, par l'identité de mes protecteurs historiques, il essayera de remonter la filière des financements et de coincer ceux qui aident les groupuscules néonazis ou leur donnent de l'argent. Par mon nom aussi, il cherchera à piéger Bousquet, ou d'autres. À leur faire croire qu'il y a en moi, à cause de ma filiation, un allié.

Quant à moi, je n'ai plus aucun avenir. Je vais fuir comme un criminel ce pays qui m'a accueilli, qui m'aura offert la gloire et la prospérité, qui m'aura tout donné avant de tout me reprendre. Mon meilleur ami Loïc est hors de portée ; ma fiancée s'est volatilisée, ou plus exactement c'est moi qui lui ai échappé. Sans parents et sans descendance, je suis seul au monde. J'ignore si Noura porte en elle l'enfant qu'elle désirait de moi. J'imagine son ventre s'arrondir, ses seins s'alourdir, je la vois déambulant dans les couloirs de la Samaritaine, les mains en appui sur le bas du dos, en quête d'un lit à barreaux, d'un tapis d'éveil, d'une boîte à musique programmée pour rejouer inlassablement la berceuse de Brahms… Il sera brun comme sa maman, bouclé, avec de grands yeux noirs. À moins que ce ne soit une fille. Comment l'appellerons-nous ? Comment l'appellera-t-elle ? Je ne serai pas là pour la voir naître. Pour la voir tout court. Quand pourrai-je remettre les pieds ici ? Quand pourrai-je retrouver Noura ? Je me lève, m'éloigne de David pour aller marcher le long du fleuve et noyer mon chagrin dans l'onde.

Lorsque je reviens sur mes pas, David est assis dans la voiture, plongé dans la paperasse, prenant des notes.

– Ces documents sont une mine d'or…

Je ne réponds pas. Il enchaîne :

– Change-toi, nous n'allons pas tarder à filer d'ici.

Je m'exécute.

– Et après ? Une fois que tu m'auras laissé à Bordeaux, qu'est-ce que tu vas devenir, toi, David ?

– Ne t'inquiète pas pour moi. J'ai mille endroits où atterrir. Et je ne t'en révélerai aucun. Comme tu en as fait l'expérience pendant ton séjour à Golfech, le meilleur moyen de ne pas parler, c'est de ne rien savoir. Si tu es arrêté, qu'on t'arrache les ongles des pieds et des mains un par un, qu'on badigeonne tes plaies de sel pour les empêcher de cicatriser ou qu'on te noie dans une bassine, tu ne diras pas où je suis tout simplement parce que tu ne le sauras pas. Tu ne diras pas quand je prévois de venir te chercher à Casablanca parce que tu n'en auras pas la moindre idée. Tu n'avoueras pas l'identité de notre passeur parce que tu l'ignores. Tu comprends ?

Je comprends très bien, oui. Je le ressens même encore dans ma chair. Mais si David est capable de garder le secret pour s'assurer que je ne parle pas, même à la dernière extrémité, je me demande pourquoi il m'a aussi facilement confié son enquête sur René Bousquet. Il a choisi à dessein de prendre ce risque. Il espère donc en tirer un bénéfice supérieur. Je m'interroge. Je ne saisis pas davantage l'importance de mon prétendu délit d'initié dans toute cette immense affaire. Loïc est indéniablement le chaînon manquant. C'est par lui que tout a commencé, par lui, au fond, que le premier scandale a éclaté.

Nous enterrons nos anciens vêtements et nous quittons enfin le sous-bois. Les traces de notre passage et de notre séjour ne manqueront pas d'être vite découvertes, dans quelques jours tout au plus. Peu importe ; d'ici là, nous serons loin, si Dieu le veut. *Inch Allah*, disait Noura.

Dieu l'a voulu, comme en témoigne le chant du muezzin, qui me parvient dans le conteneur où je suis enfermé : me voilà donc arrivé dans le port de Casablanca. Je ne suis pas entré là-dedans sans une réserve d'eau. Le conseil de David était fort judicieux, car la chaleur est étouffante. L'obscurité totale ajoute encore sans doute à la suffocation, mais elle a l'avantage de rendre mon ouïe plus sensible. Grincement, cliquetis, roulement, éclat de voix, ronron d'un moteur, pétarade d'un autre, clapot, le moindre son pénètre dans mon oreille. Mon cerveau cherche à interpréter chacun des bruits qu'il perçoit, à les ordonnancer dans une forme de logique. Tout ce vacarme me rappelle celui du port de Buenos Aires, quand nous allions flâner le long des quais avec Papa. Juan m'emmenait régulièrement voir les gros cargos appareiller dans l'estuaire du Rio de la Plata. Venait-il y faire autre chose qu'une simple balade avec son fils ? Y apportait-il des faux papiers ou des vivres à quelque évadé de l'Europe qu'un passé trop trouble avait poussé vers nos côtes ?

Je sens le conteneur s'élever. Il doit être monté sur un chariot, ou suspendu à une grue. Je suis bringuebalé de-ci de-là jusqu'à ce qu'enfin le mouvement s'arrête. De longues minutes s'égrènent alors dans le noir et le silence cette fois complet, brisé de temps à autre par un écho lointain. Finalement, j'entends coulisser les verrous. Le toit s'ouvre ; un rayon de lumière pâle, celle d'un entrepôt, s'engouffre. Une petite frimousse avenante aux cheveux noirs et frisés surgit au-dessus de la paroi de tôle, comme la marionnette de Guignol. Elle se penche de côté et essaye de distinguer ma figure dans la pénombre qui m'enveloppe encore. Je perçois son sourire amical. Ce gamin n'a peut-être pas vingt ans. D'une voix légère, avec une intonation chantante dans laquelle les voyelles *i*, *e* et *u* se confondent en une seule sonorité mystérieuse, il me pose la question codée :

– D'où vous venez, monsieur ?

Son accent marocain fait bondir mon cœur. Il me rappelle celui de Noura, celui de son père quand elle l'appelait au téléphone et que j'entendais le vieil homme au travers du combiné. Je réponds au gosse conformément aux instructions de David :

– De la centrale nucléaire.

– C'est bon. Accrochez-vous, je vais vous aider à sortir.

Il me tend la main. Je m'y agrippe et parviens à m'extirper de ma prison d'acier.

– Bienvenue, mon frère. Ne t'inquiète pas, on va prendre soin de toi. Ici, on protège les Juifs comme toi, tu dois pas t'en faire.

– Merci… Comment t'appelles-tu ?

– Moi, c'est Jawad. Et toi ?

Je remarque alors qu'il porte une petite moustache courte, sans doute dans le but de vieillir ses traits juvéniles.

– Rodrigo. Je m'appelle Rodrigo. Merci pour votre accueil et la protection que vous m'offrez. Cependant, je ne suis pas juif, vous savez…

Pourquoi ai-je eu besoin de lui donner cette précision ? Pourquoi m'y suis-je cru obligé ? Je me le demande et j'en tire une honte presque immédiate. Est-ce que mon père aurait pu me transmettre, avec ses gènes, son antisémitisme viscéral ? Serais-je victime d'un sinistre atavisme, si bien ancré en moi qu'il me pousse à démentir la judaïté que ce jeune homme me prête ? À moins que ce ne soit la peur qui motive mon déni. Pas beaucoup plus glorieux, quoi qu'il en soit. Jawad éclate de rire.

– C'est comme tu veux, mon frère. Juif ou pas juif, on va s'occuper de toi. Allez, monte là-dedans.

Il désigne une camionnette Berliet grise dont la plate-forme est recouverte d'une bâche arrondie, vert kaki foncé. Elle contient outils, bidons, brimborions de toutes sortes, et même deux poulets dans une cage. D'une voix enthousiaste, mon protecteur me donne ses instructions :

– Tu zigzagues entre les caissons et tu vas te planquer au fond. Il y a une grosse caisse en bois vide collée à la cabine du conducteur. Tu t'allonges dedans, tu seras bien. J'ai fait des trous pour respirer, en bas, et une ouverture pour tes yeux, tu pourras regarder le paysage. Y a même un coussin pour ta tête, tu seras bien, mon frère. On doit rouler une heure et puis on est arrivé. Prends de l'eau avec toi.

Je m'installe comme il me l'a demandé et j'attends. Après deux ou trois minutes de remue-ménage, le moteur se met en route et nous démarrons. Une demi-heure se passe. Par mon mini-hublot, j'aperçois effectivement les trottoirs, les pieds des palmiers et des passants, les djellabahs blanches, les portières des 104 Peugeot, des 4L ou parfois des Mercedes qui nous dépassent. On s'arrête aux feux, aux stops, aux croisements. C'est du moins ce que j'imagine. Mais soudain le ronronnement du diesel s'interrompt. La porte du chauffeur grince en s'ouvrant, claque en se refermant. Je reconnais la voix de Jawad, mais il s'exprime maintenant en arabe. Un homme lui répond dans la même langue, sur un ton autoritaire. Je parviens à distinguer les hanches des deux interlocuteurs, le jean et la chemise blanche de mon conducteur et le ceinturon noir sur pantalon beige de celui qui semble être officier de police. Subrepticement, Jawad s'éloigne du camion tout en argumentant. Le flic le suit. Je peux alors voir leurs silhouettes dans leur intégralité. Ils palabrent, en s'accompagnant de grands gestes. Ils regardent furtivement autour d'eux à plusieurs reprises avant que Jawad se décide à tendre un billet de banque. En une fraction de seconde, l'autre attrape l'argent au vol. Il le dissimule dans la poche de sa chemise à la vitesse de la langue d'un caméléon saisissant un criquet. Ni vu ni connu, les deux hommes reviennent au camion d'un pas débonnaire. Le flic s'approche. J'entends ses doigts glisser sur la toile jusqu'à ce qu'ils atteignent le trou par lequel j'observe l'extérieur. J'ai le réflexe de me reculer juste à temps pour éviter qu'il me fourre son index dans l'œil. C'était moins une ! Il s'adresse au chauffeur. J'ai l'impression qu'il l'engueule. Mais, comme Jawad répond sur le même ton, j'en conclus que c'est leur façon de parler. J'entends qu'on ouvre la bâche au fond et que quelqu'un grimpe sur la plate-forme. Il déambule au milieu du foutoir, parvient finalement à la malle dans laquelle je suis dissimulé. Par l'ouverture réalisée pour me permettre de respirer, j'aperçois les godillots du policier. Je tremble. Une deuxième personne est montée dans le véhicule. C'est sans doute Jawad. Les voilà repartis à déblatérer. La tension grandit d'un cran. L'officier hurle carrément. Je suis secoué, je me demande s'ils n'en sont pas venus aux mains. Puis tout à coup je distingue un *shoukran* beaucoup plus paisible, un *hamdoullah* presque amical, et les deux hommes descendent du camion. Nous redémarrons. Je ne sais pas comment Jawad a fait pour nous tirer de ce mauvais pas ; peut-être a-t-il donné un autre billet. Toujours est-il que nous roulons encore une vingtaine de minutes avant de nous arrêter de nouveau. Cette fois, mon protecteur vient m'ouvrir et m'aide à sortir de la caisse et de la camionnette. Le paysage que je découvre autour de moi ne correspond pas du tout à ce que j'attendais. Nous nous trouvons au beau milieu de ce qui doit être un bidonville, loin des palmiers et d'une quelconque médina, encore moins d'un riad. Il y a bien l'océan, à l'horizon, mais la plage est couverte de détritus et elle est bordée d'habitations délabrées, faites de briques de ciment, habillées d'un revêtement de couleur pour une minorité d'entre elles – assez peu –, toutes recouvertes de toits en tôle ondulée. De rares fenêtres sont aménagées ici ou là. De grands bidons de plastique sont régulièrement disposés près des maisons : ils semblent tenir lieu de réservoirs d'eau. Des gosses courent pieds nus, se poursuivent armés de branchettes qui leur servent d'épée ou de fouet ; des femmes, vêtues de noir ou de tenues multicolores, protégées par un hidjab ou un tchador sombre, vaquent à leurs occupations dans les ruelles poussiéreuses. Derrière le bidonville se dressent de larges cheminées d'usine crachant des fumées tantôt blanches, tantôt gris foncé. On devine au loin les longs bâtiments abritant ouvriers et machinerie.

– On est arrivés, mon frère. Ici, c'est le quartier d'Aïn Sebaâ. Ici, il n'y a pas la police, pas l'armée. Il n'y a rien. On ne viendra pas te chercher. Suis-moi. Il n'y a pas non plus les magasins et le téléphone. On est tout seuls entre nous dans ce bled. Personne ne pense à nous. On n'existe pas. Tant que tu resteras à Aïn Sebaâ, mon frère, tu n'existeras plus, toi aussi !

Il conclut d'une tape amicale dans le dos. Nous nous éloignons de la camionnette et naviguons entre les baraquements de fortune pour atteindre finalement une habitation rectangulaire dont les murs sont peints en rose, abritée par un toit métallique. Ce logement est plus grand que les autres. Il bénéficie d'une courette, délimitée par les murs des baraques voisines. Quelques poules gigotent et picorent le sol sablonneux. Nous entrons. Une vieille femme voilée nous accueille avec un large sourire édenté. Elle enlace longuement Jawad qui la dépasse d'une bonne tête. Le jeune homme se laisse faire, puis il me montre de la main et dit quelque chose en arabe que je ne comprends pas, bien que je distingue au milieu de sa phrase mon prénom. La femme ouvre les bras comme pour me bénir, puis se désigne en se frappant la poitrine :

– Fatima.

Comme je ne réagis pas, elle répète. Je finis par hocher la tête en signe de salut et j'annonce :

– Rodrigo.

Je n'ai rien à offrir et je ne peux rien exprimer dans sa langue. Jawad déclare :

– Fatima est ma maman. Je suis son huitième enfant, le plus jeune. Mes frères et sœurs sont tous partis. Ils sont dans le pays, ailleurs. Maintenant, on a de la place ici pour toi. Tu vas dormir là-bas, tu seras bien, mon frère, on va s'occuper de toi. Tu seras bien, t'inquiète pas.

J'ai un peu honte. Voilà quelques semaines, j'étais l'un des hommes les plus riches de France. Me voilà hébergé par les plus démunis du Maroc. Fatima dit quelque chose. Son fils traduit :

– Tu es comme un fils pour elle. Même si tu es juif, c'est pas grave, c'est pareil. Chez moi, on aime les Juifs. La paix sur toi. Elle va te soigner, Maman.

– Merci, Jawad. Merci beaucoup. Et remercie aussi ta maman. Mais je t'assure quand même que je ne suis pas juif… Si je l'étais, je te le dirais, mais…

Il éclate de rire une nouvelle fois, ce qui m'oblige à m'interrompre.

– C'est la même chose, t'en fais pas…, c'est égal pour nous. Allez, viens !

Jawad me tire par le bras pour me montrer l'endroit où je vais dormir. Nous dépassons le réchaud et nous empruntons un petit couloir constitué de parpaings et plongé dans l'obscurité. Nous débouchons sur un espace fermé par un morceau de tissu ocre. Jawad l'écarte et dévoile une pièce exiguë, dont l'un des murs est amputé de deux carreaux de ciment, ce qui permet de laisser entrer la lumière du jour. Le trou est cependant lui aussi obturé par un bout de rideau bleu. Un matelas posé à même le sol en terre battue me servira de lit.

Je ne le savais pas encore, mais j'allais passer de longues journées et de longues nuits dans cette étroite pièce rectangulaire.

Lorsque nous revenons, Fatima est en train de nous verser du thé à la menthe. J'accepte le breuvage brûlant qui me désaltère malgré la chaleur ambiante. J'aime déjà ces deux êtres comme si nous nous connaissions depuis toujours, alors que je les découvre à peine. Ils me jettent des coups d'œil complices. Je suis bien avec eux, entre ces murs délabrés. Apaisé pour la première fois, enfin. J'ai une impression de sécurité auprès d'eux. Sottement, je me sens soudain obligé de préciser :

– Tu sais, Jawad, j'ai beaucoup d'argent en France. Quand ça s'arrangera pour moi, je vais vous aider, ta mère et toi, c'est promis. Je vous sortirai d'ici.

Aussitôt, il se raidit tout entier. Sa figure joviale s'assombrit. Celle de Fatima qui n'a pourtant pas dû comprendre ce que je viens de dire se renfrogne de la même manière, par mimétisme sans doute, parce qu'elle a deviné que j'avais vexé son fils qui réplique d'un ton sec :

– On ne te demande rien, Rodrigo. Je n'ai pas fait ça pour de l'argent. On ne te demande pas de nous sortir d'ici. Ici, c'est chez nous. C'est chez toi aussi, maintenant. On ne mendie pas.

Il pose brusquement son verre sur le plateau argenté et, d'un pas précipité, quitte le baraquement. Je reste un peu sonné devant la vieille, qui me sourit avec tendresse et me fait une moue réconfortante. « Ce n'est pas grave, Jawad est impulsif, il reviendra quand il sera calmé. Bois ton thé », semble-t-elle m'ordonner. J'exécute. D'un geste, elle m'invite à m'asseoir sur un pouf de cuir marron. Elle fait de même, face à moi. Le relief de son visage ridé est renforcé par un rayon de soleil qui s'est introduit par un interstice. Elle plisse les yeux pour se protéger de la lumière, peut-être aussi pour fuir mon regard. Une certaine gêne s'est installée entre nous. Nous ne pouvons communiquer que par signes. Se toucher serait indécent. Soucieux de briser la glace, je prononce le seul mot d'arabe que je connaisse, afin de la remercier pour le thé : *shoukran*. Ce moment est le premier des longs après-midis que je passerai avec Fatima dans les mois qui suivront. Bientôt viendront l'automne et l'hiver, doux, parfois humides, jamais froids. En attendant, nous sommes là, face à face, mutiques. Par intervalle, j'ai l'impression d'avoir retrouvé Maman. Il nous arrivait aussi de rester assis sans rien dire dans notre réduit de Buenos Aires, en profitant simplement de la présence de l'autre, de son odeur, de son souffle. Je l'appelle encore Maman. Je sais pourtant maintenant que Soledad, la meilleure danseuse de tango de Buenos Aires, au dos droit et au menton haut, aux cheveux noirs noués en chignon serré au-dessus de la nuque – sauf quand elle m'embrassait le soir –, cette femme au buste avantageux, n'était pas ma mère. Ma gorge se serre. Je reste digne et je n'exprime rien. Au bout de quelque temps, Jawad revient et va s'enfermer sans prononcer un mot.

Le premier dîner a lieu en silence. Nous partageons un couscous en nous servant directement avec les doigts dans le plat. Je ne suis pas familier de la coutume, je ne dis rien, j'imite mes hôtes. Dans les jours qui suivent, Jawad se remet à me parler et même à plaisanter avec moi. Je crois qu'il a fini par me pardonner ma bévue et j'ai su lui faire comprendre qu'on ne m'y reprendrait pas. Il me fait visiter le quartier, m'indique où se trouvent les latrines, les sources d'eau potable, m'enseigne la manière de se laver. Il me recommande de ne boire nulle part ailleurs que chez lui ou alors au robinet qu'il m'a montré. Je suis scrupuleusement ses conseils, mais cela ne suffit pas. Le quatrième jour, je suis pris de terribles douleurs abdominales. Je vide mes intestins comme je peux durant une nuit entière ; au petit matin, la fièvre me gagne. Je me mets à délirer pendant plus d'une journée, presque deux, jusqu'à ce que je recouvre suffisamment mes esprits pour demander à Jawad de me procurer des antipyrétiques. Je lui précise même les marques d'antalgiques et de paracétamol commercialisés par Rodrigo Chemicals – un réflexe qui me prouve que j'espère encore, en mon for intérieur, récupérer un jour les rênes et la pleine propriété de mon entreprise. Mais il ne veut rien savoir, le bougre. Têtu comme une mule. Dans mes moments de lucidité, je le supplie. « Non, non et non. » Jawad refuse les médicaments. Il a mieux. Il préfère faire venir un guérisseur du coin. Un type à la chevelure grisonnante, vêtu d'une longue djellabah bleu-gris, débarque dans l'antre où je me tords de douleur, le front couvert d'un bout de chiffon imbibé d'eau froide que Fatima renouvelle régulièrement. Il sort un Coran de sa poche, en lit plusieurs versets en arabe sans que je comprenne un traître mot, sauf *Allah*, bien entendu. Il implore le Ciel à d'innombrables reprises en levant les yeux et les bras vers le Divin, puis il pose les mains sur le haut de mon crâne en prononçant de nouvelles prières. Enfin il part en empochant quand même un petit billet. L'histoire ne me dit pas si son service est rémunéré ou si l'argent est destiné à quelques bonnes œuvres. Aussi étonnant que cela puisse paraître, le guérisseur me guérit. Non seulement la fièvre tombe quelques minutes après son départ, mais encore les douleurs intestinales s'évanouissent dans l'après-midi. Jawad se moque de moi :

– Tu vois, mon frère, ici, on n'a pas besoin de médicaments. Ici, on n'a besoin de rien ! Maintenant tu peux manger et boire tout ce que tu veux, tu es protégé, tu ne seras plus malade.

Derrière lui, comme si elle avait compris ce qu'il me racontait, Fatima se met à rire. Quant à moi, quand il a prononcé le mot « boire », j'ai plutôt pensé à une bière, ou à un bon whisky. Depuis Golfech jusqu'ici, en passant par Beaumont, je n'ai pas absorbé une goutte d'alcool. J'aurais bien profité d'un petit réconfort.

– Pas de problème. Tu veux de la bière ? Du whisky ? Je te rapporte ça. Dans une heure, je reviens, je te donne tout ça.

– Mais…

– Quoi ?

J'hésite encore à parler d'argent. Ces gens me logent et me nourrissent depuis plusieurs jours déjà et je n'ai rien à leur donner en échange. Mais l'incident précédent m'incite à la prudence. Je me demande cependant comment mon nouvel ami va faire pour trouver et acheter ces boissons qui doivent être si chères, si seulement même elles sont en vente libre. J'aborde déjà ce point :

– Mais… c'est autorisé ici ?

Il hausse les épaules en souriant si largement que je remarque, pour la première fois, qu'il lui manque une molaire du bas.

– Bien sûr, c'est autorisé ! Tu n'es pas musulman, tu peux boire… Les Juifs ont droit à l'alcool.

– Mais, Jawad, puisque je te dis que je ne suis pas…

Je ne termine pas ma phrase. Peu importe, en fin de compte, qu'il me croie juif ou pas. Je m'en veux encore d'avoir de nouveau cherché à me défendre. Timidement, j'aborde l'autre problème :

– Jawad, je me demande aussi… C'est cher ?

– Cher quoi ? L'alcool ? Non, c'est pas cher. Ici, rien n'est cher ; à Aïn Sebaâ, on peut tout échanger. Je vais me débrouiller, *inch Allah*, et je vais te ramener tes boissons.

– Merci, Jawad, mais j'aimerais participer d'une manière ou d'une autre…

– Tu es mon frère, tu sais ? Je veux pas d'argent. Mais bientôt, oui, je te demanderai quelque chose, tu verras. Tu pourras nous aider.

Les jours passent. Jawad me rapporte quantité de breuvages alcoolisés en tous genres. Il lui arrive même de partager une bière avec moi si Fatima vient à se coucher de bonne heure et qu'elle nous laisse seuls. Ce n'est pas tant qu'il cherche à se cacher d'elle, m'explique-t-il, mais c'est une question de respect. Il ne s'imagine pas boire devant sa mère, c'est tout. Il n'y a pas vraiment de justification ni d'explication. Juste une question de respect, insiste-t-il. Je ne tente pas de comprendre davantage. C'est son droit, je n'ai rien à dire là-dessus. Il n'y a pas, ici, de réfrigérateur. Nous laissons les canettes à l'ombre dans une bassine d'eau de mer, que nous renouvelons régulièrement. Nous les buvons tièdes. Ce n'est pas très bon, mais c'est mieux que rien. Je m'y suis habitué. En échange de tout cela, contrairement à ce qu'il m'a indiqué, Jawad ne m'a jamais rien demandé. Ni de l'argent, ni un service, ni un secret. Il me procure ce que je désire, j'ignore comment. En tout cas, je ne lui fournis rien en contrepartie.

Pendant la journée, je n'ai pas grand-chose à faire. Jawad part tôt et ne rentre que pour le repas du soir. Je ne sais pas quelles sont ses activités entretemps. Fatima et moi l'attendons. Elle lui pose quelques questions en arabe, il répond par onomatopées. À moi, il ne donne aucune précision. Le matin, je déambule un peu dans le bidonville, participe à deux ou trois corvées collectives. Parce que je le veux bien ; personne ne me met à contribution. Des vieux, encore imprégnés de l'époque coloniale, m'appellent *Sidi* et se courbent à mon passage. D'autres me jettent, au contraire, des regards revêches, provocateurs. Il y a quelques barbus aussi, qui ne quittent pas leur djellabah blanche. Ils me font un peu peur, bien qu'ils ne s'adressent jamais à moi, ne m'aient jamais menacé. Je renouvelle tous les jours l'eau potable pour la maison et je vais me doucher dans de sinistres sanitaires collectifs. Je n'entends presque pas parler français dans les ruelles. Rares sont les gens qui essayent de me dire un mot. C'est que j'ai les yeux baissés et que j'avance en général d'un pas déterminé, fuyant tout contact avec la population locale. De temps à autre, je me contente de renvoyer un ballon, d'un coup de pied, à des gosses qui jouent au foot. Les après-midis sont interminables. Jawad a pu me dégoter quelques livres en français, heureusement. J'ai dévoré plusieurs aventures des Rougon-Macquart, me suis délecté du merveilleux *Silbermann* de Jacques de Lacretelle, une poignante histoire d'amitié – et peut-être plus que cela – entre un enfant juif et un protestant, pendant l'entre-deux-guerres, tous deux minoritaires, tous deux brimés. J'ai surtout pu me replonger dans *Le Comte de Monte-Cristo*. Je me suis progressivement identifié à ce héros brillant. J'attends l'instant opportun où, tel Edmond Dantès, je retournerai d'où je viens, et où je ferai tomber la tête des calomniateurs et des conspirateurs. De désœuvrement en désœuvrement, de longs moments silencieux avec Fatima en courtes promenades à l'extérieur, parfois jusqu'à l'océan où je me suis même risqué à me baigner dans les eaux boueuses, l'automne est passé. Puis l'hiver. J'ai un peu perdu la notion du temps, je dois sans cesse demander à Jawad de me rappeler la date, le jour. Quand le printemps arrive, une vague odeur de jasmin, qui traverse notre bled, se mêle aux effluves acides des usines. Je peux aussi avoir accès à quelques journaux français. Les articles sur René Bousquet se multiplient en cette année 1986. Son passé trouble est de plus en plus ouvertement évoqué, son amitié avec François Mitterrand pointée du doigt. Le président de la République est accusé d'obstruction à la procédure judiciaire en cours. Son passé vichyssois s'étale aux yeux du grand public qui, dans son immense majorité, le découvre. C'est le grand déballage. Je me demande quel rôle a joué David dans ces révélations. Quel rôle il joue encore. Ici ou là, on s'indigne. Pour couronner le tout, le Parti socialiste a pris une raclée aux dernières législatives. Un mot nouveau est apparu dans le vocabulaire des Français : cohabitation. Le Premier ministre est le chef du principal parti d'opposition au président. Mais il ne fait aucun doute que, d'ici deux ans, ils s'affronteront pour l'élection présidentielle. Ils se tirent assidûment dans les pattes en attendant. Qui sait si Chirac et Pasqua ne sont pas à la manœuvre pour exhumer une histoire peu glorieuse du président que le peuple surnomme affectueusement Tonton ? Dans tout ce chamboulement politique, David est peut-être parvenu à rejoindre un réseau, plus ou moins clandestin. À moins que Roucaud, furieux de s'être laissé dérober le joli poisson que j'étais, une de ses plus belles prises probablement, n'ait essayé de lui mettre des bâtons dans les roues. Peut-être même, malgré son talent, sa pugnacité et sa connaissance infaillible du terrain, le super flic Rosenberg s'est-il fait coffrer. Et si c'est le cas, personne ne viendra me chercher ici. Avec la nouvelle saison, les envies d'ailleurs renaissent, pourtant. Tandis que je me suis plongé dans une sorte d'hibernation pendant de longs mois, ne mesurant plus le temps qui s'écoule, n'élaborant aucun projet d'avenir, me contentant de vivre au jour le jour, sans espoir et sans désir, voilà que le printemps m'invite à bouger, à aller voir ce qui se passe dehors, c'est-à-dire au-delà d'Aïn Sebaâ, du rivage et de l'océan. Jawad m'en donne l'occasion. Il me confie pour mission de me rendre à Casablanca. Là-bas, au bar d'un hôtel dont il me révèle le nom et dont il me décrit certains détails, un homme m'attendra. Je n'aurai qu'à m'attabler avec lui, il me dira spontanément ce que je dois savoir. Que je ne m'inquiète pas et que je ne pose pas de question ! Je ne serai pas déçu.

Depuis mon arrivée, je me suis peu coupé les cheveux et j'ai cessé de me raser. Parfois, je me taille maladroitement la barbe à l'aide de vieux ciseaux. Mon menton et mes joues sont tout de même recouverts de poils déjà grisonnants. Cela me vieillit ; jusqu'ici, je n'avais jamais eu un seul cheveu blanc, et voilà que ma barbe finit par trahir mon âge qui avance inexorablement. Déjà la quarantaine est franchie, le temps s'accélère, bientôt la vieillesse. Il est urgent d'agir si je veux reprendre la maîtrise de ma vie. Je dois aller en ville. Jawad me l'ordonne. Je lui oppose mes vêtements crasseux et élimés et, en général, mon aspect extérieur de néandertalien. Il hausse les épaules.

– On saura d'où tu viens, du quartier d'ici. Comme ça, c'est très bien, mon frère. Et puis ça t'aidera pour faire du stop, les routiers auront pitié de toi, ils s'arrêteront.

Il n'a pas tort. À peine me suis-je positionné, pouce levé, sur le bord de la route, qu'une estafette transportant fruits et légumes stoppe à ma hauteur. Le conducteur, un quinquagénaire moustachu, me fait spontanément signe de monter, avant même que j'aie prononcé un seul mot. Je m'installe à côté de lui, à la place du mort, comme on dit en France, une expression plus réaliste ici que nulle part ailleurs. Il fait déjà chaud en ce début juin, mais l'homme ne semble pas en souffrir. Je lui demande, par gestes, si je peux ouvrir la fenêtre. Il me répond en français :

– Bien sûr. Et tu peux aussi me parler français, je ne suis pas analphabète.

– Ah non, pas du tout, ce n'est pas du tout ce que j'ai pensé, mais comme j'ai remarqué que peu de gens parlaient français ici… D'autant que moi je ne pratique pas l'arabe. Enfin, je commence à me débrouiller un peu, depuis le temps que je suis là, mais…

– Il y a longtemps que tu habites ici ?

Je me rends compte que j'en ai déjà trop dit. À la première difficulté, je me laisse aller à la confidence. Si je révèle à cet homme, dont j'ignore tout, que je vis planqué à Aïn Sebaâ depuis un an, les questions vont rapidement fuser et je me retrouverai contraint de mentir. Je change de sujet :

– Alors, vous connaissez le français ?

– Oui, comme tous ceux de mon âge qui ont été à l'école. Tu sais, il y a quelques années, c'était notre langue ici. Maintenant, les jeunes ne le comprennent plus, mais nous, même entre nous, on l'utilise encore.

Je pense à Fatima, la maman de Jawad. Elle doit avoir sensiblement le même âge que mon conducteur, ou peut-être est-elle un peu plus vieille. Pourtant, elle n'a pas l'air de comprendre un traître mot de français, encore moins d'être capable de s'exprimer. Sans doute fait-elle partie des exclus parmi les exclus. Le verbe du colon n'est pas parvenu jusqu'à elle. Il m'est arrivé aussi, dans le bled, de parler espagnol. Pour certains, la langue de Don Quichotte est plus familière. J'ai saisi l'occasion, qui ne n'avait pas été donnée depuis bien longtemps, de renouer avec les sonorités de mon enfance.

Nous rejoignons, par le boulevard de la Corniche, l'hôtel indiqué par Jawad. Nous avons longé l'océan de bout en bout. Nous nous sommes arrêtés souvent, avons dû laisser traverser les enfants, les paysans, les pêcheurs portant leurs cageots remplis de poissons. Les routes que nous avons empruntées à toute berzingue sont aussi pleines de piétons. Les voitures à moteur y côtoient les charrettes tirées par un âne, les brouettes, les femmes et leur progéniture. Plus d'une fois, nos pneus ont crissé sous l'effet d'un brusque coup de frein grinçant. Plus d'une fois, j'ai lu la terreur dans les yeux d'un gosse en danger de passer sous nos roues et j'ai terriblement tremblé. De temps à autre, il a aussi fallu s'arrêter pour payer un bakchich à un flic menaçant. Tant bien que mal, nous avons atteint notre objectif : l'Hôtel Suisse. Mon chauffeur d'un jour me dépose devant ce bâtiment longiligne, d'une architecture simple et d'une blancheur éclatante, tourné vers l'océan. Une large entrée donnant sur le vaste hall, surmontée d'une inscription en lettres d'or, cherche à dissimuler la piètre réalité du lieu. Un établissement vieillissant à la décoration désuète, fréquenté par des touristes désargentés et des professionnelles. Je remercie mon guide, le prie de m'excuser : je n'ai pas d'argent, je n'ai aucun moyen de le dédommager. Il comprend, me souhaite bonne chance, me serre dans ses bras comme s'il faisait ses adieux à un vieux compagnon de route. Je pénètre dans l'hôtel d'un pas assuré. Les portiers me dévisagent, scrutent ma dégaine patibulaire, mais me laissent finalement passer sans intervenir. Je me rends à l'endroit indiqué par Jawad : un long patio, éclairé seulement par la lumière du jour qui descend d'une verrière, où sont disposées des tables basses entourées de fauteuils en osier et de plantes luxuriantes. Au fond, un homme aux lunettes noires, chapeau vissé sur la tête, le cou emmitouflé dans un chèche, est assis devant deux demis de bière. Il a bu quelques gorgées dans son verre. L'autre chope est pour moi, selon ce que Jawad m'avait annoncé. J'approche d'un pas lent mais décidé, quand brusquement mon cœur fait un bond à me rompre les côtes. Tout à coup s'est tourné vers moi le visage d'une femme que je craignais de ne jamais revoir : celui de Noura. Son regard s'est arrêté sur moi une fraction de seconde avant de se détourner. C'est elle, je n'ai pas hésité un seul instant. Je ne sais pas si elle m'a reconnu, mais, de mon côté, j'ai ressenti comme une décharge, un frisson qui m'a parcouru de part en part. Ses yeux de braise gris-vert m'ont transpercé. Elle est là, devant moi, irréelle, tel un fantôme surgissant du néant. Elle se retourne vers son interlocuteur, se met à rire, dévoilant ses dents blanches comme le fronton de l'hôtel. L'homme qui lui parle a sensiblement le même âge qu'elle, moins de la trentaine en tout cas. Il pose sa main sur la sienne. Ce garçon ne peut être que son nouveau fiancé. Je me fige, incapable de faire un pas de plus, la respiration bloquée. Voilà une année, une longue année, que je rêve de revoir celle qui a bouleversé le cours de ma vie. Des mois, des nuits passées à imaginer son corps uni au mien, sa voix chaude murmurant à mon oreille, sa peau contre la mienne. Tant d'espoir alimenté par l'inconditionnelle passion que j'éprouve pour cette femme, tant d'attente brisée face à cette réalité crue. Noura est là, bien vivante, plus belle que jamais, devant moi, et si désespérément lointaine. Elle s'est réfugiée dans les bras d'un autre, m'a abandonné à mon triste sort. Peut-être m'a-t-elle même entièrement oublié. Je voudrais bondir, l'arracher à cet homme, l'enlacer et m'enfuir avec elle. Je sais pourtant que c'est impossible. Mais comment attirer son attention ? Je ne peux pas laisser passer cette occasion qui ne se reproduira peut-être jamais. Je dois l'informer que je suis en vie et que je suis là, chez elle, dans sa ville natale de Casablanca. Je m'approche du couple.

– Excusez-moi de vous importuner, madame, monsieur. Je ne veux pas interrompre votre conversation, mais j'ai une petite question à vous poser…

Devant mon allure de mendiant, l'homme, un grand type frisé, a un mouvement de recul. Il porte la main à sa cuisse, comme s'il allait dégainer une arme. J'ai peur, mais je ne recule pas. C'est la chance de mon existence, la chance de renouer avec Noura. Cette fois, elle a dû reconnaître mon timbre de voix, car une flamme s'est allumée dans son regard. Elle me dévisage intensément. Nous sommes tout près l'un de l'autre, si près que je pourrais plaquer mes lèvres contre les siennes. Je pourrais l'embrasser avec la même fougue qu'autrefois, l'enlacer comme quand elle s'était offerte à moi deux jours à peine après notre première rencontre. Je rassemble mes forces pour m'empêcher de céder à cette pulsion folle. Je finis ma phrase :

–… une question peut-être idiote… mais…

Je suis à court d'idées. Je ne trouve rien de plausible. J'improvise :

– Voilà, il me semble vous avoir vu au cinéma dernièrement. Vous ne jouez pas dans le film français *Les Spécialistes*, avec Lanvin et Giraudeau ? Le rôle de…

Le type se lève et me toise.

– Non, monsieur ! Nous ne jouons dans rien du tout… Veuillez nous laisser !

Je ne demande pas mon reste et je m'incline en reculant :

– Excusez-moi, je ne voulais pas vous déranger, mais j'ai cru que… Il m'a semblé… J'ai vraiment pensé que… Mais pardon, au temps pour moi, je vous laisse. Bonne fin de journée.

Il opine du chef. Elle ne sourit plus, mais ne me lâche pas du regard. Je suis désormais sûr qu'elle m'a reconnu. Nous avons été assez proches l'un de l'autre pour que le doute ne lui soit plus permis. Je m'éloigne d'eux pour aller m'asseoir face à celui qui m'attend sans montrer de signe d'impatience. Seconde surprise, quand je suis à la table de l'homme que Jawad m'a envoyé rencontrer, j'identifie immédiatement le visage qui se dissimule sous un chapeau, des lunettes en écaille et une barbe rouquine. De près, la présomption devient certitude : il s'agit de David. David Rosenberg. Le flic a fait le déplacement jusqu'ici. Il a prévenu Jawad de son arrivée, je ne sais pas comment ni par quel intermédiaire, mais le tuyau était le bon. Il est bien là, en chair et en os, et je suis face à lui. Il fume une Gitane, m'en propose une en me tendant le paquet. Je refuse d'un geste.

– Je t'ai commandé une bière, dit-il en désignant le verre devant moi. Tu es en retard, elle a dû réchauffer un peu. J'ai pris la liberté d'entamer la mienne.

En retard ? En retard par rapport à quoi, à qui ? J'ai seulement reçu l'instruction de venir ici comme je pouvais. Je suis parti sur-le-champ. Je n'ai fait aucun détour. Aucune heure de rendez-vous ne m'a été précisée. Je suppose que David cherche à me tester, à mesurer mon état psychique, à savoir si après une année d'isolement presque total, durant laquelle j'ai été entouré seulement des habitants du bidonville qui n'ont communiqué avec moi que par sourires, par onomatopées, je suis encore alerte, solide et capable de garder mon calme. En réalité, ces longs mois ont été à la fois pénibles et doux. J'ai souffert d'une forme de solitude et de désœuvrement, mais j'ai reçu une affection sincère que je n'avais plus ressentie depuis la perte de mes parents. Ici, ils ont été merveilleux, ces gosses turbulents à qui je renvoyais le ballon quand il arrivait dans mes pieds et qui m'ont baptisé Platini, le seul personnage français dont la renommée soit parvenue jusqu'à eux. Ils ont été chaleureux, les amis de Jawad qui m'ont accueilli, m'ont procuré toutes sortes de marchandises de contrebande, ont bu avec moi. Elles ont été tendres, leurs mères qui m'ont choyé comme un fils, même si elles ont été distantes, leurs sœurs qui n'osaient pas m'approcher, ou n'en avaient pas le droit. Et finalement, au milieu de cette nouvelle et très grande famille, j'ai été heureux, mais seul. Pendant tout ce temps, je n'ai rien su de ce que devenait mon entreprise, je n'ai pu m'enquérir de mes salariés, de mes anciens amis qui, c'est vrai, n'étaient au fond que des relations mondaines, pour la plupart d'entre eux. Il n'empêche, leur compagnie m'était agréable. Je n'ai pas eu d'information sur mon dossier, sur l'évolution de l'enquête, sur ce qui m'attendait probablement à mon retour. David est peut-être là pour m'éclairer. Je l'interroge :

– En retard ? Nous avions rendez-vous à une heure précise ?

Il sourit d'un air sardonique.

– Je plaisante. Je pensais que tu arriverais plus tôt, c'est tout.

– Quand on fait du stop, on n'impose pas son rythme à son chauffeur. On a mis le temps qu'il fallait…

– Tu es là, c'est l'essentiel.

Il se tourne subrepticement vers Noura et son compagnon.

– Une sacrée coïncidence, hein ?

Il la connaît donc. Puisqu'il sait qu'elle existe, il n'aura pas manqué de récolter tout ce qu'il est possible de découvrir sur elle. Forcément puisqu'il sait tout sur moi. Mais a-t-il pu provoquer cette rencontre inopinée ? Était-il informé qu'elle se trouverait ici à cette heure précise ?

– Nous n'avons pas beaucoup de temps devant nous. Venons-en au fait. Les choses progressent en France. J'ai une piste.

David a prononcé ces derniers mots en me lançant un regard franc, pénétrant. Je sens qu'il ne fait pas allusion à la poursuite des anciens nazis, ni à l'état d'avancement de ses recherches sur Bousquet, ni même à l'origine de l'attentat de la rue des Rosiers. Pas davantage à mes déboires financiers et judiciaires. Non, ce à quoi il pense, c'est à une enquête bien plus anecdotique au regard de l'Histoire. La piste qu'il évoque, j'en suis convaincu, c'est celle de ma vraie mère. Il y a incontestablement chez David, derrière la brute qui écrasait de toutes ses forces ses poings sur ma figure il y a un an et le flic déguisé qui me parle aujourd'hui, un homme au cœur tendre, marqué comme moi par la disparition prématurée de ses parents. Du coin de l'œil, il observe les mouvements de nos voisins. Noura est là, derrière moi. Je sens sa présence, son odeur que je n'ai pas oubliée ; j'entends le rythme de son souffle. Je voudrais bien, à mon tour, aplatir mon poing dans la figure de ce grand type qui m'apparaît comme une barrière infranchissable entre elle et moi. Des envies de meurtre me traversent l'esprit. Je fais l'effort de chasser ces idées dangereuses.

– J'ai fouillé nos archives de fond en comble, j'ai épluché toutes les affaires que ton père avait laissées à l'hôtel Meurice qui servait de commandement militaire allemand pendant l'Occupation. Chacun des objets qu'il a touchés a été classé, répertorié, vu et revu à d'innombrables reprises. C'est avec l'énergie du désespoir que j'ai examiné chacune de ses reliques, que j'ai scruté, observé, tourné et retourné tout ce qui avait pu passer entre ses mains, même temporairement. En relisant son agenda, j'ai remarqué que revenaient régulièrement des rendez-vous avec un dénommé Marcel. J'ai remué ciel et terre pour comprendre qui était cet homme. Un membre de la Milice, de la Gestapo, un espion ? Rien qui ressemble à ce nom-là, ni véritable identité, ni pseudonyme. J'ai cherché dans les autres papiers abandonnés par les officiers allemands. Il y avait là aussi des traces de ce fameux Marcel... À force de recoupements, j'ai fini par saisir.

David ménage ses effets. Il laisse planer un silence, reprend sa respiration, soulève son demi et m'invite à trinquer, boit une ou deux gorgées de bière. Un certain remue-ménage dans mon dos me donne à supposer que Noura et l'homme s'apprêtent à partir. Je ne sais plus si je dois poursuivre la conversation avec David afin de savoir qui est Marcel ou bien me lever brusquement, écarter le colosse qui accompagne ma princesse, lui arracher celle qui occupe mon cœur. Le temps de me poser cette question, les tourtereaux sont déjà loin. Quand je me retourne, je les vois sortir du patio. Noura me jette un dernier regard furtif avant de quitter le hall. Je remarque alors ce qui aurait dû me sauter aux yeux lorsque je les ai abordés tout à l'heure. Ils ne sont pas deux, ils sont trois. Noura pousse un landau devant elle.

Je bois à mon tour et je demande :

– Ne me fais pas attendre plus longtemps. Qui était ce Marcel ?

– C'est, en réalité, très simple. Il s'agissait de Marcel Bricourt, le concierge de l'hôtel Meurice à Paris, reconverti en homme à tout faire des Allemands pendant la durée de l'Occupation. Arrêté à la Libération, bien défendu par des avocats éloquents, il n'a passé que quelques mois en prison et n'a été condamné qu'à l'indignité nationale pour sa collaboration réelle, mais non zélée. Il se contentait de rendre de menus services moyennant quelques indemnités. Aucune dénonciation de Juifs ou de résistants, et même aucun acte véritablement malveillant n'a semblé devoir être inscrit à son passif. Il avait quarante ans à la Libération. Il en a quatre-vingts aujourd'hui. Il est bien vivant…

David boit une gorgée. Le soleil qui pénètre par la verrière a envahi le patio et donne aux plantes vertes qui nous entourent des reflets multicolores. Il sourit à nouveau, prend plaisir à me faire languir.

– Puisque tu ne me poses pas la question, j'y réponds par anticipation. Oui, j'ai retrouvé ce Marcel Bricourt. Il habite à Paris, un appartement modeste dans le 15e arrondissement. Rue Vasco-de-Gama, précisément, dans un petit trois-pièces de cette voie étroite et discrète. Il vit là avec sa femme, qui a un peu perdu la boule, je crois, ce qui n'est pas son cas à lui. Je suis allé chez eux afin de lui parler.

Le ton de David est solennel, bien qu'il chuchote. Il ménage ses effets, mais je suis convaincu que, dans sa musette, il a des informations capitales pour moi. L'heure avançant, il fait de plus en plus chaud dans le patio. Je finis ma bière. David aussi. D'un signe, il demande à un garçon de nous en servir deux autres.

– Ton père était un être charmant, m'a dit Marcel. Cultivé, bien élevé, maniant le français du mieux qu'il pouvait, maîtrisant l'anglais et connaissant même quelques mots d'espagnol. Tu vois, on peut avoir des morts et des milliers de déportés sur la conscience et se comporter comme un honnête homme dans la vie de tous les jours, même en tenue d'officier d'occupation…

Comme il y a un an, David aime à me rappeler au détour de chaque phrase l'ignominie supposée du père que j'ai tant aimé, et que j'aime encore dans son au-delà. La colère m'envahit, mais je la réfrène. Je brûle d'en savoir plus. Le serveur nous apporte nos deux bières. David lui laisse un pourboire tel que le garçon se confond en courbettes et en remerciements, se frappant le cœur du plat de la main. Les salamalecs retardent d'autant la suite du récit. Après avoir bu, David poursuit :

– Toujours est-il que, d'après ce Marcel, ton père aurait assisté, un peu par hasard, à la rafle d'une famille rue du Sentier. Son petit cœur tendre en aurait été bouleversé, figure-toi !

Il glousse, hausse les épaules et semble soudainement se parler à lui-même, rêveur :

– Peut-être, au fond, que, si les officiers d'occupation avaient vu de leurs yeux la réalité de la déportation, ils auraient été moins cruels... C'est plus facile d'ordonner les travaux forcés, la torture et les privations quand on est loin, qu'on ne voit pas comment se passent les choses... Confrontés à l'horreur, ils auraient peut-être été moins zélés... Bref, ce jour-là, Johann Gantzer a faibli. Car, tout nazi qu'il était, il a été touché par cette famille, massée dans un camion dont il ne savait que trop bien où il la menait. Pris d'une soudaine lubie, il a exigé des soldats et de la Milice qu'on n'embarque pas la jeune fille. Elle devait avoir dans les vingt ans, à l'hiver 43. Les négociations ont été âpres, d'après les échos qu'en a eus Bricourt du moins. Ton père a fait jouer son autorité, à ses risques et périls, et a finalement obtenu qu'elle soit remise entre ses mains. Il l'a conduite en voiture près du Meurice et a fait appeler Marcel Bricourt, supposant que l'homme aux mille combines aurait peut-être une idée pour l'aider à planquer la fille. Il avait raison, le concierge avait un plan. Bricourt l'a confiée à l'une de ses vieilles tantes, nonne au couvent de l'Annonciation, rue du Faubourg-Saint-Honoré, à quelques minutes en voiture du Meurice. C'est là, semble-t-il, que l'officier Gantzer a par la suite rendu des visites régulières à Sarah Goldstein, jeune Juive esseulée, cachée, orpheline. J'ignore comment ils ont fait pour que les bonnes sœurs ne remarquent rien, mais Marcel n'avait pas l'air d'avoir le moindre doute : la gamine a accouché là-bas de l'enfant qu'elle attendait de Gantzer, avec l'aide d'un autre cousin Bricourt, qui était médecin, et d'une religieuse reconvertie en sage-femme. Voilà. C'est comme ça que tu as vu le jour, Rodrigo. Je crois qu'à l'époque, on a pris soin de ne pas te donner de prénom. Tu aurais pu t'appeler David ! D'ailleurs, puisque nous savons désormais que ta mère était juive, tu es des nôtres. Tu appartiens à la communauté.

En entendant ces mots, je réalise soudain le ridicule de mes démentis devant Jawad. Je suis bel et bien juif. Je suis le rejeton d'un tortionnaire nazi et d'une femme juive qu'il a sauvée de la déportation ! J'ai du mal à me rendre compte. Pour la première fois depuis que je connais David, je vois se dessiner sur son visage une expression de bienveillance sincère à mon égard. Je suis des siens. Si nous avions jusqu'ici en commun d'avoir souffert de la perte prématurée de nos père et mère respectifs, dans de tragiques conditions, c'était insuffisant pour qu'il éprouve une véritable et profonde affection pour celui qu'il considérait néanmoins surtout comme le fils d'un nazi haut gradé. Maintenant, il commence à me voir comme un frère. Mais j'ai besoin de creuser davantage :

– David, tu dis que cette Sarah Goldstein a accouché de moi dans ce couvent ?

– Parfaitement. En juillet 1944. Bricourt a oublié le jour exact. Possible que ce soit autour du 10…

– D'accord…, admettons. Mais après ?

Le regard du flic s'échappe une fraction de seconde, assez longtemps pour que je comprenne qu'il lui est désagréable de m'annoncer la suite.

– Il y a eu… une dénonciation. Qui, quoi, comment ? Bricourt prétend qu'il ne sait pas. Toujours est-il que la police française a débarqué par surprise dans le couvent. Les religieuses ont eu le temps de planquer l'enfant. Mais les collabos ont réussi à mettre la main sur la mère et à l'embarquer. On ne l'a jamais revue… Drancy, Auschwitz, Dachau…, on l'ignore. Je n'ai trouvé aucune trace. Mais je continue de chercher. Souviens-toi que j'ai aussi basculé dans la clandestinité en France. Mes moyens sont actuellement très limités.

Il a raison de me le rappeler. Je l'avais presque oublié.

– Et après ?

– Après, tout s'enchaîne très vite. Les Alliés ont débarqué en juin. Ils progressent vers la capitale. Bien informé, ton père comprend que la libération de Paris n'est qu'une question de jours. Il décide de déserter et de s'enfuir à Bordeaux, en emmenant le môme avec lui. Les bonnes sœurs ont pris soin du bébé depuis l'enlèvement de ta mère. Il…, en fait, « tu » as survécu. Par la débrouille, l'officier Gantzer parvient à se procurer de quoi te nourrir sur le trajet et réussit son incroyable pari : quitter la France, débarquer en Argentine alors que la guerre n'est pas encore terminée, avec dans ses bras l'enfant sain et sauf. Le père de Loïc Martin, ton instituteur de Buenos Aires, un collabo pur et dur, a sans doute joué un rôle décisif en l'aidant à te fournir du lait de contrebande, assez pour que tu tiennes jusqu'à l'Amérique du Sud. Quant au reste, on ne sait pas trop comment il s'est débrouillé pour traverser la France occupée. Peut-être s'est-il procuré un ordre de mission bidon. Ou un vrai, d'ailleurs. En tout cas, il l'a joué fine parce qu'il est arrivé sain et sauf à Buenos Aires, avec son fils illégitime sur les bras, qui plus est. Après la Libération, ton père a sans doute aidé Michel Martin à rejoindre la capitale argentine à son tour. Les deux hommes réapparaissent quelques années plus tard, sous une nouvelle identité. Ta date de naissance a changé, le nom de ta mère aussi. Toute l'histoire est oubliée, veulent-ils croire. D'ailleurs, c'est vrai, si d'innombrables forces s'emploient à retrouver ton père, de Nuremberg à Jérusalem, on ignore encore tout de ton existence et de celle de Sarah Goldstein, sauvée des griffes de la Gestapo française provisoirement par ton père.

Ce récit me réconforte. Non seulement mon père tant aimé n'était pas « seulement » un monstre, puisqu'il a pris d'immenses risques pour arracher ma mère au premier wagon qui l'aurait emportée vers une mort presque certaine, mais en plus il s'est exposé à d'autres dangers pour me sauver la vie. Même s'il est vrai qu'il se protégeait lui-même au passage, cela le grandit néanmoins à mes yeux. J'aurais encore mille questions à poser, mais David ne m'en laisse pas le temps.

– Voilà. Sur ta mère, c'est tout ce que je sais pour l'instant. Je poursuis mes recherches. Avec son nom, ce sera plus facile, c'est évident. Mais c'est autre chose qui m'amène ici.

Je m'en doute bien. Je bois une gorgée, j'attends.

– Ce n'est pas par hasard que nous nous sommes retrouvés dans cet endroit au même moment que ta fiancée, Noura. J'ai des renseignements sur elle et j'étais sûr qu'elle serait ici cet après-midi. Elle a pu constater que tu étais encore en vie et que tu étais à Casablanca. C'est important, tu vas avoir la possibilité d'entrer en contact avec elle.

Nos verres sont vides. Le garçon – pantalon et gilet noirs sur chemise blanche, cheveux courts, gominés et plaqués sur le crâne – s'approche à nouveau et nous demande si nous désirons autre chose. David le renvoie d'un ton agacé. Cet importun ne serait-il pas un peu curieux ? À revenir aussi régulièrement sans qu'on l'appelle, ne chercherait-il pas, par hasard, à nous espionner, à glaner des bribes de conversation ? David semble de plus en plus nerveux.

– Aujourd'hui, je suis peut-être encore plus recherché que toi, Rodrigo. Je dois finir mon job et disparaître à jamais. Je me méfie de tout et de tous, et, maintenant que tu vas refaire surface, tu devras adopter un comportement identique. Tu n'as pas d'ami, pas d'allié, à part moi ; retiens bien ça. En moi repose ton salut, et réciproquement. Nous sommes tout l'un à l'autre, liés par les secrets que nous partageons. Et à présent, j'ai besoin de toi. Il va falloir pour cela que tu parles à Noura et que tu obtiennes son intervention.

Aucune mission n'aurait pu me causer plus de joie. Revoir Noura, la toucher, l'embrasser même. Et fuir avec elle au bout du monde ? Ce sera peut-être pour plus tard. Je dois d'abord la retrouver.

– Nous allons nous séparer d'ici quelques minutes. Tu attendras que je sois parti. Puis tu sortiras à ton tour et tu te rendras boulevard Mohamed-V. Au 12.

Il me tend cinq billets de dix dirhams.

– Prends un taxi. Avec ça, ça devrait suffire.

Je fourre les billets dans ma poche sans faire de commentaire.

– Tu pénétreras dans l'immeuble, un grand bâtiment blanc des années trente. À côté de l'entrée, tu pourras repérer une petite épicerie de quartier. Si tu la vois, tu es sûr d'être à la bonne adresse. Il y a un digicode à la porte principale. Le code est 2706A. Dans le hall, il n'y a qu'un escalier. Tu montes deux étages et tu sonnes à la porte à droite de l'ascenseur. Une femme t'ouvrira. Elle est française et elle s'appelle Marthe. Tu lui diras ceci : « Vous êtes le présent qui s'accumule. » C'est un texte de René Char, poète résistant, tu connais ?

– Non, je…

David glousse, hausse les épaules, se fait soudainement à nouveau cruel :

– C'est sûr que tu n'as pas dû être bercé par les poèmes des résistants dans ton enfance…

Quel plaisir peut-il éprouver à remuer un sujet aussi sensible ? Son attitude me révolte. Pour qui se prend-il, ce type ? Est-il certain d'être plus une victime que moi ? De quoi est-il innocent dont je serais coupable ? Après tout, je l'emmerde ! Je lui dois la vie, d'accord, je lui dois ma libération de la gendarmerie de Beaumont, je lui dois Jawad et Fatima, je lui devrai peut-être bientôt de retrouver Noura ; mais ce qu'il a fait, c'était dans son intérêt à lui. Cela ne lui donne pas le droit de m'humilier, de me faire partager la culpabilité des actes de mon père. Le martyre de ses parents autrefois ne le rend pas, lui, aujourd'hui, héroïque, ne lui confère aucune supériorité morale. Je me rebiffe, pour la première fois depuis qu'il m'a tiré de Golfech, voilà un an. J'en ai soudain marre de ses insinuations. Je me redresse, l'interromps et agrippe fermement ses avant-bras. Il se laisse faire pendant que je libère ma bile :

– À partir de maintenant, David, tu gardes tes réflexions pour toi, d'accord ? Tu connais beaucoup de choses sur ma vie, et sur celle de bien des gens, d'ailleurs. Mais tu es loin de tout savoir. Tu ignores tout de mon enfance et de ce qu'il m'a été donné de lire. Mon petit doigt me dit que ma culture littéraire vaut largement la tienne, y compris en ce qui concerne les auteurs résistants. Tu as peut-être été l'une des nombreuses victimes de la peste brune, au même titre que tes parents. C'est bien triste, mais c'est comme ça. Ne t'imagine pas que cela t'autorise à me juger. Je suis innocent des crimes que d'autres ont commis, même quand il s'agit de mon père ! Et toi, tu ne portes pas l'innocence de l'humanité sur ton front, compris ?

Sans aller jusqu'à affirmer que David a peur de moi, je perçois toutefois une légère appréhension face à la hargne contenue que je déploie en serrant les dents. Il répète sur un ton plus timide :

– C'est… c'est du René Char et c'est extrait de son poème *Marthe* : « Vous êtes le présent qui s'accumule. » Ce sera ton mot de passe. Quand tu l'auras énoncé distinctement, elle te fera entrer et t'indiquera comment renouer avec Noura.

Chaque fois qu'il prononce ce prénom, mon émotion se ravive.

– Qu'est-ce que Noura sera alors censée me dire ?

– Te dire ? Rien. C'est toi qui lui diras quelque chose. Tu lui demanderas de ne pas révéler que tu es encore en vie, ni où tu vas. Et tu exigeras qu'elle prenne contact avec Loïc Martin et qu'elle lui tire les vers du nez. Je crois qu'il est au cœur de notre affaire… Tu dois la convaincre de nous aider. De tout ton entourage, elle est la seule à n'avoir jamais été suivie ni espionnée. Elle n'est pas encore dans le viseur des flics français. Elle est notre carte maîtresse.

Notre carte maîtresse ? Une femme que j'aime éperdument, que j'ai abandonnée sans même un adieu quand je me suis vu poursuivi, et qui élève aujourd'hui, dans les bras d'un autre, un enfant qui est peut-être le mien ! Si c'est Noura notre meilleur atout, autant avouer tout de go que nous n'avons rien dans notre jeu… Déjà, David se lève, pose sa main sur mon épaule et s'éloigne. Avant qu'il disparaisse, je bondis vers lui.

– David, David !

Il se retourne, furieux. Quel imbécile je suis de hurler son prénom ici ! Je me pince les lèvres, reconnaissant mon erreur, mais je lui saisis quand même le bras. Je ne veux pas qu'il parte avant que je lui aie demandé :

– David, dis-moi. Cet enfant de Johann Gantzer, puisqu'il a vu le jour un an avant ma naissance officielle, quelle certitude as-tu qu'il s'agit bien de moi ? Est-ce qu'il ne pourrait pas être un demi-frère ? Mort et enterré avant ma venue au monde et la rencontre de mon père avec Soledad ? Qu'en sais-tu, au fond ?

Il me repousse fermement et me tient à distance avec sa main sur ma poitrine. Que je ne m'avise pas de m'approcher de lui ! Il articule alors d'un ton calme :

– Je n'ai pas le moindre doute, Rodrigo. Tu es bien le fils de Johann et de Sarah.

– Comment peux-tu en être aussi sûr ?

– Bientôt, tu comprendras. En attendant, fonce chez Marthe. Le temps presse.

Un taxi, une Peugeot rouge, s'arrête presque immédiatement quand je sors de l'Hôtel Suisse sous un soleil de plomb. Il me conduit à toute allure au boulevard Mohamed-V, évitant de justesse les enfants qui traversent et les policiers qui nous matent d'un sale œil. Le chauffeur m'a dit que son compteur était cassé et qu'il me faisait un forfait, la course à trente dirhams. J'ai accepté, n'ayant ni le choix, ni la moindre idée de ce que pourrait être le tarif officiel réglementé.

– Vous êtes le présent qui s'accumule.

À ces mots, une vieille femme m'ouvre, après que j'ai sonné à sa porte. Elle est plutôt enrobée, dotée d'une abondante poitrine sur laquelle paraît reposer son menton. Elle se tient droite comme un *i*, semble me toiser malgré sa petite taille. Curieusement, ce visage que je vois pour la première fois ne m'est pas étranger. Je perçois, de manière furtive, quelque chose de familier dans l'expression mutique de celle qui me lorgne avec sévérité, sans sourire, comme pour s'assurer que je ne suis pas un usurpateur qui se serait procuré la phrase magique.

– Vous venez de la part de qui ?

Surpris par la question, j'hésite un instant avant de dire :

– David. David Rosenberg.

Elle hoche la tête, visiblement satisfaite de la réponse. Elle n'a pas reconnu, sous mon abondante chevelure et derrière ma longue barbe, celui qui a défrayé la chronique il y a tout juste un an. Elle m'invite à m'asseoir face à elle, de l'autre côté d'une table ronde en bois jauni. Elle porte une robe noire ornée de quelques motifs géométriques. Ses cheveux gris-blanc sont permanentés, comme figés pour l'éternité dans leur position actuelle, comme si la mise en plis datait elle-même de Mathusalem et devait durer toujours. Malgré les profondes rides qui creusent ses joues et son front, je devine qu'elle n'est pas si vieille. Il y a une vivacité dans son regard, dans ses gestes, qui me donne à penser qu'elle paraît plus âgée qu'elle ne l'est en réalité. Chaque année de sa vie a dû compter double.

– Vous cherchez Noura ? me lance-t-elle abruptement.

– Je ne la cherche plus depuis que je sais qu'elle est ici, à Casablanca. Je viens de l'apercevoir à l'Hôtel Suisse. Ce que j'ignore, c'est son adresse et le moyen d'entrer en contact avec elle. David m'a dit que vous pourriez m'aider. C'est pour ça que je suis ici. J'aime cette femme.

– Vous aimez Noura, vous venez de la voir, mais vous avez besoin de moi pour entrer en contact avec elle ? Je ne suis pas sûre de vous suivre…

La vieille m'observe avec malice.

– Noura était ma fiancée. Mais nous nous sommes, comment dire…, perdus de vue depuis plus d'un an. Je l'ai retrouvée ici par hasard. Enfin, je crois. Elle ne m'a pas reconnu. Elle était avec un autre homme, je ne l'ai pas abordée.

– Est-ce que nous parlons de la même Noura ?

– La mienne est belle comme le jour.

Pour la première fois, l'esquisse d'un sourire éclaire le visage de Marthe. Elle se relève lentement pour aller fouiller dans la commode derrière elle. Elle en tire un album de photos qu'elle ouvre devant moi. Elle pointe de son index courbé par l'arthrose l'un des tout premiers clichés en couleurs. Un poupon donne l'illusion de prendre la pose devant l'appareil.

– C'est elle, déclare Marthe en désignant le bébé dans son couffin. C'est votre Noura. Je l'ai vue naître.

Qui est donc cette femme ? Comment se fait-il qu'elle ait connu Noura il y a si longtemps ? La mystérieuse Marthe referme aussitôt l'album, comme si elle voulait éviter que je m'attarde trop longtemps sur certaines images, ou peut-être par pudeur, pour ne pas me dévoiler les détails de sa vie intime, ses souvenirs soigneusement rangés dans ce recueil sans âge. Elle le remet dans le meuble derrière elle et devance mes questions :

– Je me suis occupée de cette enfant, de sa naissance en 1960 jusqu'à ses quinze ans en 1975. Je l'ai élevée et je l'ai aimée comme si elle était ma propre fille, jusqu'à ce qu'elle retourne dans sa véritable famille. Nous sommes alors restées en contact l'une avec l'autre. Et nous le resterons toujours. Elle sait qu'elle n'est pas ma fille naturelle, mais que, dans mon cœur, je serai toujours sa mère.

J'ignore quoi répondre. Je n'ose pas la relancer. Je me tais, concentré sur le tic-tac d'une vieille horloge que la voix du muezzin, au loin, couvre ponctuellement. L'appel à la prière laisse Marthe indifférente. Ses yeux marron-gris se perdent dans le vide, regardent sans le voir le papier peint délavé. D'une voix tremblante, elle ajoute :

– Je n'ai pas eu d'autre enfant.

Après avoir prononcé ces mots, elle me fixe longuement. De timides larmes perlent à ses paupières. Elle les retient. Nerveuse, elle gratte la toile cirée du bout de ses ongles recouverts d'un vernis rouge rubis. La peau flétrie tombant le long de son bras vibre de conserve avec son poignet. Je me demande ce qui a pu se passer. Pourquoi cette femme dont Noura ne m'a jamais parlé l'aurait élevée jusqu'à son adolescence pour finalement la laisser partir, alors que sa famille était connue depuis l'origine ?

– C'est une affaire compliquée, reprend Marthe comme si elle lisait dans mes pensées. Cette enfant est née dans des conditions difficiles. Noura est une fille illégitime… C'est déjà inacceptable ici, dans la société marocaine. Mais il y a pire encore pour compléter le scandale : sa mère naturelle était juive ! Son père, Aziz M'Barek, avait eu une relation adultérine avec une femme du Mellah de Casablanca, le quartier juif. Comment se sont-ils rencontrés ? C'est un mystère. Toujours est-il que la jeune fille s'est retrouvée enceinte. Malgré la crainte de l'opprobre et du déshonneur, M'Barek l'a suppliée de ne pas avorter clandestinement. Il l'a cachée, il est subvenu à tous ses besoins pendant la grossesse, puis il lui a permis d'accoucher dans de bonnes conditions. Mais il lui a ensuite demandé d'abandonner la petite dans un orphelinat, et c'est ce qu'elle a fait. On lui a choisi un prénom marocain, pour dissimuler ses origines. Quand je l'ai accueillie, je connaissais sa judaïté, car il se trouve que je suis juive moi aussi.

Je n'en crois pas mes oreilles. Noura et moi avons donc une histoire identique, avec quinze ans d'écart. Nous sommes les enfants naturels d'une mère juive, tous deux abandonnés. Je repense à ce papa, austère et doux à la fois, à la moustache aussi épaisse que ses sourcils, dont Noura me vantait la voix grave, elle qui craignait sa colère, mais auquel elle semblait si attachée. Je risque une autre question :

– Marthe ? Ce n'est pas très juif ?

Elle hausse les épaules et lève les yeux au ciel.

– Qu'est-ce que vous croyez ? Que c'est mon véritable prénom ? Je suis française et j'ai miraculeusement échappé à la déportation. Je me suis réfugiée ici à la fin de la guerre, en 1945, après un curieux périple qui ne vous regarde pas. J'ai opté pour Marthe, car cette sainte était une disciple de Jésus-Christ, donc elle était juive elle aussi…

Elle me jette un regard malicieux. Quant à moi, j'ai un peu honte. Je me demande pourquoi je me suis aventuré à m'étonner de son prénom, comme si ce détail avait de l'importance, comme s'il n'y avait pas plus intéressant et plus urgent à élucider. Mais ma curiosité me ramène à l'essentiel :

– Pourquoi avez-vous décidé de renvoyer Noura dans sa famille ? Que s'est-il passé ?

Marthe soupire, agacée, comme si elle avait le sentiment de se répéter. Peut-être a-t-elle déjà tout raconté à David et est-elle surprise qu'il ne m'ait pas informé. Elle reprend avec lassitude :

– Aziz M'Barek n'a jamais perdu sa fille de vue. Il venait chaque semaine, le mercredi après-midi. Ils discutaient ensemble. Il lui a dit la vérité dès le début. Une formidable complicité s'est installée entre eux au fil des années. Noura habitait chez nous, à l'orphelinat, mais elle connaissait son histoire et ses origines. Elle n'a pourtant jamais demandé à aller vivre chez son père, elle savait que c'était impossible... Mais elle l'adorait et lui vouait une admiration sans bornes.

– Et sa mère ?

– Elle venait la voir aussi, de temps à autre. Mais moins souvent. Il lui était plus difficile qu'à M. M'Barek de se cacher pour rendre visite à sa fille. Et puis un beau jour...

Marthe se lève avec difficulté et se dirige d'un pas hésitant vers un réchaud à gaz pour y faire bouillir de l'eau.

– Vous voulez du thé à la menthe..., monsieur... ? Monsieur comment, d'ailleurs ? Je ne connais même pas votre nom !

– Rodrigo. Rodrigo Ganos. Non, merci, je ne prendrai pas de thé.

Elle sursaute, esquisse un mouvement de recul.

– Rodrigo Ganos ! L'escroc en cavale ?

Je ne m'imaginais pas que mes quarante années de vie – quarante et une selon David – puissent se résumer en ces trois mots : escroc en cavale. C'est ainsi que me désigne désormais l'opinion publique : un simple bandit qui a pris la fuite. Peut-être ai-je même l'honneur d'être considéré comme un criminel, l'assassin de deux honnêtes policiers dans l'exercice de leurs fonctions. Après sa brève réaction de stupeur, Marthe se reprend et verse le thé à la menthe, avec cette gestuelle tout orientale qu'elle a adoptée et qui consiste à imprimer à la théière un mouvement de va-et-vient de haut en bas tandis que le breuvage coule dans un verre de faible diamètre. Elle se rassied alors en face de moi.

– Rodrigo Ganos... C'était donc vous, cet « homme d'affaires » que Noura fréquentait en France ?

– C'était moi, oui.

Marthe me dévisage longuement, hésite un peu, scrute mes traits en détail, boit une gorgée de thé et me lance :

– C'est vrai... Maintenant, je vous reconnais, malgré la barbe et les cheveux. C'est bien vous. David m'a raconté votre histoire. Pourtant, il ne m'avait pas dit que c'est vous qu'il m'envoyait.

Je sursaute à mon tour.

– David vous a raconté mon histoire ?

Elle rit.

– Oui. Il n'y a pas très longtemps que je connais David, mais nous nous sommes déjà beaucoup parlé. Nous avons échangé un maximum d'informations sur ce qui nous préoccupe tous les deux. Nous poursuivons les mêmes enquêtes, chacun de notre côté. C'est comme ça que nos chemins se sont croisés. Nous nous sommes tout de suite bien entendus. J'ai compris qu'il était lui aussi en cavale, comme vous et sans doute à cause de vous, mais je m'en moque. Ce n'est pas ça qui m'intéresse.

– Vous êtes de la police, vous aussi ?

Elle reste un instant interloquée, m'observe avec une forme de dédain, de commisération. Elle paraît se demander si je suis vraiment aussi stupide que ma question peut le laisser supposer.

– Non, mon pauvre ami, je ne suis pas de la police, comme vous dites, et je n'ai pas l'intention d'y entrer, d'autant qu'elle prouve chaque jour un peu plus son inefficacité. Mais figurez-vous que ma sœur est morte dans l'attentat de la rue des Rosiers, voilà trois ans. Je veux savoir qui est l'auteur de ce crime. Et le venger. J'ai tout à fait compris que ce n'était pas grâce à la « police », justement, que j'obtiendrais gain de cause. Les flics sont complètement perdus.

La rue des Rosiers ! Encore cet attentat qui semble me poursuivre. On dirait que tout me mène à lui. Que d'épouvantables coïncidences ! Marthe, elle au moins, n'a pas l'air de croire en mon implication, même indirecte.

– Je sais qu'on a, un temps, pensé que vous étiez mêlé à cet acte horrible… Pour ma part, j'estime que cette accusation est ridicule, même si elle peut paraître logique, d'une certaine manière.

– Je vous remercie de ne pas accorder de crédit à ces sottises, mais je ne vois pas ce que vous pouvez trouver logique là-dedans.

Marthe hausse les épaules et secoue la tête de droite à gauche avec lassitude.

– Vous n'êtes pas très perspicace, décidément… Bon, mais où en étions-nous ?

– Je vous demandais pourquoi vous aviez fini par rendre Noura à son père, alors que vous l'aviez élevée et l'aimiez comme votre propre fille.

– Ah oui ! Oh ! ce n'est pas compliqué à comprendre ! Un beau jour, la femme d'Aziz M'Barek est morte dans un accident de voiture. Bien que la religion ne l'y oblige pas, le père de Noura a respecté une période de deuil socialement acceptable de six mois. Pendant ce temps, la mère de Noura s'est convertie à l'islam. Elle a bien voulu porter le voile islamique et a épousé Aziz dont les deux aînés, une fille et un garçon, avaient quitté le foyer. Le nouveau couple a alors décidé « d'adopter » officiellement Noura. Ils ont vécu une période heureuse, je crois… Noura me donnait des nouvelles de sa mère voilée qui continuait à boire l'apéro en cachette… Elle arrivait encore à me faire rire.

Le hidjab et le whisky, tout le portrait que Noura faisait de sa mère… Une ombre passe sur le visage de Marthe. Dans un souffle, elle avoue :

– J'ai dû me séparer de la petite…

La vieille femme avale une longue gorgée d'eau, avant de conclure :

– C'est comme ça. J'ai accepté depuis longtemps de supporter les épreuves que la vie m'impose. Est-ce qu'on a le choix, après tout ? Mais je suis encore en mesure d'entrer en contact avec Noura et je peux vous organiser une rencontre. Le souhaitez-vous ?

Comment souhaiter autre chose au monde ! C'est mon seul espoir et ma seule attente. L'émotion m'envahit. J'approuve d'un hochement de tête.

– Patientez un moment ici. Ne bougez pas.

Marthe se lève et se rend dans la pièce qui jouxte la cuisine et qui me paraît être sa chambre. Elle laisse la porte entrouverte. Je l'entends composer un numéro de téléphone. La conversation, très brève, est en arabe. Marthe revient et m'indique :

– Demain à dix-huit heures, elle vous attendra dans les jardins de l'Hermitage. Elle sera couverte d'une burqa complète, vous ne verrez pas son visage. C'est ainsi que votre rencontre sera la plus discrète. Cependant, n'ayez aucun doute, c'est bien Noura qui sera derrière le voile.

Je n'ai pas d'inquiétude : je reconnaîtrai aisément sa voix.

– Asseyez-vous sur le premier banc à droite, en entrant. Ne soyez pas en retard, votre entrevue ne pourra pas durer très longtemps.

« Ne soyez pas en retard », sans doute une allusion à mon rendez-vous avec David. Comme je me lève pour partir, Marthe me demande :

– Où comptez-vous aller comme ça ?

Surpris, je m'arrête. Elle semble attendre ma réponse. Je finis par bredouiller :

– Je… je vais essayer de rentrer chez moi.

– Chez vous ?

Marthe est bien informée. Elle doit savoir que je n'ai pas vraiment de chez-moi ici à Casablanca, que je suis seulement hébergé par Jawad et Fatima.

Soudain, je pense à eux. Je regrette de ne pas avoir pu les dédommager jusqu'ici. En mon for intérieur, j'espère encore. J'espère renaître un jour de mes cendres et déployer ma vengeance contre ceux qui m'ont accusé à tort ou – pire – ont cherché à m'attribuer des fautes que je n'ai pas commises. Mais je compte aussi, en ce futur béni, couvrir d'or les Justes qui m'ont aidé. Au premier rang desquels Jawad et Fatima.

– Chez moi, oui… Enfin, là où je vis actuellement, à Aïn Sebaâ.

Marthe sourit :

– L'aller-retour pour Aïn Sebaâ d'ici demain est inutile et risquerait même de vous mettre en retard au rendez-vous, ce qui ruinerait l'intérêt de la rencontre. J'ai une chambre inoccupée… Vous n'avez qu'à rester là pour la nuit.

Elle désigne une porte fermée, que je n'avais pas remarquée jusqu'à maintenant. La proposition est alléchante. Une vraie chambre, avec une porte, une fenêtre que je pourrai peut-être entrouvrir et, qui sait, un véritable lit muni d'un sommier. Voilà presque un an que je n'ai pas goûté à un tel confort. Pendant ces longs mois, je me suis bien gardé de nourrir ce genre de fantasme. J'ai effacé de ma mémoire les souvenirs de mes nuits dans les palaces, de ma vaste chambre avec son plafond orné d'une corniche dessinée comme de la dentelle et son lit si large que je pouvais m'y étaler les bras en croix sans même atteindre le corps de Noura, tandis qu'à travers la baie vitrée, j'admirais tout Paris. Pendant cette période de privation et d'errance clandestine, je me suis efforcé de me transformer en un homme nouveau, sans passé ni avenir, de vivre l'instant présent, sans rien attendre et surtout sans rien regretter.

La moindre exception à cette ligne de conduite m'aurait plongé dans une détresse insurmontable. Mais voilà que la proposition de Marthe réveille en moi le goût du confort, du bien-être. Je ne parviens pas à résister à son offre :

– Merci…, Marthe. Puis-je vous appeler Marthe ?

Elle approuve d'un signe.

– Oui, écoutez, je crois que je vais accepter votre généreuse suggestion. Je vais me laisser tenter… Je dormirai ici.

Elle se lève et se réjouit :

– À la bonne heure, mon garçon ! Je vous conduis…

Elle passe devant moi et ouvre la porte qui donne sur la chambre en question.

– Vous avez une douche, là-bas dans le fond, si vous voulez vous rafraîchir. Le dîner est à huit heures.

J'entre ; elle referme derrière moi immédiatement, comme si elle m'interdisait de sortir jusqu'au moment du souper, dans deux heures. Je me retrouve seul. Les murs sont tapissés d'un papier peint dont les motifs en forme de fleurs et de couronnes multicolores sont d'un goût douteux, mais l'ensemble me fait l'effet d'un luxe inouï, comparé aux parpaings gris qui me tenaient compagnie chez Fatima. Au sol, le parquet est usé et grinçant, mais il paraît solide. Je m'affale sur le petit lit double qui me tend les bras, à côté duquel une lampe est posée sur un guéridon de bois. En effet, depuis ma position allongée, j'aperçois, derrière une porte entrouverte, un cabinet de toilette muni d'une douche. Je me relève. Il y a aussi fort longtemps que je ne me suis pas prélassé sous une eau tiède si apaisante. Je me recouche et je m'assoupis. Décidément, cette Marthe que je ne connaissais pas voilà deux heures me donne de revivre des plaisirs simples que je n'avais plus envisagés depuis ce qui me semble être une éternité. Quand elle m'appelle à la rejoindre pour le repas, je me rhabille en hâte, remettant mes vêtements sales, et je me précipite dans le salon. Marthe m'attend debout. Elle s'est changée, s'est maquillée, s'est apprêtée comme pour recevoir un personnage important. Cet individu, c'est moi : Rodrigo Ganos, cheveux et barbe hirsutes, couvert de haillons. Je me sens ridicule. Devant mon hôtesse, un plat de boulettes de bœuf côtoie une salade de concombres, fenouil et tomates. Je n'ai presque rien mangé depuis hier soir ; je salive à la vue de ces mets colorés et appétissants. Marthe m'invite à m'asseoir en face d'elle. Nous dînons en silence. C'est délicieux. Mille arômes d'épices réjouissent mon palais. Je fais un effort surhumain pour ne pas dévorer, vider mon assiette avec une gloutonnerie grossière. Marthe, elle, à l'inverse, déguste sa cuisine avec parcimonie, par petites bouchées. Elle ne me quitte pas du regard, me scrute avec attention, comme si elle avait peur que je m'enfuie. J'éprouve une curieuse sensation de gêne. Nous finissons le repas sans mot dire. Marthe se lève pour débarrasser. Elle ne refuse pas mon aide ; elle me demande même de lui servir un café, tandis qu'elle se rassied après être allée chercher, dans le buffet, un étui à cigarettes, en acier brossé, qui semble avoir cent ans d'âge. Elle l'ouvre et m'en propose une. J'accepte. Elle ressent le besoin de se justifier, m'explique qu'elle ne prend qu'une cigarette par jour, après le dîner. Je ne lui reprochais pourtant rien. Nous fumons en silence, puis elle me salue, me prie de l'excuser : elle a l'habitude de se coucher tous les soirs à vingt-deux heures. Elle sera debout à six heures. Je retourne à mon tour dans la chambre qui m'est réservée, mais je peine à trouver le sommeil, ayant dormi profondément juste avant le repas. Un peu après onze heures, le muezzin appelle, pour la dernière fois de la journée, à la prière, celle de la nuit, l'*icha*. Depuis presque un an que je vis à Casablanca, je me suis habitué à ce rite rythmé. Cette voix lointaine, ce son long et guttural m'apaise, me tranquillise. Il me manquera quand je quitterai le pays. Cette fuite est-elle proche ou lointaine ? Je parviens à m'assoupir, puis je bascule dans le pays des rêves où le sourire de Noura se mêle aux visages des tortionnaires de Golfech, tandis que les juges qui me condamnent pour le délit d'initié que je n'ai pas commis portent le masque de Loïc Martin. En fin de nuit, je m'enfonce dans un sommeil profond, que le jour filtrant au travers des jalousies ne trouble même pas. Il est plus de dix heures du matin quand j'ouvre un œil. Je sors de la chambre. L'appartement est vide, Marthe s'est absentée. Elle a laissé un mot : *Je vous ai préparé du café. Je ne rentrerai pas avant que vous soyez parti pour votre rendez-vous. 18 h aux jardins de l'Hermitage. Elle vous attendra sur le premier banc à droite quand vous regardez le petit lac. Ne soyez pas en retard.* Elle a signé : *Marthe.* Je ne saurais pas dire pourquoi ce prénom écrit de sa main, cette calligraphie appliquée et désuète me procurent une étrange émotion, une sensation de familiarité, d'intimité avec celle qui m'a accueilli. Je reste un moment interdit. Par réflexe, je mets le papier dans ma poche. Je suis brièvement tenté de fouiller la commode où se trouve l'album de photos. Peut-être contient-il d'autres documents, d'autres secrets que Marthe a choisi de ne pas encore me révéler. Finalement, j'y renonce. Je prends une tasse de café et j'avale aussi deux cornes de gazelle. L'appartement est déjà baigné de soleil. Je me dirige vers la fenêtre tout en buvant mon café tiède. J'observe l'agitation du boulevard Mohamed-V : les marchands de fruits qui croisent les hommes d'affaires en costume clair, les notables de Casablanca, les banquiers, quelques mendiants, les femmes qui portent le hidjab, quelques-unes, plus rares, le niqab, mais aussi celles qui arborent une robe à fleurs ou un tailleur chic et avancent d'un pas sûr, cheveux au vent. Ils se côtoient, se bousculent, s'embrassent, passent leur chemin dans le tumulte des moteurs et des coups de klaxon. Depuis mon exil d'Aïn Sebaâ, il y a longtemps que je n'ai pas eu l'occasion de contempler ainsi la vie citadine, un spectacle que j'avais presque oublié. Paris, mon grand appartement et son immense terrasse donnant sur la tour Eiffel et munie de transats sur lesquels s'alanguissait langoureusement Noura, mes costumes de marque, sombres, sobres et élégants, qui n'avaient rien de commun avec les guenilles que je porte aujourd'hui, tout cela me semble si lointain. Je me laisse aller à rêver, à me souvenir des cocktails mondains, de ceux qui célébraient traditionnellement, chez Rodrigo Chemicals, l'élaboration de nouvelles molécules actives ou les autorisations de mise sur le marché des derniers médicaments. Je revois les escapades en décapotable sur la Côte d'Azur avec Noura ou nos premiers virages maladroits sur les pistes d'Avoriaz, nous qui n'avions, ni l'un ni l'autre, eu la possibilité de découvrir la neige dans notre enfance. Me reviennent les samedis après-midi de shopping avec mon Orientale, les nuits d'amour insatiables, les dimanches matin au golf avec Loïc. Nous ne parlions jamais boulot pendant les parties, c'était la règle. Nous partagions le green avec des adversaires de rencontre, des pharmaciens, des notaires. Le seul sujet de conversation autorisé était la qualité du swing de tel ou tel. Nous achevions le parcours par une bière, parfois par un croque-monsieur, dans le club-house où régnait toujours une odeur de cigare. Quand je rentrais, Noura traînait au lit. Elle regardait un épisode de *La croisière s'amuse* ou dévorait le dernier Barbara Cartland. Je m'allongeais à ses côtés et nous rêvions au prénom de l'enfant que nous aurions un jour. Ce petit est-il né ? Pourrait-il être le bébé qui se trouvait dans le landau hier à l'hôtel ? Elle m'en dira peut-être plus tout à l'heure. Il est midi passé. Je tourne comme un lion en cage dans l'appartement surchauffé, attendant l'heure du rendez-vous. Je me douche pour me rafraîchir et je sors déambuler sur le boulevard. J'entre dans un bar à chicha, qui est aussi un restaurant. Je n'ai plus vraiment faim, mais je me force à avaler une salade d'aubergines. Les minutes et les heures s'égrènent péniblement, avant qu'il soit temps de partir pour l'entrevue. J'arrive aux jardins de l'Hermitage à six heures moins cinq. Je remonte l'allée de palmiers jusqu'au plan d'eau. Je n'aperçois personne qui puisse ressembler à Noura. Je me dirige cependant vers l'endroit où elle est censée m'attendre. Certains bancs sont occupés par des vieux qui fument et qui devisent en agrémentant leurs discussions de grands gestes. Il n'y a aucune femme ; Noura n'est pas là. Je persiste à la chercher parmi les silhouettes, imaginant qu'elle ait pu se déguiser en homme, dans une épaisse djellabah blanche et avec une fausse barbe. Mais non, tous ces types ont l'air d'être des mâles pour de bon. Je m'assieds sur le seul banc libre, un banc très classique comme on en trouve partout, fait d'une armature en ciment et de lattes en aggloméré peintes en vert bouteille. Je patiente, de plus en plus fébrile. L'heure est largement passée. Personne. Ma nervosité s'accroît. Marthe a pourtant bien insisté sur l'exigence de ponctualité. L'entrevue ne pouvait être que très rapide. J'étais parfaitement à l'heure et je suis seul. Ai-je bien compris le lieu du rendez-vous ? Les jardins ne sont pas très étendus, il n'y a pas mille points de rencontre. C'est bien là. Noura aurait-elle été empêchée ? À moins que David ou Marthe, ou les deux, ne m'aient tout simplement tendu un piège ? Je balaye le lac du regard, la pelouse qui l'entoure ; je dévisage les passantes. Je scrute la moindre silhouette à la démarche ondulante qui pourrait être celle de Noura. Rien. Arrivé par l'arrière, un homme s'assied à mes côtés. Sur le moment, je ne prête pas attention à lui, mais je sens qu'il m'observe avec insistance. Je feins de l'ignorer pendant un instant, mais, malgré moi, je finis par me tourner vers lui. C'est alors que je le reconnais. Mon sang se fige dans mes veines, le souffle me manque. Il me fixe de son regard d'acier, arborant son éternel sourire en coin. Le cheveu court, le menton épais, le dos avachi sur le dossier, le major Roucaud, le gendarme qui m'a laissé filer il y a un an, se tient là, face à moi, en vêtements civils. Il a débarqué ici, au Maroc – *Al-Maghrib*, comme on désigne en arabe ce pays du soleil couchant, à l'extrême ouest du Maghreb –, pour me mettre la main dessus et sans doute me coffrer de nouveau dans la foulée. Marthe, à qui j'ai bêtement fait une confiance aveugle et injustifiée, m'a précipité dans ses griffes. Content de lui, le major allume une cigarette et m'en offre une. Je voudrais m'enfuir, je n'y parviens pas. Je suis cloué sur place. Je n'ai même pas la force de détaler, à peine celle de tendre la main vers le paquet qu'il me présente.

Roucaud se redresse, approche de ma bouche la flamme du Zippo, couvrant le haut du briquet de sa main gauche pour le protéger du vent, et allume ma cigarette. Depuis que je suis à Aïn Sebaâ, je fume beaucoup moins de tabac. De temps à autre de la chicha ou du chanvre, du haschich, mais de simples cigarettes, plus rarement. Le goût du tabac blond me surprend et me déçoit. Je tire quand même une ou deux bouffées et je balbutie :

– Major Roucaud…, qu'est-ce que… qu'est-ce que vous faites ici ?

Il hausse les sourcils d'un air interrogatif sans cesser de sourire. Il est vêtu d'un jean et d'une chemise beige maculée de taches de sueur. Si je n'avais pas eu l'occasion, auparavant, de le voir en uniforme dans son bureau de Beaumont, je ne devinerais pas qu'il appartient à la gendarmerie. Ici, observé de près et en civil, il a plutôt la dégaine d'un trimardeur, ou d'un truand. Il se met debout et se campe devant moi, les deux mains dans les poches, la clope au bec, légèrement cambré en arrière, le menton rentré :

– Qu'est-ce que je fais là ? C'est vous qui me posez la question ? Vous ne croyez pas que vous inversez un peu les rôles ? Ce n'est pas plutôt à vous, par hasard, de me raconter ce que vous trafiquez ici depuis un an que vous m'avez échappé ?

Bien sûr, ma question avait quelque chose de ridicule. Ce n'est pas au fuyard repris par la patrouille de demander au gendarme ce qu'il fait là ! Avec une naïveté presque enfantine, je lui réponds :

– Je… j'ai rendez-vous avec Noura.

Roucaud lève les yeux au ciel d'un air excédé. Dans sa barbe, comme s'il ne s'adressait déjà plus à moi, il marmonne :

– Oui, ça, Noura, je sais, évidemment...

Las, il hausse les épaules, tourne vivement les talons, fait quelques pas avant de se retourner vers moi. De loin, il me crie :

– Ben alors, qu'est-ce que vous foutez ? Vous venez ?

Je le rejoins.

Nous marchons côte à côte, quittons les jardins pour les trottoirs de Casablanca. J'ignore si c'est moi qui le suis, ou l'inverse. Nous avançons dans la même direction tout en devisant. De fait, c'est surtout lui qui parle. Il n'est pas ici pour m'arrêter, m'explique-t-il d'emblée. C'est un soulagement, mais j'attends une information plus complète pour me réjouir tout à fait. Il n'est pas en mission, m'apprend-il. Officiellement, il est en vacances au Maroc. Et il raconte : quand il est entré dans la gendarmerie au tout petit matin, le lendemain de ma spectaculaire évasion, et qu'il a trouvé les deux pauvres plantons attachés au radiateur et le troisième enfermé dans ma cellule, il a compris que j'avais été aidé par un professionnel, un connaisseur. Cette intuition lui a été confirmée par le récit des gendarmes dans lequel il a reconnu la description de David Rosenberg, le flic conduisant la R5 lorsque Roucaud nous avait arrêtés sur la nationale. Il admet s'être d'abord mis en boule de s'être fait berner si facilement et d'avoir laissé échapper une proie aussi précieuse que celle que je représentais. Le pauvre Mollard a fait les frais de sa colère noire. Malgré le peu d'estime et d'affection qu'il porte à son subordonné, le major s'est reproché d'avoir cédé à ses pulsions et d'avoir humilié l'adjudant devant tous ses collègues. Il a même été obligé de s'en excuser en privé. Il espère que Mollard ne lui en veut pas trop et ne deviendra pas un ennemi de l'intérieur. Il devra dorénavant se méfier.

Une confession aussi libre me surprend par son apparente sincérité. J'attends la suite, mais il s'interrompt brusquement :

– Ganos, je parle, je parle, mais vous m'avez bien dit que vous aviez rendez-vous avec votre fiancée, la ravissante Noura, non ?

Absorbé par son récit, j'en avais presque oublié Noura ! Sa question me secoue.

– C'est vrai, fais-je.

– Et vous ne vous demandez pas ce qui s'est passé ? Vous ne vous étiez d'ailleurs déjà pas demandé comment une rencontre entre vous et la belle Marocaine que vous avez laissée tomber avait bien pu être arrangée. Cela ne vous intrigue pas plus que ça ?

J'ai l'impression que Roucaud prend un malin plaisir à me déstabiliser. Je ne sais pas quoi répondre. Je réfléchis. Je déroule dans ma mémoire le film des événements qui m'ont mené jusqu'ici. Jawad qui m'envoie en stop à Casa pour une prétendue mission qui me sera confiée par quelqu'un à l'Hôtel Suisse. David Rosenberg en personne qui m'attend là-bas. L'étrange entrevue avec la non moins mystérieuse Marthe, cet improbable rendez-vous dans les jardins de l'Hermitage avec Noura qui ne vient pas, finalement remplacée par le major Roucaud. Rien de tout cela n'a la moindre cohérence. Je ne sais même pas comment David a pu prévenir Jawad. J'ignore d'ailleurs tout de leurs relations depuis le début. Persuadé que Roucaud lui non plus n'est pas là par hasard, et convaincu qu'il a bien été informé de ma rencontre avec Marthe, je me justifie :

– Marthe m'a révélé son lien avec Noura. Mais elle m'a dit savoir comment retrouver ma fiancée et m'a proposé ce rendez-vous. Je l'ai crue… Je n'aurais pas dû, sans doute.

Roucaud affiche une mine dubitative. Il s'arrête soudain, interloqué.

– Marthe ? Qui c'est ça, Marthe ?

Sa question est sincère, je pense. Il ne connaît pas la vieille femme, ne voit pas de qui je parle. Il craint, de toute évidence, de s'être fait berner et doubler, mais par qui ? Si ce n'est pas par

Marthe que Roucaud a été averti de ma présence ici, puisqu'il ignore qui elle est, par qui l'a-t-il été ? Par Noura elle-même ? Roucaud n'aime pas avoir été pris en défaut. C'était lui qui était censé créer l'effet de surprise sur moi, pas l'inverse. Sa bonhomie teintée d'ironie l'a soudain quitté. Ses narines se dilatent, il laisse inconsciemment ses dents grincer les unes contre les autres ; pas de doute, il est furibond. Voilà que je dispose d'une information, d'une mine d'informations à laquelle il n'a pas eu accès. Je reprends l'avantage.

– Oui, Marthe. Vous ne connaissez pas Marthe ? C'est curieux, j'aurais pourtant imaginé, vous voyant arriver à la place de Noura, que c'était Marthe qui vous avait renseigné. Il faut croire que je me suis trompé.

Roucaud se tait. Il rallume une cigarette et me jette un regard agressif. Vexé. Indubitablement, le gendarme est vexé. Dans le jeu compliqué de cette histoire, l'entrée en scène de Marthe le déconcerte. Il serait presque capable de me reprocher à moi, le lièvre de l'affaire, de ne pas l'avoir mis sur la bonne piste. C'est un peu fort de café. Au demeurant, je ne boude pas mon plaisir. Pour la première fois depuis que cette aventure a commencé, depuis le délit d'initié imaginaire, et même avant, depuis mon enfance à Buenos Aires jusqu'à Aïn Sebaâ, en passant par les sous-sols suintants de Golfech où l'odeur du sang et celle de la poudre se sont mêlées, j'ai toujours été le dindon de la farce, l'ignorant, l'imbécile heureux (ou non) qui avait au moins un train de retard. Or voici que l'ignorance imprévue de Roucaud me rend un semblant d'initiative. Est bien pris qui croyait prendre, me dis-je. Je choisis de le laisser mariner un moment. Il sera bien obligé, à son tour, de me faire quelque aveu s'il veut obtenir des informations de ma part. Mais si Roucaud est lui-même manipulé, s'il n'est comme moi qu'une marionnette, alors qui tire les ficelles ? À cette question, je demeure perplexe. D'un ton désormais plus assuré, je lui demande :

– Mais alors, si ce n'est pas Marthe qui vous a suggéré de venir à ma rencontre à la place de Noura, qui est-ce ? Noura elle-même ? C'est l'hypothèse la plus logique ; pourtant, voyez-vous, j'ai du mal à le croire. Oui, ma fiancée est sans doute blessée que je l'aie abandonnée l'année dernière, que je ne lui aie plus donné signe de vie depuis, et elle m'en veut certainement un peu. Mais je ne pense pas qu'elle soit capable de me tendre un piège, de me livrer aux flics…

J'ai mis tout mon orgueil dans cette affirmation. En définitive, depuis un an, je n'ai pas souvent eu la possibilité de prendre le dessus. Je vois là une bonne occasion de retrouver une partie de ma superbe d'antan. Roucaud encaisse sans tiquer.

– Vous avez raison, Ganos. Ce n'est pas Noura qui a vendu la mèche. Et si je suis à Casablanca, ce n'est pas par hasard non plus, bien sûr. Mon informateur, c'est David. L'étrange David Rosenberg, celui-là même qui vous a fait sortir de Golfech – après vous y avoir fait entrer, il ne faut peut-être pas l'oublier d'ailleurs – et qui vous a aussi fait évader de la gendarmerie de Beaumont. C'est lui qui m'a appris que vous étiez réfugié ici. J'ai sauté dans un avion. C'est encore lui qui m'a donné le tuyau sur ce rendez-vous dans les jardins de l'Hermitage, en précisant l'heure et l'endroit exacts.

Nouvelle surprise – mais une surprise qui, à vrai dire, n'en est pas une, puisque, si ce n'est pas Marthe qui a renseigné Roucaud, ce ne peut être que David. Ainsi, tandis que le major s'est remis à marcher lentement, les mains croisées dans le dos, plissant les paupières pour se protéger de la lumière encore vive du soleil qui nous fait face, je simule un étonnement que je n'éprouve qu'à moitié :

– David ?

– David, oui. Votre David. Je suis entré en contact avec lui.

Je lève un sourcil. Roucaud se décide à dire la vérité :

– Oui, bon, je devine vos pensées et… je reconnais que vous n'avez pas tort. En réalité, c'est lui qui m'a approché.

Je souris. Encore une petite victoire sur le gendarme. Moi qui régnais sur le plus grand empire pharmaceutique en Europe, moi qui étais courtisé de toutes parts, par les banquiers, les pharmaciens, les députés, les ministres et le boulanger du coin, j'en suis aujourd'hui réduit à me contenter de ces maigres satisfactions. Devancer le gendarme dans ses réflexions, comprendre qui a appelé qui. *Sic transit gloria mundi*. Je ne suis plus rien qu'un fugitif traqué. Pourtant, celui qui me poursuit est là, penaud devant moi, et il ne manifeste aucune intention de m'arrêter. Nous marchons en devisant comme deux vieux camarades. Nous bifurquons vers le nord, puis nous longeons l'océan par le boulevard Sidi-Mohamed avant de déboucher sur un terrain vague donnant sur une plage où se déploie un immense chantier. Il y a des barrières, des grillages qui empêchent d'avancer. Derrière les clôtures, des hommes protégés par un casque s'affairent, discutent, planifient. Un peu plus loin, nous découvrons un panneau d'affichage indiquant qu'ici Bouygues entreprendra bientôt la construction de la plus grande mosquée de Casablanca, la mosquée Hassan-II. Mon esprit s'évade un instant, j'essaye d'imaginer où se dressera le gigantesque minaret de ce projet pharaonique. Roucaud me ramène au présent.

– Vous savez, Rodrigo… Comment vous expliquer ? J'ai eu de grands malheurs dans ma vie. J'ai perdu un fils, mon fils unique. On ne se remet pas d'un tel coup du destin. Rongés chacun par le chagrin, incapables de supporter celui de l'autre, ma femme et moi avons fini par nous séparer. Aujourd'hui, je suis seul et je vais vous dire, je ne goûte plus les plaisirs de l'existence. Des cigarettes, un madiran, une belle omelette aux cèpes, c'est à peu près tout… Je ne sais plus ce que peut être la joie. Ma vie s'est comme arrêtée en même temps que celle de mon fils. Je suis en sursis sur cette terre. Je ne suis pas d'un tempérament suicidaire, alors j'attends.

J'attends que la mort vienne me délivrer, et j'essaye de m'occuper d'ici là. Et, voyez-vous, rien ne m'occupe aussi bien l'esprit qu'une enquête compliquée. Débusquer un coupable, fouiner, remonter une piste, voilà ce qui me retient encore à ce monde. Quant à vous, je vous le répète, je vous crois innocent, depuis le premier jour. Vous n'avez pas la gueule de l'emploi. Vous m'avez échappé, certes. Mais vous en auriez été bien incapable sans l'aide de Rosenberg. Vous n'êtes pas un pro de l'escroquerie ni de l'évasion.

Roucaud s'est décidé, comme David à Larrazet, à m'appeler par mon prénom, au moment d'entrer dans le vif du sujet. Il reprend sa marche de son pas lourd. Je le suis, impatient d'entendre la suite. Il poursuit son monologue :

– Rosenberg est un fin limier, lui aussi. Il agite le chiffon Bousquet, mais, au fond, je pense qu'il se fout du sort du collabo. Vous savez qu'il a également contribué à obtenir l'extradition de Klaus Barbie par la Bolivie, d'ailleurs ? Le procès du « boucher de Lyon », comme on le nomme, va bientôt démarrer, je crois. Mais tout ça, c'est de l'histoire ancienne. Chasseur de nazis, c'est bien, c'était le job qu'avait choisi David et il le faisait mieux que personne. Mais s'il a décidé de basculer dans la clandestinité en trouant la peau de ses collègues pour sauver la vôtre, ce n'est pas pour dénicher un énième vieillard cacochyme qui aurait été gardien de camp voilà quarante piges, non. Il a dépassé ce stade. Ce qu'il veut, c'est choper les types qui commettent des crimes aujourd'hui, ceux qui en commettront demain, plus que ceux qui en ont perpétré hier. En fait, il est obsédé par l'attentat de la rue des Rosiers. C'est encore officiellement la piste du Fatah qui tient la corde, mais Rosenberg est convaincu, lui, que ce sont des chapelles d'une certaine « extrême » extrême droite qui en sont responsables. Vous avez entendu parler de ces néonazis qu'on a arrêtés en France ?

Oui, j'en ai entendu parler à la radio, dans la R5 que conduisait David. Et je ne risque pas de l'oublier puisque c'est le moment où j'ai appris en même temps, par la voix du journaliste, que la police française me soupçonnait d'être lié à cet épouvantable événement. J'acquiesce. Roucaud continue :

– Ces nostalgiques du Führer sont des cinglés prêts à tout, à toutes les ignominies pour faire aboutir leur « cause ». Ils peuvent très bien, ponctuellement, nouer d'improbables alliances avec des groupes propalestiniens, ou même des liens contre nature avec des communistes, des maoïstes, des militants écologistes, des wahhabites salafistes ou des Frères musulmans, le cas échéant, pourquoi pas ? Tout ce qui traîne, du moment que ça fout le bordel et que ça met en péril la paix ou que ça trouble la tranquillité des Juifs. Ces gars-là se définissent comme étant les défenseurs de la race aryenne. On en trouve un peu partout en Occident, dans les rangs du Ku Klux Klan en Amérique aussi bien que parmi les skinheads anglais. On n'y échappe pas en France. Depuis le début, David pense que c'est de ce côté-là qu'il faut chercher. Il veut infiltrer ce milieu et suivre cette piste. Il était persuadé que vous faisiez partie de ce système, de cet univers… Quand il a compris qu'il se trompait, mais que les deux autres flics ne vous laisseraient pas la vie sauve pour autant, il a préféré refroidir ses collègues pour vous protéger. Vous êtes le maillon indispensable de son enquête et donc désormais de… la mienne !

Tandis que nous cheminons encore, l'océan s'assombrit au fur et à mesure que le soleil s'abaisse sur l'horizon et qu'il jette sur la côte des reflets orangés. Une brise marine s'est levée qui vient agréablement nous rafraîchir. Nous atteignons bientôt les docks du port, l'endroit même où mon conteneur a été débarqué voilà plus d'un an. Nous nous asseyons sur un baril couché, dans un coin que Roucaud paraît avoir soigneusement choisi, face aux embarcations, mais à l'abri des regards. Seule, le long du plus grand quai que nous apercevons, la silhouette d'une femme en noir, le visage couvert d'une burqa intégrale, semble avancer vers nous.

Quoiqu'hypnotisé par cette démarche que je reconnaîtrais entre mille, même dissimulée sous l'ample vêtement noir, je reste concentré sur les explications du major. Lui-même, m'assure-t-il, s'intéresse depuis longtemps à cette affaire de la rue des Rosiers et a suivi plusieurs pistes. Et il est aussi convaincu que ce meurtre n'a pas été commis par des fous isolés. Le massacre a été méticuleusement préparé par une bande organisée, et donc… financée. C'est par le biais de ce financement que l'on en est arrivé à me soupçonner. Roucaud, par le même raisonnement, a fini par penser que Loïc pouvait être impliqué. Et c'est en enquêtant sur ledit Loïc qu'il a croisé la route de David. Rosenberg suivait, lui aussi, cette piste. Il a pris contact avec Roucaud et lui a proposé d'unir leurs forces. Le gendarme dans la lumière, le flic dans la clandestinité. Le major a accepté ; ils se sont rencontrés, ont échangé et ont abouti à une conclusion identique : il faut faire parler Loïc Martin. David peut délier les langues récalcitrantes. Roucaud lui a opposé que la fin ne justifiait pas les moyens. On doit se garder d'employer les méthodes de ceux que l'on pourchasse. Ils ont alors convenu que la meilleure manière de lui tirer les vers du nez était d'utiliser Noura. Il la connaît et, si elle lui dit qu'elle parle en mon nom, il aura confiance. Si jamais Loïc n'est pas blanc-bleu dans cette affaire, comme on l'imagine, il sera alors forcément très curieux d'apprendre ce que je suis devenu. Que je sois vivant, perdu dans la nature, possiblement en train de dérouler la pelote jusqu'à lui et de découvrir le pot aux roses, voilà qui doit l'inquiéter. Loïc coopérera malgré lui, trop impatient d'en savoir plus. Et le meilleur moyen de convaincre Noura de collaborer, c'était de me faire intervenir. Par amour pour moi, peut-être accepterait-elle de jouer le jeu.

J'ai connu, autrefois, d'autres quais que celui du port de Casablanca. Des docks embrumés et ténébreux sur lesquels j'ai débarqué en France. J'avais quinze ans. C'était l'hiver. Un hiver humide mais pas franchement froid, à Brest, en décembre 1960. Je descendis du bateau de marchandises qui m'avait transporté ici, en France, un pays dont j'avais vaguement appris la langue, mais dont je ne savais rien, ni la géographie, ni le climat, ni les coutumes. Sans famille et séparé de tout ce que j'avais connu jusque-là, ignorant la raison pour laquelle je m'étais trouvé si brutalement orphelin, j'étais seul et perdu. Si ce n'était de froid, je tremblais de peur en avançant vers l'inconnu sur ce quai détrempé, enveloppé par la brume qui se mêlait aux fumées des machines. Je marchai tout droit au milieu des employés des docks, qui déchargeaient les cargos et qui ne me remarquaient pas, jusqu'à ce qu'une dénommée Anne, comme elle se présenta, m'appelât par mon prénom. Je me dirigeai vers elle. Je grelottais dans le crachin. Elle me couvrit d'un ciré jaune bien trop grand pour moi et me conduisit à sa voiture, une 4 CV d'une inimitable couleur motte de beurre. Les quatre cylindres nous menèrent en pétaradant, par des routes sinueuses et parfois pittoresques, dans l'intérieur des terres. Il nous fallut plus de trois heures pour arriver à Ploërmel. C'est dans cette ville bretonne que m'attendait le pensionnat où je devais passer les trois années suivantes, jusqu'au baccalauréat. Le bâtiment de pierre grise, en forme de L, était austère, mais la froideur de l'architecture ne traduisait qu'imparfaitement la rigueur monacale qui m'attendait entre ces hauts murs. Anne s'arrêta devant l'entrée majestueuse et me fit un baiser sur le front. Avant que j'aie eu le temps de réagir, elle avait réajusté son fichu et était remontée dans la voiture dont elle n'avait pas éteint le moteur. Elle démarra sans ajouter un mot ni un signe. Je n'eus plus jamais de nouvelles d'elle, je ne sus jamais qui elle était. Je n'avais d'autre choix que de traverser la cour et d'avancer vers l'homme en soutane noire qui m'attendait sur le pas de la porte. Il était près de midi. Il me conduisit directement au réfectoire où je pris place à côté d'autres gosses de mon âge qui ne me saluèrent pas. Il était interdit de parler pendant le repas. Une cloche retentit et je vis tous les élèves se lever et aller se mettre en rang. Je les imitai. Nous sortîmes en silence, puis une autre sonnerie se fit entendre. C'était le signal de la récréation. Les garçons commencèrent à courir, à se poursuivre, à s'amuser sous l'œil sévère de deux séminaristes aux cheveux courts et aux yeux de lynx. Il s'agissait de ne jamais outrepasser les règles de la stricte bienséance, en toute circonstance, y compris durant les récréations, sous peine d'impitoyables sanctions. Je restai seul dans un coin de la cour en attendant qu'un autre signal nous ordonne de nous mettre à nouveau en rang pour rejoindre nos classes respectives. Je ne savais pas où me placer. L'aumônier qui m'avait reçu à l'arrivée – un homme grand et maigre, d'une cinquantaine d'années, qui marchait à grandes enjambées nerveuses et qui portait de petites lunettes rondes – apparut sur le perron. « Ganos ! » m'appela-t-il d'une voix de stentor. J'approchai. Il me conduisit au dortoir. Près de quatre-vingts lits alignés, espacés d'environ cinquante centimètres les uns des autres. Le père Cuvelier – c'était son nom – me désigna le matelas qui m'était réservé. Comme je ne bougeais pas, celui que les pensionnaires surnommaient en cachette – je l'apprendrais bientôt – le « cul velu » m'enjoignit de me presser. À La Mennais, me précisa-t-il, on ne tolérait ni la fainéantise, ni la procrastination, pas plus que la rêverie. Ceux qui bayaient aux corneilles étaient rappelés à l'ordre et s'en souvenaient. Si l'on n'était pas en train d'étudier ou de prier, on se devait d'être actif, tout en restant discipliné. Il n'y avait pas de place ici pour le désordre, la chienlit, les mœurs décadentes. Le prêtre savait que je n'avais pas encore reçu d'éducation religieuse, et donc pas d'éducation tout court. J'avais par conséquent beaucoup à apprendre avant d'avoir l'honneur d'être considéré comme un membre respectable de l'institution. Je ne pourrais rattraper mon retard qu'au prix d'une discipline de fer et d'efforts véritables. En attendant, que je me dépêche de faire mon lit ! Je devais ensuite me rendre prestement dans son bureau afin qu'on prenne mes mesures et qu'on m'attribue un uniforme. Je ne savais pas comment on faisait. Je me débrouillai pour border les draps en imitant tant bien que mal ce que j'observais sur les lits voisins. Ce premier essai manqué allait bientôt me valoir un châtiment exemplaire. J'ignorais encore, à ce moment-là, que le père Cuvelier était en réalité un tyran cruel et sadique qui faisait régner la terreur dans tout le pensionnat. Il devait me martyriser, moi comme les autres, pendant les trois ans que je passai à La Mennais. Mais il devait également me préserver. Quelqu'un finançait mes études et bien plus. Ce mystérieux donateur contribuait aussi aux travaux de réfection des bâtiments, améliorait l'ordinaire des ecclésiastiques, entretenait les terrains de sport. J'étais donc un élève protégé, d'une certaine manière, sans savoir réellement pourquoi. Comme l'était celui qu'on me présenta le jour même de mon arrivée : Loïc Martin. Mais cet avantage que nous partagions, Loïc et moi, aurait son revers. Cuvelier avait le devoir de nous offrir le meilleur de l'enseignement, l'accès aux différentes activités proposées par l'établissement et les soins nécessaires pour nous éviter de tomber malades par suite de mauvais traitements, comme cela s'était produit pour d'autres enfants. Cette limite imposée à sa toute-puissance allait nourrir également une secrète malveillance cruelle à notre endroit. Il ne perdrait jamais une occasion de nous piéger, de nous humilier, et, faute de nous faire souffrir physiquement, de nous infliger de multiples brimades psychiques. L'inique comportement de cet être terrifiant ne manqua pas de renforcer l'amitié indéfectible qui devait me lier à Loïc.

Loïc avait une tête de plus que moi. Mal nourri pendant les longues années d'internat qui avaient précédé mon arrivée, il était maigre, ce qui ne l'empêchait pas d'avoir une bonne bouille avenante. Ses yeux noirs étaient surmontés de sourcils fins, châtain foncé comme ses cheveux, son nez était long et pointu, ses lèvres fines et roses. Sous le regard perçant de Cuvelier qui nous toisait avec sévérité, Loïc me tapa sur l'épaule avec une décontraction qui me surprit. Je compris qu'il avait le cuir plus endurci que le mien, qu'il n'était plus intimidé du tout par le père supérieur. De sa voix nasillarde, Cuvelier ordonna : « Vous avez une heure pour faire visiter notre établissement à notre nouvel arrivant. Montrez-lui tout d'abord le chemin de la chapelle. C'est là-bas que votre première messe aura lieu, demain matin à six heures et demie, comme tous les jours. »

Loïc m'avait impressionné dès le premier instant, dès que je l'avais vu entrer d'un pas décidé, ferme, dans le bureau du père. Il n'avait pas d'histoire, n'avait pas connu ses parents, n'avait peur de rien. Il me fit parcourir les dédales de La Mennais à toute allure, me conduisit aux endroits où aller pisser en cachette quand on n'en pouvait plus et que l'accès aux toilettes était interdit en dehors des horaires imposés, m'indiqua les planques de chocolat et autres friandises, ainsi que les recoins où il était possible de se camoufler pour fumer lorsqu'on avait réussi à faire entrer des cigarettes à l'intérieur du lycée. Puis je le suivis pour assister aux cours de l'après-midi, deux heures de latin et de catéchisme. J'épatai d'emblée le professeur qui m'interrogea sur les déclinaisons du troisième groupe, mais je consternai le père François quand il s'aperçut que j'ignorais tout de la Sainte-Trinité et de la transsubstantiation : c'est à peine si je savais que le Christ était né de Marie toujours vierge et qu'il était mort sur la croix pour sauver le monde du péché originel, voilà près de deux mille ans. À six heures du soir, nous étions alignés devant nos lits respectifs pour la revue de chambrée par le père Cuvelier. Lorsque le prêtre s'approcha de moi et put constater à quel point je m'y étais mal pris dans l'agencement de mes draps, il arbora une expression de satisfaction vicieuse. Je m'apprêtais à subir ma première punition. Le soir même, après le souper, tandis que les autres élèves auraient un temps de repos ou de lecture, je devrais copier cent fois : « Je demande pardon à mes pères et à Dieu d'avoir, par fainéantise, négligé la tâche qui m'a été confiée. » Ces punitions s'exécutaient sur un pupitre installé dans une salle réservée à cet effet et qui avait la particularité de n'être pas chauffée du tout. Les doigts s'engourdissaient au fur et à mesure. C'est là que je passai ma première soirée au pensionnat.

Par la suite, les brimades s'enchaînèrent à un rythme plus ou moins soutenu, ce qui ne m'empêcha pas de rester l'élève studieux que j'avais toujours été, d'obtenir mon baccalauréat avec mention, et d'accéder finalement à l'enseignement supérieur. Il est vrai que, durant ces trois années et demie à La Mennais, Loïc et moi n'avions pas de quoi nous distraire. Nous ne nous quittions jamais puisque nous n'avions pas de famille pour nous accueillir pendant les vacances. Sur le plan psychologique, bien sûr, c'était difficile à vivre, surtout quand les autres partaient joyeusement, puis revenaient en se racontant leurs péripéties, leurs escapades, leurs balades en forêt, leurs sorties en dériveur ou même leur virée aux sports d'hiver pour les plus aisés d'entre eux, ainsi que leurs premières surprises-parties, un peu plus tard. Loïc et moi ne connaissions rien de tout cela. Mais, lorsque l'établissement se vidait de ses élèves et d'une grande partie de ses surveillants et professeurs, nous en profitions pour en explorer tous les recoins, en dénicher toutes les issues, en étudier les postes d'observation et les endroits par où l'on pouvait entrer et sortir sans être pris. Nous étions en quelque sorte les maîtres des lieux et cela nous conférait un avantage certain sur nos camarades ainsi que sur nos aînés. Il arrivait au père Cuvelier de s'absenter parfois pour plusieurs jours, voire une semaine entière, ce qui nous donnait l'occasion de pénétrer dans son bureau par effraction et de fouiller dans ses effets personnels. Notre surprise fut grande de découvrir dans l'un de ses tiroirs plusieurs clichés d'un élève de notre classe, un garçon blond comme les blés, à la voix fluette et à la peau diaphane, que le père Cuvelier tenait de toute évidence en affection. Le jeune homme se prénommait Erwan. Derrière chacune des photos, Cuvelier avait rédigé un poème.

Erwan aux cheveux d'or,
Sans toi mon corps est mort,
Erwan enfant du ciel,
Ta peau au goût de miel.

C'est celui que je retins.

En janvier 1963, un peu plus de deux ans après mon arrivée à Ploërmel, Loïc et moi décidâmes de nous venger d'une énième injuste sanction. Nous parvînmes, grâce à notre connaissance parfaite des lieux, à nous extraire en cachette du dortoir au milieu de la nuit et à atteindre la salle de classe dans laquelle Cuvelier devait, le lendemain à la première heure, nous faire un cours de mathématiques. Sur le tableau noir, je recopiai le poème en question, que j'avais appris par cœur, sans un effort démesuré, il faut bien le reconnaître. J'y ajoutai un vers de ma façon : *Oh ! qu'il est beau, son cul velu !* Puis, en sortant, Loïc ferma la porte à clé et faussa la serrure de telle sorte que le lendemain, tandis que nous attendions tous en rang dans le couloir, le père Cuvelier ne réussit pas à l'ouvrir. Branle-bas de combat, énervement, cris, remontrances, menaces. Si c'était l'un d'entre nous qui avait fait le coup, il allait voir ce qu'il allait voir, il ne s'en tirerait pas comme ça, on mènerait une enquête et on lui administrerait une correction dont il se souviendrait. Une punition collective nous était également promise. Loïc et moi ne mouftions pas. Cuvelier fit appeler l'homme à tout faire de l'établissement, qui vint débloquer la serrure. Mais le père avait fait tant de foin que d'autres professeurs accoururent en même temps pour comprendre ce qui se passait et occasionnait ce brusque et inhabituel vacarme. Une fois la porte ouverte, les élèves s'engouffrèrent en se bousculant dans la salle de classe à la suite des adultes. Quand tout le monde découvrit l'inscription sur le tableau noir, il se fit un silence de mort. Chacun prit religieusement connaissance du joli quatrain et de mon charmant ajout. Le proviseur dévisagea avec attention Cuvelier qui peinait à retrouver son souffle. Le pauvre Erwan était rouge pivoine, mais d'une intensité sans comparaison avec le fard écarlate qui brûlait le visage du prêtre. Le hasard voulut que le proviseur désignât Loïc pour effacer les vers coupables que nous avions inscrits pendant la nuit. Mon meilleur ami s'avança jusqu'à Cuvelier, qui se tenait devant l'estrade, et le força à s'écarter pour le laisser atteindre le tableau. Il prit son temps pour passer l'éponge sur les mots honteux que j'avais tracés en maquillant au mieux mon écriture, faisant ainsi disparaître pour toujours la preuve de notre culpabilité. Puis il revint à sa place en souriant d'un air satisfait. L'incident ne fut jamais plus évoqué, ni officiellement, ni officieusement, ni même parmi les élèves. Une analyse graphologique ne pouvait être effectuée, et Cuvelier ne souhaitait pas, bien sûr, approfondir le sujet ni se livrer à de dangereux commentaires. Aucune enquête ne fut diligentée. Personne ne questionna Erwan, mais celui-ci fut débarrassé des « entretiens » qu'il avait dû, régulièrement jusqu'ici, passer dans le bureau du sombre père Cuvelier. Aux yeux de tous, Loïc était l'auteur de ce joli coup, comme en témoignait l'insolente lenteur provocatrice avec laquelle il avait effacé le tableau. Il en retira l'admiration sans borne de ses camarades de classe et une haine au moins équivalente du corps professoral. Jamais il ne démentit ni ne confirma sa responsabilité auprès de qui que ce soit. Il ne mit personne non plus sur ma piste. Je ne m'exprimai jamais, pour ma part, sur ce sujet et j'évitai d'évoquer cet épisode. Ce secret acheva de sceller notre indéfectible amitié.

Je ne parviens pas à admettre que celui qui est pour moi comme un frère de sang, ce compagnon de route, cet ami avec qui j'ai fait les quatre cents coups, ait fomenté un complot contre moi. Loïc, solide comme un roc et qui n'a jamais cessé d'être acquis à ma cause, ce même Loïc aurait abusé de ma confiance pour finalement me duper et provoquer ma chute. Pourquoi ? Je refuse d'envisager une hypothèse aussi absurde que répugnante.

Dans le soleil couchant de Casablanca, la femme en noir que Roucaud et moi apercevions au loin s'approche en longeant le quai. Arrivée à notre hauteur, elle s'arrête. Nous ne bougeons pas. Elle relève son voile : Noura, enfin ! C'est elle !

Son visage apparaît dans le contre-jour. Elle me fixe en souriant. Incapable de réagir, je reste silencieux, la gorge nouée. Depuis le petit matin où je me suis échappé de notre lit, me suis faufilé dans le couloir et me suis enfui de notre nid douillet sans lui laisser un mot d'explication, j'ai pensé à elle chaque jour. Dans les cachettes qui ont précédé mon arrestation, dans la file d'embarquement au Bourget, dans les macabres sous-sols de la centrale, dans le bidonville d'Aïn Sebaâ aussi bien que sur le lit chez Marthe, son image obsédante m'a accompagné partout. Et voilà qu'elle se trouve devant moi, radieuse malgré le voile et la pénombre. Je pourrais la toucher. Je voudrais la toucher, la prendre dans mes bras, manger sa peau, dévorer ses lèvres et ses seins, la serrer contre moi, faire glisser mes mains le long de ses hanches, la coucher là sans la lâcher, rouler avec elle. Je sais bien que c'est impossible. Je ne peux même pas effleurer délicatement sa joue. Le temps est suspendu. Nous restons tous les trois immobiles et silencieux jusqu'à ce que Roucaud finisse par interrompre ce moment d'extase.

– Bon ! Je suppose que vous êtes bien Noura. J'ai un peu de mal à vous reconnaître par rapport aux photos, mais, si j'en crois votre réaction à tous les deux, ça ne fait pas de doute.

Sans prêter attention au gendarme, elle s'approche encore plus de moi, sans se départir de son sourire angélique. Elle s'accroupit face à moi et murmure sur un ton sévère, un ton de reproche et d'amertume :

– Tu m'as tellement manqué.

– Noura, je… je suis désolé, je n'ai pas pu te prévenir. Je ne voulais pas risquer que tu sois inquiétée. J'aurais aimé t'expliquer, mais c'était trop dangereux. Mieux valait, pour toi, que tu ignores tout, y compris où j'étais.

Roucaud se lève et s'impatiente :

– Bon, les tourtereaux, ces retrouvailles sont extrêmement touchantes, mais nous avons du pain sur la planche et très peu de temps ! Alors, mettons-nous au boulot avant que madame ne doive repartir, si vous le voulez bien.

Ignorant toujours le gendarme, comme s'il n'existait pas et que le son de sa voix n'était pas parvenu jusqu'à elle, Noura m'interroge :

– Que fais-tu au Maroc ? Comment as-tu trouvé Marthe, dont je ne t'avais jamais parlé ?

– C'est une très longue histoire, Noura. J'espère que j'aurai un jour le loisir de te la raconter. Mais il y a une plus grande urgence. Noura, j'ai besoin de toi.

Elle lève un sourcil. Elle attend la suite.

– Madame, reprend Roucaud, nous pensons que Loïc Martin, l'ami, le partenaire et le confident de Rodrigo Ganos, détient des informations de la plus haute importance qui permettraient à la fois de faire avancer différentes enquêtes en cours et d'innocenter monsieur.

Il pose une main sur mon épaule afin de me désigner. Pour la première fois, Noura se tourne vers lui et paraît découvrir sa présence.

– Qui êtes-vous ? lui lance-t-elle froidement.

Roucaud porte une chemise beige d'une propreté douteuse, un jean et des mocassins élimés. Il ne ressemble pas à un sous-officier classique. Il n'est pas ici en mission officielle, ne peut pas se permettre de lui présenter sa carte dans ce pays qui n'est pas le sien. Il penche la tête et, d'une voix grave, il répond :

– Je suis le major Roucaud. J'appartiens à la gendarmerie française. Je suis à la recherche des meurtriers de l'attentat de la rue des Rosiers, dont vous avez sans doute entendu parler…

Il s'interrompt et guette une confirmation de son interlocutrice. Noura ne bronche pas. Le major poursuit :

– Bon, peu importe ! Il se trouve que M. Ganos, ici présent, a été soupçonné d'être indirectement impliqué dans cette ignominie. Personnellement, je ne pense pas que ce soit le cas. Selon moi, votre fiancé est innocent.

En entendant ce mot de « fiancé », Noura sursaute et jette un coup d'œil furtif dans ma direction, avant de se figer une fois de plus. Roucaud ajoute :

– Je crois que vous pouvez nous aider à le prouver en entrant en contact avec Martin pour lui soutirer les informations dont nous avons besoin. Nous vous guiderons en coulisse.

Elle plisse les yeux, hésite, puis réajuste sa burqa qui la dissimule à nouveau. Elle s'exprime alors derrière son voile :

– Vous aider ? Vous aider !

Elle se tourne vers moi :

– C'est ce que tu oses me demander, toi aussi ? Il y a un an, tu m'abandonnes. Tu ne me donnes aucun signe de vie – d'ailleurs, je te croyais mort –, tu ne me donnes aucune nouvelle, tu ne cherches pas à en avoir de moi et tu débarques ici pour solliciter mon aide. Sais-tu au moins pourquoi je suis revenue au Maroc ? Est-ce que je t'ai jamais parlé de revenir vivre ici quand nous étions ensemble, hein ? Jamais, non, jamais, parce que je n'en ai jamais eu l'intention. Tu ne demandes pas pourquoi je suis finalement rentrée ?

Sa voix exprime une colère froide. Mon cœur bat à tout rompre, je sens que je suis en train de la perdre pour de bon. Mais je n'arrive pas à réfléchir assez vite pour lui répondre, pour essayer de l'apaiser, de l'attendrir.

– Mon amour, je…

– Mon amour ? Arrête ton baratin ! Si je suis revenue à Casablanca, c'est que je ne savais plus où aller, voilà pourquoi ! Tu m'as laissée seule sans un sou alors que j'étais enceinte. Si je ne m'étais pas prise en main, j'étais bonne pour accoucher dans le caniveau. Et vous voudriez maintenant que j'abandonne mon petit bébé de six mois pour me lancer dans une carrière de contre-espionnage en m'attaquant à Loïc ? Vous plaisantez, tous les deux !

J'ai beaucoup de mal à rester concentré sur notre affaire. En m'adressant ce reproche, Noura me révèle qu'elle attendait un enfant quand je l'ai quittée et donc que je suis très probablement le papa du nourrisson que j'ai aperçu hier au bar de l'Hôtel Suisse.

– Comment s'appelle-t-il ?

– Qui ?

– Ton fils, comment s'appelle-t-il ?

Noura hausse les épaules.

– C'est une fille. Elle s'appelle Anissa.

Après cette déclaration sèche, Noura a vivement tourné les talons et s'est éloignée à toute vitesse. En un instant, son image s'est évanouie dans le soleil couchant. Je suis resté là, figé, en essayant en vain de la suivre du regard. Elle s'en est allée retrouver l'enfant, indifférente à mon sort et sans doute plus encore à celui de l'enquête sur la rue des Rosiers. Qui sait si elle a aussi rejoint les bras de cet homme qui l'accompagnait hier ? Je me rends compte, mais trop tard, de la naïveté qui a été la mienne. Quelle illusion de croire, alors que j'avais trahi sa confiance en l'abandonnant sans explication, qu'elle succomberait à nouveau à mon charme dès la première rencontre et lâcherait tout pour me venir en aide ! Comment Roucaud et Rosenberg ont-ils pu le supposer eux aussi ?

Il y a près de trois heures que nous avons quitté les jardins de l'Hermitage. Le jour est désormais presque tombé et le vent avec lui. Les quais et les cargos se sont vidés de leurs dockers. Le port est d'un calme inquiétant, comme si toute vie avait disparu en même temps que Noura. L'épais silence est brusquement déchiré par la psalmodie surnaturelle du muezzin qui, du haut d'un minaret dont je ne pourrais pas dire s'il se trouve au nord ou au sud, appelle, pour l'avant-dernière fois de la journée, les croyants à rendre gloire à leur Dieu dans le crépuscule. Il parvient à me faire oublier Noura, l'espace d'un instant. Le long vibrato de ses cordes vocales, les modulations du dernier *a* d'*Allah* me font de nouveau frissonner et me plongent dans une brève méditation, une réflexion plutôt. Je pense aux trois religions du Livre. Je réalise que je suis le produit de deux d'entre elles, mais que, si Anissa est bien ma fille, elle réunit les trois, elle en est la synthèse parfaite. Cette idée me laisse songeur. La flamme du Zippo qui jaillit dans la main de Roucaud me ramène à la réalité et à des considérations plus prosaïques.

– Pas commode, votre copine, dit-il en expirant un nuage de fumée bleue.

L'expression m'agace. Comment peut-il traiter Noura, mon *immortelle bien-aimée*, comme celle de Beethoven que mon grand-père aimait tant, ma déesse, ma nymphe, désormais inaccessible, de « copine » ! Arborant son éternel sourire en coin, il me tend une cigarette. Je refuse sèchement d'un revers de la main. Je me lève et me mets à piétiner devant lui, à tourner nerveusement en rond, les mains dans les poches, les yeux dans les chaussures. Roucaud fume en m'observant. Ces dernières vingt-quatre heures ont été source de tant d'espoir ! Je croyais à la fois pouvoir renouer des liens avec ma fiancée. Je nourrissais le fantasme insensé que nous parviendrions à trouver un petit nid où elle se donnerait à moi comme elle savait le faire autrefois, inégalable qu'elle était dans sa connaissance des choses de l'amour. Mais voilà que Noura la douce m'a fermé sa porte. Pourquoi donc a-t-elle pris la peine de me rencontrer ? Peut-être seulement pour m'apprendre qu'Anissa était ma fille.

– Allez, ne faites pas cette tête, mon vieux. On dirait que vous ne connaissez pas les femmes ! Votre Noura est en colère, elle a voulu vous le montrer. Mais elle est dingue de vous, c'est sûr ! Vous avez de la chance, mon vieux. Oui, de la chance, parfaitement ! Elle vous mangeait des yeux comme pas possible. Ah ! Jamais une fille ne m'a regardé comme ça, je peux vous le garantir. Avec vos cheveux hirsutes et votre barbe sauvage, vous n'avez pourtant rien d'un Roger Moore, encore moins d'un Alain Delon. Franchement, sa réaction est compréhensible. Vous disparaissez sans mot dire il y a un an et vous débarquez ici pour lui demander de vous rendre service, sans aucune autre forme d'explication ! Et vous voudriez qu'elle vous accueille à bras ouverts ? Allons, soyez raisonnable… D'ailleurs, vous saviez qu'elle était enceinte quand vous l'avez plantée, oui ou non ?

Je crois que Roucaud est vraiment en train de se moquer de moi. Moi, je n'ai rien demandé à Noura. J'ai à peine pu lui parler. C'est lui, le major, qui le premier a sollicité son aide, en accord avec David. Il lui a enjoint de retourner en France et de prendre langue avec Loïc. C'est à sa proposition à lui qu'elle a réagi si violemment. Et voilà qu'il m'accuse, moi, de maladresse ! Il ne manque pas d'air. Je me pince pour éviter de lui en coller une. Il écrase sa cigarette sous sa semelle, se lève à son tour, s'approche et me saisit les deux bras.

– Voyons, Rodrigo ! Gardez votre calme. La réaction de Noura est compréhensible. Comme on dit chez moi, il fera jour demain ! Venez, allons dîner. Je vous emmène découvrir une belle adresse, vous êtes mon invité !

Il fait maintenant nuit noire. Je n'ai aucun moyen de retourner à Aïn Sebaâ, hormis en stop. Je n'ai plus la queue d'un dirham sur moi. Comment pourrais-je refuser ? Je me résigne à suivre le major qui s'éloigne déjà d'un pas vif. Il nous faut encore une heure de marche pour arriver devant un restaurant, Le Prétexte, qui se trouve boulevard d'Anfa. Un moustachu d'une cinquantaine d'années accueille le gendarme par une accolade digne d'un président qui vient d'épingler une Légion d'honneur. Puis le restaurateur se tourne vers moi et me tend son énorme paluche en me lançant avec son accent chantant :

– Bienvenue au Prétexte ! Comme tous ceux qui sont recommandés par mon ami (il prend Roucaud par le cou), vous êtes ici chez vous ! On va s'occuper de vous deux ! Qu'est-ce que je vous mets pour commencer ? Un petit pineau ?

Le restaurant est plein aux trois quarts. Beaucoup de Français venus se ressourcer en dégustant quelques plats d'Aquitaine, mais je repère aussi des locaux qui goûtent avec curiosité les pâtés, cassoulet et autres boudins aux châtaignes. Cependant, la spécialité de l'endroit, m'explique le major, ce sont les penne au confit de canard et au foie gras. Une recette mise au point par le chef, souvent copiée, jamais égalée. Des années que Roucaud projetait de venir rendre visite à son ami ici, à Casablanca, depuis l'ouverture de l'établissement à la fin des années soixante-dix, et qu'il repoussait toujours l'échéance. Voilà que je lui en ai donné l'occasion. Il est bien content de me faire découvrir Le Prétexte. Sans être un palace, c'est un lieu cossu, réservé à une clientèle aisée. La moquette est feutrée comme la conversation, ce qui est assez inhabituel dans cette ville. Il y a trop longtemps que je n'ai pas fréquenté ce genre d'endroit. Je n'y suis plus dans mon élément, surtout vêtu des loques que je trimballe. Un maître d'hôtel écarte les chaises d'une table ronde et nous invite à nous asseoir. Surprise, il y a quatre places et quatre couverts sont dressés. J'interroge le gendarme du regard. Il ne me répond pas et il remercie le restaurateur d'un air entendu. Il vérifie l'heure à sa montre et se veut rassurant :

– Nous sommes légèrement en avance, la conversation avec Noura a été plus courte que prévu ; « ils » ne devraient pas tarder.

Je vide mon verre d'apéritif cul sec, avale quelques olives et deux ou trois petits gâteaux secs. Roucaud est silencieux et pensif jusqu'à ce que le tenancier du lieu s'assoie avec nous pour discuter le bout de gras. Alors, qu'est-ce qu'il devient le major, depuis qu'on l'attendait ici au Maroc ? Il en a mis du temps à venir ! Et à part ça, qu'est-ce qu'il raconte de beau ? Henriette, comment va-t-elle depuis le divorce ? Et lui, Jacques (c'est le prénom de Roucaud, je le découvre à ce moment-là), comment va le moral ? Le gendarme répond par de courtes explications, relance le restaurateur. Est-ce que les affaires sont bonnes ? La vie à Casablanca ? Un délice ! Jamais il ne repartirait ! Les gens sont accueillants, chaleureux. On passe la journée chez l'un, chez l'autre. Il fréquente une fille. Une Française originaire de Marseille, installée ici depuis cinq ans. La trentaine, une jolie femme. Lui, le vieux garçon endurci, commence à se demander s'il ne va pas enfin se poser. Elle veut un gosse. Lui, il ne sait pas trop, il se sent trop âgé. Roucaud sourit tristement. Il pense à son propre fils, écrasé contre un platane sur la route de Montech voilà cinq ans. L'autre comprend qu'il a été maladroit, cherche à changer de sujet. La porte vitrée du restaurant lui en donne une formidable occasion. Un homme barbu entre d'un pas hésitant en soutenant par le bras une dame d'âge mûr aux cheveux blancs comme la neige et impeccablement permanentés. Le choc est tel qu'il me faut quelques instants pour reconnaître David Rosenberg, qui avance derrière Marthe. Roucaud, lui, n'est pas surpris. Il se lève pour les accueillir. Il serre la main du flic d'un air complice, mais semble s'étonner de la présence de la femme. David explique :

– Jacques, voici Marthe.

Le gendarme s'incline devant la vieille dame qui lui tend la main. Il la salue poliment, puis il se rembrunit en se tournant vers David :

– C'est un peu tard pour faire les présentations, non ? Quand j'ai retrouvé Rodrigo cet après-midi et qu'il m'a parlé d'une certaine Marthe, je ne savais pas de qui il s'agissait.

S'adressant à elle :

– Pardonnez-moi, madame, si je vous semble cavalier, mais David ne m'avait pas informé. Et j'ignorais que l'heure du rendez-vous, c'est vous qui l'aviez fixée. C'est pourquoi j'ai été surpris quand Ganos a mentionné votre nom.

Sûr de lui, David l'interrompt :

– Écoute, Jacques, on ne va pas se mentir ? Tu connais ma situation ? On s'entraide jusqu'à un certain point, mais je suis obligé de garder des atouts dans ma main, au cas où ! Je ne te dis pas tout et je sais que toi non plus tu ne m'as pas tout balancé. Mais on est ici pour compléter nos informations. Tu ne nous invites pas à nous asseoir ?

Je me suis levé à mon tour. Je ne quitte pas Marthe des yeux, qui soutient mon regard. Cette femme m'hypnotise. À l'invitation de Roucaud, nous nous installons tous les quatre autour de la table. On nous ressert trois pineaux. Marthe préfère un whisky. Elle caresse le rebord de l'assiette en porcelaine blanche. David demande :

– Alors, comment ça s'est passé avec Noura ?

Le major est embarrassé ; il ne répond pas. Je prends la parole :

– David, qu'est-ce que vous manigancez tous les trois ? Qui ment à qui ? Tu n'avais rien dit au major concernant Marthe ici présente. Vous, Marthe, vous prétendiez avoir donné rendez-vous à Noura aux jardins de l'Hermitage, alors qu'elle nous a retrouvés trois heures plus tard sur le port. Quant à vous, major, vous saviez que Noura nous rejoindrait et que nous serions quatre à dîner ici à dix heures du soir passées ! Qu'est-ce qui se trame ?

Les trois protagonistes s'observent en silence, guettant celui qui répondra le premier. David se lance :

– Comme je viens de l'indiquer à Jacques, et comme je te l'avais déjà expliqué avant que tu quittes la France, on ne peut pas, on ne doit pas tout se dire. Moins on en sait les uns sur les autres et mieux c'est. Surtout toi, Rodrigo, qui es le plus fragile d'entre nous, et le plus recherché. Je dois sans cesse brouiller les pistes. Si l'un d'entre nous est arrêté, ou même si c'était Noura, il vaut mieux qu'on en sache le moins possible, pour être sûr de ne pas parler. Tu as retenu ça ?

Son explication ne me convainc qu'à moitié. Si sa mission est aussi secrète que celle du gendarme, s'il faut que nos rendez-vous ne soient connus de personne, comment se fait-il que nous nous rencontrions ici, dans cet établissement réputé du boulevard d'Anfa ? David ment, comme il ment à Roucaud et peut-être à Marthe. Il ne cherche pas du tout à ce que nous soyons introuvables. Au contraire.

Dans le menu, nous choisissons tous la spécialité du chef, les pâtes au foie gras et au confit. David nous conseille un médoc pour accompagner ce plat. Roucaud fait la moue, mais la décision de David est prise et sans appel. Nous trinquons comme si nous étions de vieux compagnons de route. On ne sait pas vraiment à qui, ni à quoi. Je reprends :

– Admettons. Toujours est-il que nous avons fini par retrouver Noura sur le port. Mais sa réaction a été, comment dire..., glaciale. Elle ne veut pas nous aider, voilà.

De sa vieille voix douce, Marthe nous rassure :

– Ne vous inquiétez pas pour la réaction de la petite. Je la connais. Elle est impulsive, mais elle ne vous laissera pas tomber. Elle voulait marquer le coup. Demain, elle aura changé d'avis.

On nous apporte les pâtes. David commande une deuxième bouteille de vin alors que nous n'avons pas fini la première. Marthe fronce les sourcils et pose sa main sur la sienne :

– Doucement, David... Ne bois pas trop.

Surprenante familiarité. Ils se connaissent donc si bien que ça ? Il sourit.

– Ah ! Marthe, tu es comme une mère pour moi !

Elle lève les yeux au ciel :

– Je pourrais être ta mère, oui !

David, gêné, se détourne avec un soupir d'ironie. Il me regarde ; on dirait qu'il veut me prendre à témoin. Je ne sais pas quoi penser. Marthe et David se tutoient. Ils sont beaucoup plus proches l'un de l'autre que je ne l'avais imaginé jusqu'ici. Roucaud semble intrigué aussi, mais il ne prononce pas un mot. Il goûte le bordeaux avec curiosité, paraît finalement apprécier ce cru auquel il n'est pas habitué. David enchaîne tandis que nous commençons à manger :

– Marthe, je compte sur toi pour raisonner Noura. Elle est notre seul espoir de piéger Loïc.

Il parle avec douceur, chuchote presque, craignant sans doute d'être entendu par les voisins, quoique les tables soient assez éloignées les unes des autres. Mais il ne s'encombre plus de périphrases ou d'allusions. Il ne s'agit plus d'approcher Loïc pour obtenir des informations utiles à son enquête. Cette fois, l'objectif est clair : il faut le faire tomber dans un traquenard. Marthe approuve d'un hochement de tête. Noura nous aidera. David poursuit, entre deux bouchées :

– Puisque nous sommes réunis tous les quatre, il est l'heure de faire le point et de vous expliquer où nous en sommes…

Mais il prend son temps, vide son assiette, avale deux verres et se concentre. Dans la lumière tamisée et chaude, distribuée par la lampe qui est au milieu de la table, David me fait l'effet d'un conteur préparant une histoire pour endormir les enfants. Mais nous ne sommes pas près de céder au sommeil. Nous buvons ses paroles au moins autant que le médoc.

Il nous apprend d'abord qu'un dossier à mon nom existait depuis toujours dans sa brigade spécialisée. Parmi les généreux donateurs qui avaient contribué au financement de mes études figurait un certain Juvin, ancien collabo connu comme le loup blanc dans son service, passé entre les mailles du filet à la Libération et reconverti en industriel dans le privé. Ce Juvin, qui avait travaillé main dans la main avec Bousquet, a réussi, après la guerre, à monter une entreprise florissante de machines-outils en Bretagne, ce qui lui a permis, entre autres, de m'aider pendant toute ma scolarité, jusqu'à ce que je sorte de l'École nationale de chimie et que je fonde la Rodrigo Chemicals. C'est en creusant les affaires de ce type que David et son équipe sont tombés sur mon nom, ainsi que sur celui de Loïc. Seulement voilà, ledit Juvin est mort d'une crise cardiaque en mai 1985. David s'apprêtait à le coffrer pour son rôle, clairement établi, dans le financement d'une organisation terroriste néonazie au nom évocateur de MK21, qui signifiait « *Mein Kampf* jusqu'au XXIe siècle ». Quelques jours après le décès de Juvin, éclatait le scandale de mon prétendu délit d'initié. David fit aussitôt le lien : le groupe d'extrême droite se trouvait à court de financement. J'avais naturellement pris le relais pour l'aider. Grâce à une information privilégiée fournie par Loïc, qui devait donc être aussi dans la combine, j'avais pu générer cette importante plus-value sur mes titres aux fins de continuer à subventionner le groupuscule. Son sang n'a fait qu'un tour et David s'est lancé sur mes traces. Mais il ne lui était pas facile de m'appréhender sans preuve tangible. C'est ma tentative de fuite en Argentine qui lui a donné l'occasion non pas de me coffrer, mais de m'enlever… Et c'est seulement en me voyant résister à la torture qu'il a compris que je n'avais sans doute rien à avouer. Compte tenu des méthodes employées pour me faire parler, qu'il n'était de toute évidence pas possible de laisser connaître au-delà des murs de Golfech, mon interrogatoire n'avait qu'une issue : mon exécution et la disparition subséquente de mon corps meurtri. Pour me garder la vie sauve, il n'avait pas d'autre choix que d'abattre ses deux collègues, deux brutes épaisses, chacune dans son genre. Il ne regrette pas son geste. Ces gars-là avaient eu leur efficacité, ils ont vraiment accompli le boulot malpropre quand il le fallait, parce qu'on ne fait pas d'omelette sans casser des œufs, mais ils se sont souvent très salement acquittés de leur tâche. Ainsi, David était convaincu de mon innocence. Toutefois, il lui restait à la prouver. D'abord, me mettre en sécurité. M'extraire de la gendarmerie de Beaumont et m'envoyer ici. Jawad est une tombe qui ne pipera jamais mot, en aucune circonstance. David est en lien avec le jeune Marocain depuis plusieurs années sur d'autres sujets dont il ne peut ici révéler la teneur, mais il règne une confiance absolue, et réciproque, entre lui et celui qui est devenu mon ami, Jawad. Ensuite, poursuivre l'enquête.

C'est là qu'il est tombé sur Roucaud, qui lui travaillait aussi sur Bousquet, persuadé que c'était le meilleur moyen de remonter la piste de David et la mienne. Bingo ! Le gendarme et le flic ont fini par se retrouver nez à nez tandis qu'ils planquaient chacun de leur côté en bas du domicile de Loïc. Pourquoi Loïc Martin ? Tout simplement parce que son père, Michel Martin, était très lié à Bousquet pendant les années de l'Occupation. Après une nuit passée à somnoler séparément dans une bagnole, David, qui avait repéré Roucaud sur le trottoir d'en face, a pris l'initiative de le rejoindre et de faire avec lui front commun. Le militaire a accepté l'offre. Ils en sont arrivés ensemble à la conclusion que la seule façon de faire parler Loïc était d'utiliser Noura. David a proposé à Roucaud, sans lui en dire trop, d'organiser la rencontre avec moi, puis avec ma fiancée. Voilà comment nous arrivons tous ici. Et Marthe dans tout ça ?

Je ne parviens pas véritablement à détacher mes yeux de son visage. Il y a quelque chose de familier dans son expression, son regard. Familier, non, ce n'est pas le terme. Pas familier. C'est plutôt que j'ai l'impression d'avoir déjà croisé cette femme, bien avant hier. Ou peut-être quelqu'un qui lui ressemblait. Une autre femme. Tout à coup, le déclic se fait et il me sidère. Voilà, j'y suis ! Je visualise qui Marthe me rappelle ! Malgré les vingt-cinq années qui se sont écoulées, je me remémore avec précision ces traits, ce premier sourire qui m'est apparu comme un don du ciel quand j'ai mis les pieds sur la terre ferme. Anne. Oui, Anne, bien sûr. Marthe ressemble étrangement à la personne qui était venue me chercher à mon arrivée à Brest en 1960 et qui m'a conduit à La Mennais dans sa 4 CV motte de beurre. Marthe est aujourd'hui bien plus vieille, mais les traits de son visage ont gardé leur caractère : une figure angélique restée profondément gravée dans ma mémoire. Après tout ce temps, elle est réapparue comme par un curieux enchantement. Souvent, la nuit, je pense à Anne. Je me demande qui elle était, pourquoi elle était là, qui l'avait envoyée. Stupéfait par cette ressemblance de Marthe avec celle dont le souvenir me hante depuis si longtemps, je dis soudain tout haut, presque sans m'en rendre compte :

– Anne !

Marthe sursaute. Elle me fixe avec sévérité, comme si elle me mettait au défi de répéter. David opère une diversion en faisant l'éloge du vin :

– Ce médoc est excellent. 1982, une année fameuse. C'est fou ce que les techniques de vinification ont progressé. On boit du quatre ans d'âge et on a l'impression de déguster du 71.

Roucaud écoute David, mais Marthe et moi ne prêtons aucune attention à ces considérations œnologiques. Nous restons figés face à face. Je dis à nouveau :

– Anne.

Roucaud s'étonne enfin :

– Anne ? Pourquoi répétez-vous ce prénom, Rodrigo ?

Les yeux toujours braqués sur Marthe qui ne bronche pas, je lui réponds :

– Marthe ressemble étrangement à une femme que j'ai croisée autrefois, à mon arrivée en France. Une femme qui avait été chargée de m'accueillir quand j'ai débarqué dans le port de Brest. Tout ce que je sais d'elle, c'est qu'elle s'appelait Anne. Je ne l'ai jamais revue, mais je ne l'ai pas oubliée.

Le gendarme se tourne vers Marthe et lui demande :

– Avez-vous jamais entendu parler de cette Anne ?

David émet un doute sur la fidélité de mon souvenir :

– Tu es arrivé en 1960, Rodrigo, c'est bien ça ? Il y a vingt-six ans ! Tu as une sacrée bonne mémoire !

Marthe ne l'écoute plus ; elle ne quitte pas mon regard. Elle boit une gorgée de vin avant d'annoncer d'une voix enrouée :

– Anne était ma sœur jumelle.

Nous n'avons pas pris de dessert. La salle du restaurant a fini par se vider. Nous étions les derniers clients. Le restaurateur a refusé de nous présenter l'addition. Roucaud et Rosenberg ont insisté, mais le bonhomme est resté inflexible. Il était tellement heureux de revoir le major, son ami Jacques..., depuis le temps qu'il l'attendait ! Au moment de nous séparer sur le boulevard d'Anfa, Roucaud et Rosenberg ont échangé une poignée de main virile. David a embrassé Marthe et le major l'a saluée en se courbant. Elle a dit :

– Mon taxi est là.

Une Peugeot rouge, moteur et phares allumés, attendait en effet le long du trottoir. Le flic a répondu :

– C'est vrai. Allez-y, il commence à se faire tard.

Ce vouvoiement soudain m'a étonné, jusqu'à ce que je comprenne qu'il s'adressait à nous deux, Marthe et moi. La vieille femme m'a pris par le bras. Il était plus que l'heure de rentrer, effectivement. La journée de demain s'annonçait longue et difficile. Le temps que je réalise, Marthe était assise à l'arrière du taxi. Elle me fit signe de me magner le train, elle n'allait pas coucher là. C'est ainsi que je me suis retrouvé au deuxième étage du 12, boulevard Mohamed-V, dans l'appartement de Marthe, pour la deuxième nuit consécutive.

Cette fois, le jour me réveille de très bonne heure. J'ai dormi d'un demi-sommeil perturbé par des rêves incessants où se sont mêlées la figure d'Anne à l'époque de mon arrivée en France et celle de Marthe aujourd'hui. Je saute du lit, me précipite dans le salon, craignant que Marthe ne soit déjà partie, comme la veille. Je ne voudrais pas me retrouver seul et désœuvré, sans nouvelles de Noura. Quand je débarque à moitié nu dans la pièce de vie, Marthe est attablée. Elle m'examine avec sévérité et me commande en fronçant les sourcils :

– Auriez-vous la gentillesse de vous laver et de vous habiller avant de surgir comme ça ? Après quoi, je serai ravie de vous offrir de quoi boire et manger.

Sur ce, elle hausse les épaules en m'adressant un sourire complice. Je réalise l'incongruité de la situation, l'indécence, voire le ridicule, de ma tenue et de ma posture. Lorsque je reviens, Marthe est debout devant une tasse :

– Café ?

– Volontiers, Marthe, volontiers, je vous remercie.

– Gardez donc plutôt vos remerciements pour ce que j'ai à vous annoncer.

– Quoi donc ?

Elle me sert une grande tasse. Je m'assois, bois trois gorgées. Marthe porte une robe bleue à fleurs blanches, largement échancrée, dévoilant la naissance de sa poitrine ridée. Elle se laisse tomber sur la chaise à son tour :

– J'ai eu votre Noura au téléphone…

Elle sourit, pose sa main sur la mienne.

– Noura est une impulsive. Mais elle s'est calmée depuis hier soir. Elle part pour Paris aujourd'hui. Elle va nous aider.

Je suis partagé entre le bonheur de savoir Noura dans notre camp et la douleur de la voir s'éloigner de moi aussitôt après l'avoir retrouvée.

– Et… et l'enfant ?

– La petite ? Anissa ? Elle nous la laisse. Elle la dépose ici avant de filer à l'aéroport tout à l'heure. C'est nous qui allons prendre soin d'elle en attendant le retour de sa maman.

– Nous ?

– Nous, oui. Vous et moi.

« Vous et moi. » Elle et moi. Elle, Marthe, et moi, Rodrigo. Qui est cette femme ? Hier, Marthe m'a dit que sa sœur était morte dans l'attentat de la rue des Rosiers. Je me demande s'il s'agit de la même sœur, s'il s'agit bien d'Anne. Je la fixe :

– Marthe…

Elle soutient mon regard. Je ne sais pas comment formuler ma question.

– Marthe…, comment est-ce possible ? Comment se peut-il qu'Anne soit votre sœur et que je vous aie rencontrées l'une et l'autre ? Cela n'est sans doute pas une coïncidence.

Les ongles vernis de ses doigts roulent, tel un tambour, sur la toile cirée. Puis elle réajuste ses bretelles. Elle se relève et avance jusqu'à la fenêtre qu'elle entrouvre, comme pour reprendre sa respiration. Le tumulte du boulevard Mohamed-V, son bourdonnement matinal, pénètre à flots dans la pièce. La voix de Marthe est à peine audible dans le brouhaha :

– Non, évidemment, ce n'est pas un hasard. Pas plus que Noura, d'ailleurs.

Je sursaute. Je me demande si j'ai bien entendu.

– Noura ? Pas plus que Noura, c'est bien ce que vous avez dit ?

Elle approuve en silence. Je répète :

– Comment ça, « pas plus que Noura » ? Qu'est-ce qui n'est pas un hasard ?

Marthe se retourne, appuie ses fesses et ses mains sur le rebord de la fenêtre. Elle se pince les lèvres. Elle regrette peut-être d'avoir trop parlé. Puis elle pivote à nouveau, pose ses coudes sur la rambarde du balcon et grommelle entre ses dents. Je ne comprends plus un mot de ce qu'elle raconte. Je suppose qu'elle agit à dessein. Je n'ose pas me lever pour m'approcher, tendre l'oreille. Je devine assez, sans me l'avouer, la nature des révélations qu'elle s'apprête à me faire. D'ailleurs, je ne suis pas sûr de vouloir vraiment les connaître. Trop d'émotions se mêlent. Je saisis seulement des bribes de phrases :

– Oui, Anne est morte rue des Rosiers… Assassinée sur la terrasse de Jo Goldenberg… Après avoir échappé aux nazis d'autrefois, après avoir su éviter tous les dangers qui ont menacé sa drôle de vie, ma sœur est morte d'une vulgaire rafale, aveugle, à la terrasse d'un restaurant. Elle n'était même pas visée.

Je revois, sur ces quais de Brest dont la brume noyait les contours, le visage lumineux d'Anne, son fichu bleu dur tranchant sur le gris qui enveloppait tout, le ciel, les trottoirs, les hommes. Après des jours et des jours passés à essayer de distinguer l'océan au travers d'un maigre hublot rayé, opacifié par le dépôt de sel et battu parfois par les vagues, parfois par la pluie, dans un cargo qui me menait vers une terre inconnue, Anne symbolisa pour moi l'humanité tout entière. Mais ce ne fut qu'une apparition fugace qui ne dura que quelques heures. Le temps de rouler ensemble jusqu'à l'internat de La Mennais, elle disparut à jamais.

Un blanc. On sonne à la porte. Avant même que Marthe m'y autorise, je me précipite pour aller ouvrir. Je me prends les pieds dans le tapis, trébuche, m'étale de tout mon long sur le carrelage. Je suis sonné. La douleur est violente et je tarde à me relever. Quand j'ouvre enfin, Noura est déjà repartie. Elle a laissé le couffin sur le palier. Une petite poupée d'à peine six mois agite ses menottes dans ma direction en gazouillant. Une enveloppe est posée sur son ventre. J'en extrais un carton blanc sur lequel il est inscrit de la main de Noura : *Je m'appelle Anissa. Prenez bien soin de moi. Maman vous donnera vite des nouvelles*. Je fais entrer l'enfant. Marthe se jette presque sur moi, agrippe le nourrisson qu'elle plaque aussitôt contre son sein. Puis elle entreprend de le bercer en fredonnant l'air de *Meunier tu dors*, qu'elle interrompt par des « ma petite fille, ma petite fille ! » qu'elle répète à l'envi.

Je vais apprendre bientôt que ce n'est pas une simple manière de parler. Anissa est vraiment la « petite-fille » de Marthe. Une fois le poupon endormi sur sa poitrine, elle le repose avec délicatesse dans son lit de fortune qu'elle place sur la méridienne. Puis elle revient vers moi et, franchissant soudain la distance qui nous avait séparés jusqu'ici, elle s'approche tout près et me prend la main. Elle me raconte. Marthe et sa sœur jumelle Arielle sont nées le 16 juin 1923 à Pantin. Leur père et leur mère étaient tailleurs. Ils ne roulaient pas sur l'or, mais Marthe n'en eut pas moins une enfance heureuse. Quelquefois, à partir de 1936, elle eut même la chance d'aller jusqu'à la mer en famille. Arielle devait changer de prénom plus tard, pour se faire appeler Anne. Puis un troisième enfant est né quelques années après, en 1931. C'était un garçon, Thomas. Pendant l'Occupation, ils vivaient tous les cinq terrés dans leur atelier. Ils ne s'étaient pas déclarés Juifs auprès des autorités et, jusqu'en 1943, ils étaient toujours miraculeusement passés entre les gouttes de chaque contrôle, de chaque rafle. Il faut dire qu'ils sortaient le moins possible, étaient restés quasiment confinés durant plus de deux ans. Mais, un soir de janvier, la Gestapo a fait irruption chez eux. Les policiers ont embarqué le père, la mère, le frère et Marthe. Ils n'ont pas trouvé Anne – ou Arielle – qui avait eu le temps de se cacher à l'intérieur d'un de ces énormes rouleaux de tissu. Ils ne se sont pas attardés. Ils étaient, semble-t-il, mal renseignés sur le nombre de personnes composant le foyer, ou alors ils s'en moquaient. Ils ont fait monter leurs quatre proies à l'arrière d'un camion dans lequel d'autres malheureux, déjà entassés, furent obligés de se serrer encore davantage pour leur laisser de la place. Mais alors que le moteur venait de démarrer et que le véhicule commençait à se mettre en mouvement, on entendit un grand hurlement : « *Halt !* » Le camion s'immobilisa. Un soldat rouvrit la bâche à l'arrière. Un officier allemand avança et il désigna Marthe qui s'était blottie contre sa mère. Elle essaya de résister, mais on la tira hors du véhicule. Sitôt la bâche refermée, le bahut repartit, avec sa cargaison d'êtres humains en partance pour l'enfer. Marthe ne devait plus revoir ni Thomas ni ses parents. Drancy, Birkenau, sans doute ? Enfin peut-être. Mais elle venait d'être sauvée par ce militaire qui la fit alors conduire au Meurice, rue de Rivoli. L'officier lui commanda, dans un français très approximatif, de se taire, de ne rien dévoiler de son identité à personne, de ne répondre à aucune question. Elle devait seulement le suivre en essayant de se faire la plus discrète possible, la plus effacée. Elle traversa en sa compagnie le hall bourré de soldats et de SS, puis elle franchit les cuisines. De là, un Français du nom de Marcel la mena dans un couvent de bonnes sœurs. Elle y passa le restant de la guerre. Enfin presque. Il s'est trouvé qu'une nouvelle dénonciation – dont elle n'a jamais su l'auteur – l'a obligée à quitter le couvent en toute hâte, pour éviter de tomber dans les mains de la Gestapo. C'est une des nonnes qui l'avertit et qui organisa sa fuite. Cachée dans le faux plancher d'un camion de plombier, elle réussit miraculeusement à traverser le pays, à atteindre l'Espagne, puis le Maroc où les Juifs n'étaient pas traqués. Elle rejoignit alors l'orphelinat qui avait été fondé par l'une de ses tantes éloignées, et dont elle avait l'adresse.

Marthe presse un peu plus mes doigts, sa main devient moite. D'une voix faible, presque fluette, tremblante, elle avoue qu'il lui a fallu se contraindre à la décision la plus terrible qu'elle ait jamais eu à prendre dans son existence, un choix auquel aucune femme au monde ne devrait être confrontée : se séparer de son bébé pour toujours ou le condamner à mort en le gardant avec soi. Pour éviter qu'il ne tombe entre les mains des nazis, elle s'est résolue à abandonner à Paris son enfant. Un nourrisson pas plus grand que celui qui dort à côté de nous, né de ses amours coupables avec l'officier allemand qui lui avait sauvé la vie.

Le militaire, c'était Johann Gantzer, bien sûr. Et l'enfant, c'était moi. Marthe s'appelait en réalité Sarah. Elle est ma mère, comme elle le confirme dans un sanglot.

Mon émotion est profonde. Pourtant me revient en mémoire le récit de David. Il disait que ma mère naturelle avait été finalement arrêtée dans le couvent, puis déportée. Or voilà que Marthe m'affirme, au contraire, avoir fui vers le Maroc. Il y a quelque chose qui cloche.

– David m'a assuré que ma mère avait dû finir à Drancy ou à Auschwitz, tandis que vous prétendez vous être enfuie…

Elle hausse les épaules.

– Oui, la version de l'arrestation et de la déportation probable est celle que les religieuses ont laissée se répandre. Ainsi, on ne devait plus me chercher. La rumeur a fonctionné à merveille. Personne n'a vraiment essayé de me retrouver. Les Allemands, quant à eux, commençaient à avoir d'autres chats à fouetter.

Mes doutes ne s'effacent pas pour autant. Je peine à croire que j'ai face à moi ma mère naturelle. Mais elle va m'en donner une preuve incontestable, la même que celle qui a convaincu David. J'avais, à la naissance, une tache de vin dans le cou, assez disgracieuse, m'affirme-t-elle. C'est exact et il n'est pas possible qu'elle l'ait deviné. J'ai fait enlever cette tache dans une clinique il y a maintenant plus de quinze ans, ce qui exclut qu'une photo de moi ait circulé du temps qu'elle apparaissait sous mon oreille gauche ; et, comme il n'y a plus, aujourd'hui, de cicatrice, Marthe ne peut tenir cette information que de son souvenir.

Ses yeux se sont emplis de larmes qu'elle laisse couler dans les sillons de ses rides, puis goutter jusqu'à nos mains unies. J'avais bien pressenti depuis hier soir la révélation que Marthe avait à me faire, et pourtant elle se heurte à mes certitudes. Je n'ai connu qu'une mère et elle s'appelait Soledad. Elle est morte devant moi, sur une route de la côte pacifique, en 1960. Il y a un an, David m'apprenait que j'avais en fait eu une autre mère, naturelle, que je n'avais pas connue, une dénommée Sarah. J'avais surmonté la nouvelle sans qu'elle me trouble excessivement. Cette femme restait un concept. Elle avait disparu. Peut-être avait-elle été déportée ou était-elle morte. Elle n'était qu'un fantôme ou la simple invention du policier. Mais me voici en présence d'une femme qui a perdu son assurance et ne peut plus retenir ses sanglots. Tremblante contre moi, elle vient de me confier qu'elle m'a donné la vie et qu'elle a dû m'abandonner pour me la sauver. Voilà que cette maman inventée par David est bien réelle, en chair et en os. Je devrais la serrer dans mes bras, sans doute. Je n'y parviens pas. Elle non plus. Nous restons immobiles ainsi pendant un temps indéfini, suspendu. Puis nous nous séparons doucement, nous asseyons face à face, chacun d'un côté de la table. Soudain, Marthe se ressaisit, essuie ses yeux déjà presque secs, se racle la gorge et me demande :

– Encore un peu de café ?

Je lui tends ma tasse sans répondre. Je lâche, rêveur, sans vraiment lui poser la question, comme si je me parlais à moi-même :

– Mais alors Anne… Anne savait. C'est vous qui l'avez envoyée ? Elle ne peut pas être arrivée à Brest par hasard au moment où je débarquais.

Marthe hausse les épaules.

– Évidemment non ! Arielle…, enfin Anne…, une fois sortie de sa cachette après la rafle de 1943, n'avait aucun point de chute. Elle a dû, elle aussi, se débrouiller…

Au rictus que Marthe ne parvient pas à dissimuler, à ses petits mouvements brusques et saccadés, à ses paupières qui se sont mises à vibrer, je devine qu'elle est gênée. Ce qu'elle a à me raconter est particulièrement délicat, impudique.

– Anne était très jolie fille… Comme moi, paraît-il. Physiquement, nous étions en tout point semblables. Nous devions avoir aussi en commun le même instinct de survie puisque nous avons finalement suivi des routes en quelque sorte… similaires.

Elle tousse à nouveau, fait l'effort de se lever, va chercher un paquet de gâteaux aux amandes qui se trouve sur une étagère à côté du fourneau, le rapporte, m'en propose un morceau, en choisit un pour elle, puis reprend une gorgée de thé, avant de poursuivre :

– Il n'y avait pas trente-six solutions pour une fille de vingt ans, sans identité, qui voulait cacher sa judaïté à tout prix. Elle s'est présentée au Chabanais, à Paris. Elle y a été immédiatement acceptée.

J'ignore ce qu'est, ou était, le Chabanais, bien que je m'en sois douté. Marthe m'apprend qu'il s'agissait d'une maison close du 2e arrondissement de Paris, qui a fonctionné de 1878 à 1946. Pendant toute l'Occupation, le bordel en question s'était mis au service de la clientèle allemande, qui en fut friande. Anne s'y prostitua quelque temps, mais elle fut vite repérée par un fidèle du lieu, un Français, collaborateur notoire, qui avait le privilège de bénéficier, lui aussi, des prestations de l'endroit. Il tomba amoureux de la jeune femme. L'homme avait des relations, du pouvoir et de l'argent. Il fit installer Anne dans un deux-pièces place de la Madeleine, où il pouvait lui rendre de régulières visites. Mais fin août 1944, quelques jours après la libération de la capitale, il fut arrêté par les FFI. Il attendit son procès en prison jusqu'à l'été 1946. Il échappa, sans doute grâce à ce délai, à la peine de mort, et fut condamné à dix ans d'emprisonnement. Anne devait connaître, de son côté, un sort peu enviable : tondue en place publique, elle fut promenée dans les rues de la ville pendant une journée entière. Victime expiatoire d'un pays honteux qui cherchait à effacer de sa mémoire ses propres turpitudes, elle vit la haine de tout un peuple se déverser sur elle. Elle eut à subir les crachats, les insultes et même quelques gifles, par-ci par-là. Condamnée à cinq ans d'exil, elle rejoignit Marthe à Casablanca. Elle avait, elle aussi, entendu parler de l'orphelinat de cette vieille tante. Les deux sœurs vécurent ensemble pendant sept ans. En septembre 1952, Anne apprit, par le télégramme d'une amie, que son amoureux de Paris venait d'être libéré, avec deux ans d'avance. Elle sauta dans le premier bateau et rentra en France pour le retrouver. Le cœur d'Anne était resté fidèle à cet homme élégant et cultivé qui l'avait tirée du bordel et qui lui avait procuré une vie douce dans le Paris occupé. Leur relation avait rapidement évolué après sa sortie du Chabanais. Elle n'était plus seulement pour lui qu'un divertissement sexuel. Elle était devenue sa nymphe, sa muse, son égérie. Il lui déclamait du Baudelaire, lui écrivait des poèmes ; ils écoutaient du Beethoven sur un splendide gramophone qu'il lui avait offert. Et si son homme avait choisi de collaborer, prétendait-elle, c'était uniquement par instinct de survie, comme elle-même avait choisi de se prostituer. Elle ne le considérait pas plus comme un sale collabo qu'il ne la voyait comme une pute. Ni une Juive, d'ailleurs. Elle avait eu tôt fait, naïvement sans doute, de lui avouer, à lui seul, ses origines et sa naissance. Il n'en avait pas pris ombrage, l'avait assurée qu'il n'était pas du tout antisémite, mais au contraire bienveillant à l'égard des « Israélites », comme il disait. Il avait juré que sa collaboration avec les nazis s'arrêtait à la sphère financière – il gérait un parc immobilier –, qu'il n'avait jamais contribué à aucune arrestation, dénonciation, rafle. Bien sûr, il avait fermé les yeux sur quelques confiscations iniques, mais avait-il le choix ? Toujours est-il qu'Anne n'avait pas hésité. Dès qu'il fut libéré, elle se précipita dans les bras de son amant, Didier Le Bellec, dont elle était restée follement amoureuse. Il était originaire de Concarneau, aussi s'étaient-ils installés en Bretagne. C'est Anne qui a informé Marthe que je devais arriver à Brest en décembre 1960. Naturellement, Marthe a demandé à sa sœur de prendre soin de moi. Anne est venue me chercher et m'a conduit à l'internat dans son inénarrable 4 CV.

Je sursaute.

– Comment ça, « c'est Anne qui m'a informée de ton arrivée à Brest » ?

Il y a là deux nouvelles en une, dont je ne sais laquelle me sidère plus. S'il est pour le moins étonnant qu'Anne ait été au courant de mon arrivée, ait même eu vent de mon existence, il l'est encore plus que Marthe elle-même l'ait su ! Je tape du poing sur la table. Les tasses font un bond, le café et le thé débordent sur la toile cirée. Je me lève en criant :

– Je commence à en avoir assez ! Qu'est-ce que c'est que ces foutaises à la fin ? Vous... vous saviez depuis tout ce temps que j'avais survécu ? Vous le saviez ? Et comment d'abord ? Qu'est-ce que c'est que ces histoires ?

J'ai complètement perdu mes nerfs. Par réflexe, Marthe a un mouvement de recul, mais elle ne montre aucun signe de peur. Par contre, mon hurlement a réveillé la petite qui s'est mise à brailler. Ses cris me font prendre conscience de mon excès. Je me précipite pour aller la bercer, je lui fredonne faux l'air d'une vieille comptine qui me revient à l'esprit :

– *Hamaquita de oro para este chiquito, Hamaquita de oro para mi bebé...*

Anissa gigote agite un peu les mains, se rendort en bâillant. Je retourne vers Marthe et me rassois, penaud.

– Pardon, je n'aurais pas dû m'emporter, mais au bout d'un moment...

Marthe pose une main chaude et bienveillante sur la mienne. Elle m'explique :

– Ne t'en fais pas... Je peux te tutoyer, n'est-ce pas ? Ne t'en fais pas, je comprends. Ça fait beaucoup de choses à la fois. Alors voilà ce qui s'est passé. À sa sortie de prison, Didier Le Bellec est vite entré en contact avec d'anciens collabos. Ils s'entraidaient, se donnaient des tuyaux, organisaient des visites et faisaient porter des colis à ceux qui étaient encore en prison. Anne me téléphonait régulièrement, m'écrivait aussi et, dans un langage codé que nous étions les seules à savoir déchiffrer, me racontait les activités de celui qui était devenu son mari. Et moi, égoïstement, j'y ai vu, au contraire, l'opportunité de ma vie. Je lui ai demandé de retrouver la trace de Johann Gantzer et la tienne. Par divers intermédiaires, Le Bellec a pu entrer en relation avec Miguel Martinez, ton instituteur. Grâce à ce contact, Anne m'a informée que ton père était devenu Juan Ganos, là-bas, à Buenos Aires, et que, toi, tu avais survécu. J'ai même réussi à découvrir ton prénom. À intervalles de quelques mois, parfois une seule fois ou deux dans l'année, Anne me faisait parvenir les nouvelles de toi, qu'elle obtenait. Jusqu'à ce qu'elle m'apprenne la mort de Johann et de sa femme, et qu'elle m'annonce que Michel t'avait fait envoyer en France dans ce cargo…

La voix de Marthe est de plus en plus éraillée.

– C'était l'occasion pour moi d'aller te chercher…

Ma gorge se serre aussi. Je repense à mon arrivée dans la brume de Brest, à cette route humide à travers une campagne aux arbres décharnés, à côté d'Anne, silencieuse, puis à la découverte de l'austère établissement de La Mennais et à l'accueil glacial et terrifiant du redoutable père Cuvelier. Je me dis qu'au lieu de me laisser faire ce sinistre voyage dans la voiture de sa sœur, celle qui prétend aujourd'hui être ma mère aurait pu se comporter en mère véritable en venant m'accueillir et en me ramenant au Maroc où j'aurais coulé des jours heureux auprès d'elle.

Marthe lâche ma main et baisse la tête. Elle se retourne vers la table et s'appuie sur le dossier de la chaise que j'occupais à l'instant. D'une voix faible et rauque, elle s'explique :

– J'aurais voulu venir te prendre. J'ai fait ma valise. Je me suis précipitée sur le port. J'avais un billet, j'étais prête à embarquer, je devais arriver en France deux jours avant toi. Anne avait prévu de me loger chez elle. Mais, une fois sur le quai du port de Casablanca, je n'ai pas pu. Je n'ai pas pu…

Elle s'est mise à pleurer. Au milieu des sanglots, elle raconte :

– Deux mois plus tôt, j'avais reçu Noura à l'orphelinat. Je chérissais cette enfant comme si c'était ma fille. Je la berçais jour et nuit, je ne la quittais pas des yeux. J'aurais voulu l'emmener en France avec moi pour te rejoindre. Je n'en ai pas eu le droit. Au moment de monter sur le bateau, j'ai pensé à elle et à toi. Je me suis souvenue du poupon que tu étais, que tu ne serais plus, qu'elle était encore. Toi, tu avais seize ans passés, même si tu croyais n'en avoir que quinze. J'ai réalisé que je ne serais jamais ta mère de toute façon ; tu ne savais pas qui j'étais, tu ne m'aurais peut-être pas crue, pas acceptée. Ici, j'avais la chance de connaître la joie de cette maternité qui m'avait échappé. En restant au Maroc, je pouvais enfin être la mère que je n'avais pas été, même si par la suite je n'ai jamais caché la vérité à Noura…

Sa voix est désormais complètement étouffée, presque inaudible. Marthe vacille un instant. Puis, comme tout à l'heure à l'évocation de mon père et de ma naissance, elle se raidit en un éclair, se redresse, essuie ses yeux d'un revers de main et se tourne vers moi. Elle me toise avec froideur comme lorsque nous nous sommes rencontrés pour la première fois avant-hier. Furieuse de s'être laissé submerger par l'émotion et de me l'avoir montré, elle parvient à rétablir une distance entre nous, comme si nous étions deux étrangers, comme si nous ne nous étions rien dit. La petite, dans son couffin, émet un léger grognement. D'un même mouvement, nous nous tournons vers elle, ce qui dissipe un peu le malaise. L'enfant se rendort aussitôt. Je demande :

– Noura ? Alors Noura non plus, ce n'est pas un hasard, si… C'est vous qui me l'avez envoyée ?

Marthe prend la théière et, de plus en plus embarrassée, se dirige vers la cuisine. Je ne bouge pas. Je n'avais pas fait très attention jusqu'ici aux peintures à l'huile et autres aquarelles qui couvrent les murs du salon. La plupart d'entre elles représentent des paysages orientaux, le désert, des oasis, une maison blanche regardant la mer. De temps à autre apparaît un animal, lion ou éléphant. Quelques visages se mêlent à l'ensemble. L'un d'entre eux en particulier éveille mon intérêt. Il s'agit du portrait d'une petite fille, à la peau mate et aux yeux bleu-vert, qui peut avoir une dizaine d'années.

– C'est vous qui peignez ?

Ravie de cette diversion, Marthe me répond aussitôt qu'en effet elle a trouvé dans cet art le moyen d'oublier le réel pendant qu'elle tient le pinceau, d'évacuer les mauvais souvenirs, de s'abstraire du monde quand il est trop laid. Elle peint dans un atelier, un peu plus bas dans le boulevard Mohamed-V. C'est aussi pour elle l'occasion d'une certaine vie sociale. Elle en a besoin, pour ne pas se sentir recluse dans son étroit logis. La belle enfant qui pose devant les palmiers dans le soleil couchant, c'est Noura ? Oui, c'est elle. Marthe a réalisé son portrait à partir d'une photo qu'elle avait conservée.

– Elle est très réussie. Je vous félicite, Marthe, si je puis me permettre. Mais vous n'avez pas répondu à ma question : Noura, c'est vous qui l'avez envoyée ? Elle était téléguidée par vous ?

Marthe sursaute, cesse de remplir la théière.

– Non ! Téléguidée, non ! Noura ne sait rien. Elle ignore tout de ce que je viens de vous dire. Et heureusement.

Cette réponse, qui semble sincère, me soulage. S'il s'était avéré, en plus du reste, que Noura me jouait la comédie depuis le début, je ne l'aurais pas supporté. Marthe poursuit :

– Mais évidemment le hasard de votre rencontre… n'en est pas un. Oui, je me suis débrouillée pour que vos routes se croisent. Je me suis doutée, j'espérais, que ça collerait entre vous. Et je me suis imaginé que si vous vous rapprochiez, eh bien…, cela me rapprocherait de toi aussi.

Ainsi, depuis que j'avais acquis une petite notoriété, grâce au succès de la Rodrigo Chemicals, Marthe pouvait suivre l'évolution de ma carrière et de ma vie privée par la lecture des journaux. Elle ne voulait pas se dévoiler, mais elle rêvait d'en savoir toujours plus sur mon compte. Informée d'un grand concours que j'avais organisé au titre de la Rodrigo Chemicals, elle convainquit Noura d'y participer. Il s'agissait d'une compétition de composition musicale, que la Rodrigo avait mise en place dans le cadre d'un engagement associatif. La Rodrigo avait l'intention de produire un disque comprenant douze titres originaux dont le thème serait l'enfance. Les bénéfices contribueraient à la recherche sur les leucémies infantiles. Il s'agissait de composer et d'interpréter des chansons joyeuses et tendres susceptibles de plaire à la jeunesse. C'était l'occasion, pour la firme, de montrer son engagement sociétal et d'améliorer ainsi son image de marque auprès du grand public. Le succès de cette initiative dépassa largement les attentes et une période bénie pour la Rodrigo s'ensuivit. La remise des prix me permit de faire la connaissance de Noura, qui avait obtenu la troisième place pour une mélodie orientale chantée en français, intitulée *Terre de sable*. Ainsi, le plan de Marthe avait fonctionné. La rencontre entre celle qu'elle avait élevée et celui qu'elle savait être son fils s'était produite comme elle l'espérait. Je fus immédiatement hypnotisé par le regard flamboyant de la belle Marocaine. Pour une raison que j'ignore, elle fut séduite aussi, semble-t-il. Deux jours après l'avoir embrassée sur scène en lui remettant sa médaille sous le feu des projecteurs, je dévorais la peau sucrée de son corps tout entier dans une chambre du Crillon, l'hôtel favori de son roi Hassan II. Trois mois plus tard, nous habitions ensemble. À l'évidence, Noura avait un goût plus prononcé pour la bonne chère, le farniente et la dolce vita que pour la création artistique. Elle renonça bien vite à ses ambitions musicales pour se contenter d'une existence fastueuse et paisible à mes côtés, ce qui, moi aussi, me combla. Nous nous aimions. Sa mère adoptive était ma mère naturelle et nous l'ignorions. Marthe, elle, le savait. Chaque fois que Noura l'appelait, lui écrivait pour lui donner des nouvelles, elle lui parlait de moi, de notre vie de couple et de celle de la firme. Marthe était à nos côtés par procuration. S'il n'y avait eu ce soupçon de délit d'initié autour de l'étude MAISON, les années auraient pu s'écouler ainsi sans que Marthe, dont j'aurais sans doute fini par faire la connaissance, eût jamais à me dire la vérité. La rue des Rosiers, l'enquête de David et cette satanée information faussement privilégiée devaient en décider autrement.

Me voici dans le salon de Marthe, le soleil maintenant dans les yeux, déjà couvert de sueur en ce milieu de matinée. La petite se réveille cette fois pour de bon, elle a besoin d'eau. Marthe a été prévenue. Par ces chaleurs, Anissa doit être hydratée régulièrement. La grand-mère va remplir un biberon d'eau fraîche, mais pas trop, puis elle se dirige vers l'enfant, la prend dans ses bras et la fait boire. Ses gestes sont précis et assurés. Elle n'en est pas à son coup d'essai. Je l'observe sans broncher. Le bébé miaule en déglutissant. Je m'évade.

Je ne sais pas combien de temps je passe à songer à tout ce que j'ai appris, à rêvasser, à me remémorer les jours heureux coupés de moments de doute, mais, soudain, je reviens à la réalité. Que fait Noura ? Quand recevrons-nous de ses premières nouvelles ? Parviendra-t-elle à gagner la confiance de Loïc ou est-ce lui, au contraire, qui réussira à la doubler ? Et quel rôle trouble joue-t-il réellement dans cette affaire ? Je pense tout haut :

– Depuis l'épisode du « cul velu », Loïc et moi, on a été inséparables. Je ne suis pas d'un naturel très sociable, très engageant, et, même si, par la force des choses, j'ai développé des relations mondaines, elles n'ont presque jamais débouché sur une véritable amitié. Je crois pouvoir dire que, jusqu'à ma rencontre avec Jawad, Loïc était mon seul ami. Notre complicité était extraordinaire. Il est impossible qu'il ait ourdi contre moi un coup pareil. Je ne me fais pas à l'idée.

Marthe, tout en continuant à faire boire le bébé, m'a observé pendant ma tirade. Elle semble désolée pour moi.

Une semaine s'est écoulée depuis que Noura nous a laissé la petite. Marthe et moi nous relayons pour lui prodiguer soins, nourriture et autres câlineries. Un peu gauche dans les trois premiers jours, je me sens déjà beaucoup plus habile. Je suis en train de donner à manger au bébé quand le téléphone sonne. Marthe, qui buvait du thé tout en grignotant les cornes de gazelle qu'Ahmed, son épicier préféré, lui a confectionnées avec tendresse, se lève comme un ressort. J'ai accompagné Marthe dans la boutique d'Ahmed deux ou trois fois. L'homme n'est pas tout jeune, mais dynamique, drôle, chaleureux, charmeur. Il arbore une moustache d'un blanc immaculé, il ne se départ jamais de son sourire qui laisse paraître des couronnes en or couvrant deux incisives, il ne quitte jamais sa blouse bleu dur ornée de moult stylos et crayons à papier accrochés à une poche avant comme autant de décorations sur sa poitrine. Il prodigue de multiples amabilités à Marthe, en français, en arabe, parfois même en y mélangeant quelques mots d'hébreux, voire de yiddish. Marthe rosit, minaude, lui intime de se taire, de ne pas raconter tant de bêtises, et de la servir, bon sang de bonsoir ! Puis elle le relance, pouffe de rire, reprend un paquet de sel, une bouteille d'huile d'olive, oublie toujours la farine ou les œufs qu'elle revient chercher le lendemain. Ahmed est célibataire. Il a un peu bourlingué au Maroc et en Afrique du Nord, en Espagne et même en France, avant de se fixer à Casablanca voilà quelques années. Avec sa voix, son accent de partout et de nulle part, ses mimiques expressives, il amuse la galerie et il séduit Marthe. Elle qui n'a plus connu l'amour depuis longtemps sans doute, peut-être depuis l'aventure avec mon père, se laisserait bien tenter par une dernière idylle avant l'avènement prochain du grand âge. Mais le temps file, tout se précipite, elle est occupée par la volonté de découvrir les assassins de sa sœur et préoccupée par mon sort. Elle n'aura probablement pas le loisir de folâtrer avec Ahmed. Aussi, elle se contente de s'imaginer flânant avec lui la main dans la main en regardant la mer et de prendre plaisir aux flatteuses attentions dont la comble son fournisseur lors de sa visite quotidienne dans son bazar.

Tandis qu'Anissa tète avec avidité, Marthe se jette sur le combiné. Noura est au bout du fil ; je distingue sa voix, au loin, au travers de l'écouteur. Malgré l'émotion que l'on devine, ma mère écoute Noura et lui répond avec un calme maîtrisé. La conversation est assez longue, peut-être quinze minutes, et dense. Après avoir raccroché, Marthe m'explique la situation. Noura a pu se mettre en contact avec Loïc. Elle a même été surprise de son accueil chaleureux. Il paraissait heureux de l'entendre au téléphone, il lui a spontanément proposé de le rejoindre chez lui. Elle est allée le retrouver dans son appartement avenue Mozart, dans le 16e arrondissement, au quatrième étage d'un superbe immeuble haussmannien en pierre de taille dans lequel la verdure des platanes semble entrer par toutes les fenêtres. Loïc vit confortablement dans ce lieu enchanteur, avec sa femme et leurs deux fils de dix et huit ans. L'aîné travaille le piano deux heures par jour sur un Bösendorfer demi-queue au son délicat mais puissant. Il paraît que les voisins ne se plaignent pas, car le gamin a l'air d'être doté d'un talent hors du commun. Il a enchanté Noura par son interprétation des variations de Mozart sur *Ah ! Vous dirais-je, maman*. Sa mère, d'ailleurs, se pâmait. Blond aux yeux très bleus et à la peau diaphane, le petit musicien a un physique qui correspond en tout point à l'ancien idéal du Reich. Il se peut que Noura ait fait cette observation parce qu'elle connaît les origines de Loïc et mon histoire. Elle n'avait jamais eu de telles pensées auparavant en rencontrant des enfants blonds aux yeux bleus. Mais le jeune prodige a aussi un petit frère mongolien – trisomique, dit-on désormais –, un gosse, très mignon au demeurant, qui s'appelle Guillaume, mais que ses parents sont gênés de présenter aux visiteurs. Une nounou particulière lui est consacrée : elle veille à contenir ses débordements affectifs incontrôlés qui seraient susceptibles d'importuner les étrangers. Après que Loïc a cuisiné Noura deux heures entières sur ce qu'elle pouvait éventuellement savoir sur moi, il l'a laissée repartir, mais l'a invitée à dîner dès le lendemain. Il brûle d'envie d'apprendre ce qui m'est arrivé, comment j'ai finalement échappé à la police, si je suis toujours vivant, et où je me trouve. Il est devenu directeur général de la Rodrigo par intérim, il feint d'attendre avec impatience mon retour à la tête de l'entreprise. Noura pense qu'il ment. Loïc est sans doute très inquiet à l'idée que je puisse revenir et parler. Elle est retournée chez eux le lendemain. Ce n'était pas véritablement un dîner, mais plutôt un cocktail mondain rassemblant une vingtaine de personnes. Deux ou trois cadres dirigeants de la Rodrigo, deux députés, une écrivaine, deux banquiers, trois avocats, des médecins… Difficile de savoir ce qui unissait tout cet aréopage, et comment Loïc avait, au cours du temps, créé quelque intimité avec eux. Noura a eu la surprise de croiser un dignitaire de la monarchie marocaine, en villégiature à Paris. Il lui a raconté qu'il avait fait ses études en France, à Polytechnique, a-t-il cru bon de préciser. Spécialiste du pétrole, il lui a expliqué en détail les causes de la chute spectaculaire du baril depuis le début de l'année. Selon lui, la baisse des cours a littéralement asséché l'URSS qui manque de devises étrangères, de sorte que Mikhaïl Gorbatchev s'est vu contraint de lancer son ambitieux programme de réformes que l'on nomme perestroïka. L'Union soviétique ne ressemble plus à ce qu'elle était. Le premier secrétaire du Parti octroie des libertés dont la population ne soupçonnait même pas qu'elles puissent seulement exister. Les conséquences de l'accident de Tchernobyl, en avril dernier, y sont aussi pour quelque chose. Le pays a besoin de l'aide internationale et de transparence. C'est la fameuse glasnost.

Je me demande si on ne s'éloigne pas un peu de notre sujet. Marthe me rabroue sèchement. Noura est précise. Elle ne laisse rien au hasard. Et quand elle veut quelque chose, elle l'obtient. Elle ne néglige aucun détail, c'est comme ça qu'elle arrive à ses fins. Si je ne l'ai toujours pas compris, c'est que je ne la connais pas. Et si j'espère parvenir à des résultats par son entremise, je dois lui faire confiance.

La Noura que j'aimais n'était pas cette femme résolue, volontaire et persévérante que Marthe me décrit. Je revois nos jours heureux, nos après-midis alanguis, nos longues nuits d'amour, nos voyages insouciants, nos vacances à demi nus sous les palmiers. Noura n'était que légèreté et désinvolture et c'est ce qui la rendait si séduisante. Marthe enchaîne :

– Noura s'est liée d'amitié avec ce Marocain qui a aussi ses entrées chez les hauts fonctionnaires français, ses anciens camarades d'école. Par lui, elle espère en découvrir un peu plus sur l'enquête qui te concerne et sur le vrai rôle de Loïc.

Je ne suis pas convaincu. Je réfléchis.

– Donc Loïc habite toujours avenue Mozart… Je me souviens du jour où nous avons visité l'appartement ensemble. C'était il y a presque dix ans. La Rodrigo commençait à engranger de sérieux bénéfices. Nous avions mis au point un nouveau produit, un hypnotique ayant une demi-vie dans l'organisme assez courte pour que les effets du somnifère se dissipent complètement au réveil. La gélule miracle connaissait un succès mondial. L'argent coulait à flots, nous avions la trentaine à peine et nous nous enrichissions déjà largement. Loïc courait les filles. Son physique et son portefeuille lui ouvraient les portes de nombreuses chambres à coucher. Il avait fini par s'enticher d'une femme un peu plus âgée que lui, qui travaillait pour une agence immobilière prestigieuse. Elle s'était mis en tête de lui faire acheter ce bien d'exception. Loïc m'avait consulté, comme il en avait l'habitude avant de prendre une décision importante. Je l'avais accompagné pour la visite et j'avais validé son choix. À peine eut-il signé que la fille prit ses cliques et ses claques ; on ne l'a jamais revue…

Après avoir vidé son biberon, Anissa s'est endormie dans mes bras pendant que Marthe et moi devisions. Je la remets dans son couffin. En accomplissant ce geste, je me rends soudain compte de ce que je savais déjà mais que je n'avais pas pleinement réalisé. Cette enfant est la mienne. Aurai-je la possibilité de la revoir quand tout sera fini ? Pourrai-je un jour l'élever avec sérénité ? Et si je n'arrive pas à prouver mon innocence, si l'on m'accuse finalement du meurtre des deux flics de Golfech, si je dois passer vingt ans en prison, alors elle grandira loin de son père…, elle ne me connaîtra jamais. Noura elle-même a-t-elle désormais l'ambition de vivre avec un autre homme ?

– Savez-vous qui était celui qui accompagnait Noura, l'autre jour, au bar de l'Hôtel Suisse ?

Marthe me sourit, s'approche et me prend à nouveau la main.

– Ne t'inquiète pas… C'est son frère. Enfin son demi-frère, celui qu'Aziz M'Barek a eu officiellement avec sa première femme. Noura ne s'est pas liée avec un autre homme depuis que tu t'es enfui. Elle t'aime encore, comme au premier jour. Elle t'en veut beaucoup, c'est sûr, mais tu la retrouveras.

À cette promesse, ma joie éclate et je serre Marthe dans mes bras. Mais je vais rapidement déchanter. Marthe s'écarte et me lance :

– Le problème n'est donc pas là, Rodrigo. Tu retrouveras ta fiancée en temps et en heure si tu arrives à te tirer de ce mauvais pas. J'ai eu David au téléphone hier soir, pendant que tu étais sorti chercher du lait. J'ai eu très peur que tu ne rentres pas... Je ne t'ai rien dit pour ne pas t'inquiéter, mais...

– Comment ça ?

– Je craignais que tu n'aies déjà été arrêté. David m'a appris que la police française avait compris, on ne sait comment, que tu avais réussi à fuir au Maroc. Les autorités d'ici ont promis à la France leur plus entière coopération, c'est-à-dire d'employer tous les moyens possibles pour te retrouver et t'extrader. Tu es maintenant en danger dès que tu mets le nez dehors. Ils ont des dizaines de photos de toi, de Noura et tes empreintes digitales. Heureusement, tu es encore à peu près méconnaissable avec tes cheveux et ta barbe. Je vais aller te chercher des vêtements, une djellabah blanche et une chéchia pour te couvrir la tête. Mais tu dois désormais être très prudent dès que tu es dans les lieux publics. Le mieux est, d'ailleurs, de ne pas sortir. Je me méfie aussi des voisins. Ils ont remarqué que j'hébergeais quelqu'un et ils jasent, je le devine. Ils vont certainement gamberger et, de fil en aiguille, ils se douteront que tu n'es pas en situation régulière. Qu'un seul d'entre eux bavarde auprès d'un flic et on est cuits. Tu es cuit. Je suis désolée, Rodrigo, mais...

Elle est désolée. Pas tant que moi ! J'ai compris. Je me lève d'un bond, comme s'il n'y avait plus une minute à perdre, comme si je devais quitter cet endroit sur-le-champ. Marthe m'arrête.

– Tu dois partir, d'accord. Mais attends que j'aie eu le temps de te rapporter tes vêtements marocains. Avec une tenue traditionnelle et un couvre-chef, tu seras méconnaissable. Je ne serai pas longue, je serai là dans moins d'une heure avec ce qu'il te faut.

Quand la porte claque sur le « À tout de suite » de Marthe, je sais déjà que je ne la reverrai pas de sitôt. Peut-être jamais. Je n'entends pas patienter jusqu'à son retour, contrairement à ses recommandations. Je préfère m'en aller sans délai, pour éviter le supplice des adieux. En quelques jours, je me suis attaché à Marthe, et, si je ne peux pas dire que j'éprouve pour elle les sentiments d'un fils, je sais que, de son côté, elle m'aime dorénavant comme une mère. Les rites de la séparation seraient pour elle un crève-cœur qu'elle essayerait tant bien que mal de dissimuler, mais que je devinerais malgré tout. Et je la quitterais en emportant en moi l'image de son désespoir, de cette vieille main qui s'agiterait tristement. Je ne veux pas connaître ce moment. Je pars. Je m'approche de la petite. Elle dort à poings fermés, bougeant furtivement, par réflexe, une jambe ou un bras. J'hésite à la prendre, à l'emmener avec moi, car, elle non plus, je ne suis pas sûr de la revoir. Si je l'enlevais ? Je crois que j'ai commencé le geste. Je me suis apprêté à saisir le corps du bébé, avant de me raviser. Suis-je un monstre ?

Comment avais-je pu songer à arracher cette enfant aux bras de sa grand-mère et surtout à ceux de sa mère quand elle reviendrait ?

Je chasse bien vite ces idées noires de mon esprit et je m'enfuis en abandonnant la gamine. Marthe ne tardera pas à rentrer et à prendre soin d'elle, quoi qu'il en soit.

Tantôt à pied, tantôt en stop, voyageant entre les poules et les moutons qui voisinaient parfois avec les pièces détachées d'un moteur ou une carcasse de machine à laver, je reviens à Aïn Sebaâ. Fatima et Jawad, sur le seuil de leur maison, m'accueillent avec des cris de joie qui ameutent tout le quartier. Les habitants du coin, mes compagnons pour la plupart, s'amassent autour de nous. On s'embrasse à qui mieux mieux, puis on se lance dans un couscous géant.

Une semaine s'est écoulée depuis que je suis rentré au bled. J'ai demandé à Jawad d'avertir David que j'étais revenu à Aïn Sebaâ. Ainsi, le flic pourra me retrouver s'il y a du nouveau et… j'espère bien qu'il y en aura. Il dira aussi à Marthe et à Roucaud que ma planque est sûre, sans en communiquer les coordonnées, évidemment. Jawad a transmis mon message et m'en a rapporté un autre en retour. Noura semble avoir obtenu des informations à la fois par Loïc et par le dignitaire marocain avec lequel elle s'est quelque peu liée d'amitié. Le haut fonctionnaire a pu avoir accès à une partie de mon dossier grâce au ministre de l'Intérieur, un ami personnel. Dès le début, il y a eu un doute sur ma culpabilité réelle dans l'affaire du délit d'initié. Cependant, tous les éléments permettant de me disculper ont été écartés, de sorte que l'enquête a été menée exclusivement à charge contre moi. J'étais le coupable idéal. En me désignant, on offrait à la France le sacrifice expiatoire du chômage galopant et de « l'argent roi » en même temps qu'on coffrait un type soupçonné, de longue date, d'extrême droitisme. De quoi ainsi faire avancer l'enquête sur la rue des Rosiers qui avait patiné trop longtemps. Les barbouzes du gouvernement supposaient que je finançais des tas de gens peu fréquentables, depuis les anciens collabos planqués ici ou là jusqu'à d'obscurs groupuscules néonazis et terroristes. Apparemment, l'Intérieur balance les infos avec assez de facilité, trop content qu'il est de dézinguer le travail de son prédécesseur. Quoi qu'il en soit, la police comme les services parallèles n'ont pas fouillé dans le passé de Loïc qui n'intéresse personne. Ils sont obnubilés par Rodrigo Ganos, bien que le temps et le changement de gouvernement aient éloigné ce dossier des préoccupations les plus urgentes.

Ce n'est pas le cas de Loïc qui, lui, s'est bougé ! Persuadé, à juste raison, que Noura a gardé le contact avec moi pendant cette année et qu'elle sait peut-être où je me trouve, il l'a revue plusieurs fois en espérant lui extorquer de nouveaux renseignements et en essayant de la convaincre de ma culpabilité. Ce faisant, il s'est piégé lui-même : il lui a révélé l'inquiétante ambiguïté de son rôle. Il lui a raconté qu'il m'avait averti du signal cardiaque qui était apparu dans le cadre de l'étude MAISON, ce qui m'avait poussé à vendre mes actions avant que l'information soit officielle et connue de tous. Noura a écouté son récit avec attention et elle ne l'a pas contredit. Lui s'est confondu en lamentations, regrets et autres pleurnicheries. Il était désolé de lui apprendre le comportement blâmable de son fiancé, mais il était malheureusement obligé de lui dire la vérité, comme il l'avait été de l'avouer à la COB quand le gendarme de la Bourse l'avait interrogé, puis à la police.

Que faire ? Il n'aurait jamais cru que je réagirais de cette façon lorsqu'il m'a appelé pour me signaler le problème. D'ailleurs, il n'arrivait pas à comprendre comment un type aussi riche que moi avait pu céder à pareille tentation, pour un montant de pacotille, finalement, quand on y pense, par rapport à ma surface financière totale. J'étais son ami et je le resterais pour toujours. Il n'avait pas le sentiment de m'avoir trahi, seulement d'avouer la vérité, sombre et simple à la fois. Mais, si on me retrouvait, il témoignerait de ma probité jusqu'à ce triste événement et il essayerait de brosser de moi l'image la plus favorable pour atténuer au mieux les sanctions judiciaires qui me menaceraient. Il espérait, en tout cas, que j'étais innocent du meurtre des deux flics à Golfech et du troisième, disparu lui aussi.

Heureusement pour moi, Noura n'a pas cru un mot de ce récit fielleux et hypocrite qui a même, au contraire, renforcé la confiance qu'elle avait en moi. Elle a su que Loïc mentait, car il a commis au moins deux erreurs. D'abord, il a oublié qu'au moment de l'affaire MAISON, Noura et moi vivions ensemble. Il ne se doute peut-être pas qu'elle a une mémoire d'éléphant et qu'elle retient les dates et les horaires avec la précision d'un chef de gare suisse. Elle se souvient très bien du coup de fil de Loïc m'apprenant la mauvaise nouvelle, elle se rappelle ma mine déconfite. De fait, comme elle se souvient du soir de l'appel téléphonique, elle sait pertinemment que l'annonce de Loïc a suivi de plusieurs jours la vente de mes actions Rodrigo. Je l'avais en effet informée de la cession d'une partie de mon capital en lui montrant le catalogue des Riva que nous avions la possibilité de commander grâce à cette petite rentrée de liquidités toutes fraîches. Nous avions aussi passé un long moment à évoquer les villas de bord de mer dont je pourrais faire l'acquisition. Noura exultait de joie. Elle m'avait sauté au cou, nous avions vidé une bouteille de champagne en admirant le coucher du soleil sur le Trocadéro, puis nous avions glissé dans les draps. Nous avions par la suite dîné aux chandelles et éclusé, cette fois, une bouteille de meursault. Encore bien éméchés, nous avions bondi dans la décapotable et roulé à tombeau ouvert sur les quais de Seine. Nous avions frémi à l'approche d'un gyrophare qui ne s'était finalement pas arrêté à notre hauteur. Ivres de vin et de bonheur, nous nous étions recouchés nus l'un contre l'autre et avions somnolé jusqu'au milieu de la journée suivante. Noura a fixé à jamais la date de ce souvenir et elle ne peut avoir aucun doute : ces événements précédaient de plusieurs jours le terrible appel de Loïc, car, après la nouvelle, je n'avais plus le cœur à rire, ni à rêver, ni à faire le fou au volant de mon bolide. Elle sait donc que Loïc ment sur ce premier point. Ensuite, s'agissant de Golfech, Loïc ne peut avoir fait le lien avec moi qu'en ayant accès à des renseignements confidentiels. Car, si la disparition soudaine des deux fonctionnaires de police a fait grand bruit, la centrale nucléaire, quant à elle, n'a jamais été évoquée dans la presse grand public. Le lieu de mon supplice n'a pas transpiré et seuls les flics, seuls certains flics à vrai dire, connaissent ces sinistres sous-sols d'où l'on ne sort que les pieds devant, où l'unique droit qui vaille, c'est celui de mourir pour abréger ses souffrances. Si Loïc a eu vent de cet endroit, c'est qu'il est informé, et même très bien informé, par quelqu'un. Il y a un mouchard à l'Intérieur, avec lequel il est en cheville et qui le renseigne.

Nous avançons. Nous avons maintenant la certitude que Loïc joue contre moi, et sans doute depuis le début. Qui sait même s'il n'a pas monté l'affaire de toutes pièces pour me piéger ? Mais il nous manque des éléments concrets susceptibles de me disculper. Nous sommes seulement convaincus que Loïc est bien le Judas. Or il ne nous est pas possible non plus de le prouver. Loïc ! Qu'a-t-il bien pu se passer ? Je me rappelle notre jeunesse à La Mennais, nos premières amours, nos virées en voiture – il nous arrivait déjà de faire la course au volant d'autos rafistolées, sur les routes de campagne –, le démarrage de la Rodrigo, les premiers succès médicaux et commerciaux, les matinées de golf à n'évoquer que les putts, le green et les drills, et aussi un peu, de temps à autre, le cul des filles. Entre Loïc et moi, c'était plus qu'une amitié, c'était une fraternité qui confinait à l'amour. Je l'aimais. « Parce que c'était lui, parce que c'était moi », disait Montaigne. Et même si les dividendes abondants que nous recevions de la firme avaient fini par donner un côté nouveau riche à mon associé – une attitude qui en exaspérait plus d'un et qui le faisait apparaître hautain pour certains, puant pour les plus sévères –, jamais notre relation, elle, simple et forte, ne s'en était ressentie, jamais notre complicité n'avait été ébranlée le moins du monde. Entre nous, toujours les mêmes blagues potaches, les mêmes clins d'œil, les mêmes confidences et la même confiance. Loïc ne peut pas m'avoir trahi par simple jalousie ou par cupidité. Il doit avoir un autre mobile. C'est ce mobile qu'il faut découvrir.

Les semaines passent et aucune hypothèse valable ne me vient à l'esprit. Chaque jour, Jawad me rapporte des journaux français, que j'épluche consciencieusement. Il y a beaucoup d'articles sur la mort accidentelle de Coluche. Je les lis avec un certain chagrin. J'aimais bien l'humoriste. Noura et moi avions assisté à l'un de ses spectacles. Dans mon exil de l'hiver dernier, j'avais entendu parler aussi de la création des Restos du cœur et j'avais trouvé l'idée sympathique et séduisante. Dans les pages économiques, on évoque la poursuite de la chute vertigineuse du baril de pétrole, qui franchit à la baisse la barre des dix dollars en juillet. Août est très calme. Des débats autour du nucléaire s'intensifient dans la foulée de la catastrophe de Tchernobyl. L'Italie envisage d'organiser un référendum sur la question de l'atome. J'interroge régulièrement Jawad pour avoir des nouvelles de David, mais il me dit ne pas en avoir non plus. Une sourde angoisse s'installe peu à peu en moi. Suis-je condamné à passer le restant de mon existence ici dans la clandestinité, sans pouvoir revenir un jour en France, ni même en Argentine, sans revoir Noura, sans avoir le moyen de me défendre et de prouver mon innocence ? Bien que Fatima ne parle pas ma langue, elle devine mon inquiétude. Elle redouble d'attentions pour moi. Elle qui vit ici dans le dénuement le plus total se plie en quatre pour soulager ma peine, me confectionne des pâtisseries, me prépare du thé à la menthe, ordonne à Jawad d'aller me chercher des cigarettes avant même que je craigne d'en manquer. Cette femme fait tout pour me combler. Avant qu'un jour ou l'autre, on rabatte mes paupières et l'on jette mon corps dans une fosse commune ou bien un caveau princier, avant que je quitte ce monde pour le repos éternel, mes dernières pensées seront, j'en suis sûr, pour cette femme voilée, ridée, édentée, mais au dévouement sans limite, cette femme dont la bonté naturelle éclate sur son visage marqué par les ans. Elle incarnera à jamais dans mon cœur le symbole de la charité, du don de soi, du désintéressement. Pour l'heure, c'est sa présence à mes côtés qui m'aide à tromper l'impatience et à surmonter la mélancolie.

L'été est chaud, mais, grâce à la brise océanique, l'atmosphère des faubourgs d'Aïn Sebaâ demeure respirable. Arrive septembre, toujours aucune nouvelle. Soudain, c'est la stupeur. Le 18, je découvre dans les journaux que, la veille, un nouvel attentat a été commis à Paris, rue de Rennes dans le 6e arrondissement. Un engin explosif a éclaté à dix-sept heures vingt devant le magasin Tati. On privilégie pour le moment la piste des Forces armées révolutionnaires libanaises, une organisation communiste. Je suis étonnamment soulagé qu'on ne parle pas d'extrême droite pour une fois, ni de groupuscules fascistes. Je crains désormais d'être accusé à chaque drame. En réalité, il n'est plus du tout question de moi dans la presse. Quelques jours plus tard, je lis pourtant un entrefilet me concernant : le conseil d'administration de la Rodrigo Chemicals a officiellement pris acte de la disparition de son PDG et fondateur Rodrigo Ganos, et a élu pour le remplacer à ce poste son bras droit depuis toujours, le cofondateur Loïc Martin. Mon sang ne fait qu'un tour. Je prie Jawad de se donner tous les moyens de joindre David. Cette fois, la plaisanterie a assez duré, je veux rentrer en France. Impressionné par ma détermination, mon jeune ami se démène pour m'aider et il me rapporte le soir même un numéro de téléphone. Le lendemain à treize heures précises, je pourrai appeler David. Jawad m'indique le nom et l'adresse d'une cabine téléphonique située à l'entrée d'un ancien cinéma français désaffecté, qui s'appelait Le Beaulieu, un bâtiment en béton dont le fronton couvert d'une peinture bleu électrique élimée semble avoir survécu à une guerre dévastatrice.

La végétation a envahi les alentours, mais je trouve facilement l'appareil en question. Je compose le numéro. Avant la fin de la première sonnerie, David décroche. Jawad m'a averti que je devrais m'authentifier en complétant une phrase dont l'inspecteur prononcerait les premiers mots, mais que lui-même ignore. Rosenberg me lance d'emblée :

– Vous êtes le présent… ?

–… qui s'accumule.

Je réponds du tac au tac.

D'un ton grave, David m'apprend que Marthe a été arrêtée la semaine précédente. Elle avait raison de se méfier de ses voisins. Certains ont repéré ma présence chez elle. L'un d'eux a cru remarquer une ressemblance du va-nu-pieds hirsute que j'étais avec le ténébreux Rodrigo Ganos. Ils ont parlé. Marthe a été emmenée. David, embarrassé, ajoute :

– Après ce qui s'est passé à Golfech, je suis peut-être mal placé pour dénoncer les méthodes… assez musclées des flics d'ici… Je suis plutôt inquiet, mais j'ai confiance en Marthe cependant. Elle n'aura rien avoué. D'ailleurs, et c'est tant mieux, elle ne sait pas où tu te trouves. On va organiser ton exfiltration. Roucaud est dans le coup, ça devrait nous aider. Je vais t'envoyer quelqu'un, tiens-toi prêt.

– Demain ?

– Oui, attends chez Fatima à vingt heures. Mais tu ne partiras qu'un peu plus tard, vers dix heures du soir. Entretemps, on va te relooker. La barbe et les cheveux longs, c'est sous cette apparence qu'ils te cherchent en ce moment. On va te grimer avant ton départ.

La voix de David est grave, calme, autoritaire. Dégoulinant de sueur dans la cabine chauffée par les rayons du soleil encore ardents en cette fin d'été, je sens que je n'ai pas mon mot à dire, pas le loisir d'infléchir le programme concocté pour moi par le flic. Eussé-je une objection qu'il ne me donnerait pas la permission de la formuler. Je n'en ai pas au demeurant. Je veux rentrer en France, laver mon honneur, récupérer ce qui m'appartient et me venger de ceux qui ont fomenté ce coup contre moi. Fatima et Jawad me manqueront cruellement, les cinq appels du muezzin aussi, le thé à la menthe, le couscous, la pastilla et..., par-dessus tout, Marthe. Il est à craindre que je ne puisse jamais à nouveau serrer ma véritable mère dans mes bras. Je le regrette, mais, contrairement à ce qu'elle ressent déjà sans doute pour moi, je n'éprouve pas encore pour elle de sentiment filial. J'ai du mal à lui pardonner de n'être pas venue me chercher à Brest, malgré ses explications. J'ai beau me raisonner, ressasser sa justification, je ne peux admettre qu'elle m'ait abandonné une seconde fois, qu'elle m'ait laissé sans défense aux mains du père Cuvelier. Je sens bien que, rentré à Paris, je la regretterai. Sa voix douce me manquera, mais j'ai la conviction aussi que je ne l'absoudrai jamais complètement. Peut-être, après tout, vaut-il mieux que nous ne nous revoyions jamais. Ce que j'appréhende surtout, c'est la réaction de Noura. Acceptera-t-elle de me rejoindre avec notre fille Anissa et de reprendre notre histoire où nous l'avons laissée ? Je ne contredis pas David qui me demande finalement :

– Tout est clair pour toi ? Tu as une question ?

– J'en aurais plusieurs, oui...

– Tu as droit à deux. Je raccroche dans un peu plus d'une minute.

Dans la précipitation qu'il m'impose, je bredouille :

– Comment s'appelle celui qui viendra demain, à quoi puis-je le reconnaître ? Et quelle est ma destination en France ?

– Bonnes questions ! Celui qui vient demain est facilement reconnaissable, tu n'auras pas de doute. C'est Roucaud lui-même, tout simplement. Quant au voyage de retour..., il sera plus rapide que l'aller. Tu ne repasses pas par Bordeaux, tu prends l'avion pour Toulouse. Le major t'accompagnera et te donnera tes faux papiers. Vous décollerez après-demain matin à dix heures. La veille, vous passerez une courte nuit de repos dans un petit hôtel sur la route de l'aéroport. Tu n'as pas besoin d'en savoir plus à ce stade.

– Merci, David. Et… et toi ? Où es-tu ? Qu'est-ce que tu vas devenir ?

– Si on te le demande, tu pourras dire que tu n'en as pas la moindre idée.

Et il raccroche. Je me précipite au-dehors pour profiter d'un souffle d'air un peu plus frais. Je respire les effluves de jasmin, je perçois l'écho du ressac au loin, j'admire une dernière fois le ciel azur voilé par la brume de chaleur. J'aime ce pays qui m'a accueilli pendant mon exil. Les mois d'été enveloppés d'une canicule moite m'ont rappelé les jours heureux de Buenos Aires. En revanche, la fraternité de ceux qui m'ont soutenu ne m'a renvoyé à aucun souvenir. Je n'avais jamais connu cela auparavant, cette fraternité toute simple. Et j'ai déjà conscience que je n'en bénéficierai plus jamais. Demain soir, je quitterai Aïn Sebaâ le cœur lourd.

Le major Roucaud s'est présenté chez Fatima à huit heures du soir précises, a pénétré dans notre gîte avec sa démarche de cowboy. Il a salué mes hôtes d'un signe de tête assorti d'un « bonsoir » presque inaudible. Il ne s'adresse à moi que par onomatopées ou ordres courts : « Asseyez-vous ! Déshabillez-vous ! Enfilez ces vêtements ! Penchez la tête en arrière, en avant ! » Il m'a rasé la barbe et le crâne et il m'a affublé d'une perruque de cheveux blond cendré ondulés. Il a teint mes sourcils et épaissi mon nez. Il me prend en photo à l'aide d'un Polaroïd, découpe le cliché au format requis et l'insère avec une dextérité confondante dans les encoches, prévues à cet effet, d'un passeport au nom de Bruno Cochet, né le 24 août 1946 à Barcelone, au cas où le léger accent espagnol que j'ai toujours gardé viendrait à éveiller les soupçons d'un douanier trop scrupuleux. C'est l'heure de partir. Jawad m'embrasse, me serre à m'étouffer. Il a les yeux rouges. Il ne pipe pas mot. Je n'ai pas non plus la force de parler. Dans un coin, Fatima me fait un au revoir de la main. Nous sommes toujours restés à distance, elle et moi, par décence. Nous n'allons pas changer aujourd'hui. Je lui réponds par un geste semblable. Je sais que je ne reverrai sans doute jamais ces deux êtres que j'ai tant chéris et qui m'ont tant donné. Je ne leur laisse pour tout remerciement que mon indéfectible affection. Le gendarme en civil a déjà rangé son matériel et s'impatiente :

– Il faut y aller, Bruno.

Je ne suis pas encore habitué. Je furète un instant autour de la pièce avant de réaliser qu'il s'agit de moi. Je me résigne :

– Allons-y.

Je tourne le dos à Fatima, à Jawad, à Aïn Sebaâ, pour toujours. Une Mercedes 280 SE couleur sable nous attend à l'entrée du bidonville. Nous roulons calmement vers l'aéroport Mohamed-V, toutes fenêtres ouvertes. Roucaud ne prononce pas un mot pendant le trajet. Nous ne croisons pas la maréchaussée, et nous nous arrêtons pour la nuit dans un petit hôtel vétuste, à quelques encablures de l'aéroport. On ne croise personne. Mon ange gardien m'autorise à ôter ma perruque et mon nez artificiel. Il me les remettra en place au réveil, à six heures.

Je peine terriblement à trouver un sommeil agité. Je ne parviens à somnoler qu'une heure ou deux. Je suis à pied d'œuvre bien avant que le major ne frappe à ma porte. Il me maquille à nouveau et nous partons. Les contrôles de police à l'embarquement ne sont qu'une formalité. Un rapide coup d'œil du type qui examine mon passeport et de son acolyte, et nous voilà installés au rang 2, places A et C, du Boeing 737 qui doit nous ramener en France. Déjà, l'hôtesse m'offre une coupe de champagne. David a décidément le bras long, me dis-je tandis que le gendarme refuse d'un ton sec toute boisson alcoolisée et opte pour un Perrier. Moins de trois heures plus tard, nous nous posons sans encombre sur la piste de Toulouse-Blagnac. La voiture de Roucaud nous attend au parking. Nous n'avons pas de bagage, nous quittons l'aéroport de la Ville rose pour rejoindre Beaumont-de-Lomagne. Au deuxième étage d'un immeuble ayant vue sur la halle centrale se trouve un petit logement dans lequel quelques vêtements de rechange ont été déposés. Roucaud m'enjoint de m'installer dans cet appartement qu'il met à ma disposition et de ne pas broncher jusqu'à ce qu'il me fasse signe, d'ici quelques jours tout au plus, promet-il. L'endroit, un deux-pièces exigu, n'est pas totalement dépourvu de charme, malgré un mobilier sommaire.

Une chambre côté cour est équipée d'un lit simple. Le salon-cuisine donne sur la place par une grande fenêtre à carreaux. Les poutres apparentes du plafond, qui ne s'élève guère qu'à un peu plus de deux mètres, confèrent un certain cachet que l'armoire en formica gris ne gâche pas complètement. La kitchenette se compose d'un évier en aluminium, d'un petit réfrigérateur et d'une cuisinière blanche munie d'un four et de deux plaques électriques. Au mur, il y a deux placards abritant un peu de vaisselle et quelques casseroles. Pas le grand luxe, mais pas la misère non plus. On m'a laissé des pâtes, de la viande, du riz, plusieurs conserves de légumes, du lait et des fruits au frais. Je ne manque presque de rien, si ce n'est de compagnie. Mais, d'un point de vue alimentaire, je peux tenir une ou deux semaines sans avoir besoin de sortir pour quelque raison que ce soit. Je remarque alors, près de l'armoire, une télévision posée sur un guéridon. Elle m'aidera à tuer le temps et à rester au courant des nouvelles du monde.

Je n'imaginais pas encore combien de longs mois j'allais passer ici enfermé, pour ainsi dire confiné entre ces murs, à attendre, mais à attendre quoi ?

Le major n'a pas tenu parole. Plus d'une semaine après mon installation, il ne m'a toujours pas donné signe de vie. C'est un inconnu qui a toqué à la porte, le sixième jour, pour me ravitailler. Il m'a porté quantité de vivres et il ne s'est pas montré bavard. Il est reparti comme il était venu. Un téléphone à cadran est posé sur la télé. Il me nargue à longueur de journée. Je me suis assuré qu'il était bien relié au réseau et qu'on percevait une tonalité dans l'écouteur quand on décrochait. Nul doute que ce téléphone sonnerait si j'avais un appel. Pourtant, lui aussi reste silencieux. Ni Roucaud, ni David, ni même Noura ne cherchent à me joindre. Au quinzième jour, je suis comme un lion en cage. Je me suis tapé tous les programmes télé, les divertissements, *La Chance aux chansons*, les feuilletons, les JT de treize heures et de vingt heures de

TF1 et d'Antenne 2, parfois même une émission en clair de Canal+, comme le *Top 50*. Le temps que j'écoute le tube du moment, j'en oublie presque mon triste sort.

Près de deux mois passent ainsi. On ne parle plus de moi dans la presse ni sur les ondes, pas davantage de la rue des Rosiers, jamais de la Rodrigo Chemicals jusqu'au 7 novembre très exactement, vingt-six ans jour pour jour après la mort de mes parents en Argentine. Ce soir-là, les scoops s'enchaînent : les services secrets allemands auraient informé Chirac qu'une tentative d'attentat contre un avion israélien serait le fait non pas de la Syrie, mais des services secrets israéliens eux-mêmes. C'est à n'y rien comprendre. Georges Ibrahim Abdallah, militant communiste libanais, accusé de complicité dans l'assassinat d'un attaché militaire français, et défendu par Me Vergès, serait renvoyé devant une cour d'assises spéciale. On passe sans transition aux progrès de la médecine : on peut désormais insérer, dans les artères coronaires des patients à risque cardiaque, une endoprothèse vasculaire, une sorte de ressort métallique permettant d'éviter la sténose. Le journaliste est ébahi. Mais alors que je m'apprête à changer de chaîne, le présentateur lance soudain, juste avant de rendre l'antenne :

– On apprend à l'instant l'arrestation de Loïc Martin à son domicile, dans le 16e arrondissement de Paris. Le PDG actuel de l'entreprise pharmaceutique Rodrigo Chemicals avait remplacé le fondateur Rodrigo Ganos à ce poste, en septembre dernier. On ignore pour le moment les motifs de l'inculpation éventuelle de Martin. Mais tout de suite, la météo…

Je reste bouche bée. Je passe en revue les cinq chaînes de télévision, en quête d'une information complémentaire, d'un commentaire, d'une allusion, mais rien. On ne parle plus que des relations de l'Angleterre avec Israël, de la stabilité de la région, de la réaction attendue de François Mitterrand. J'ouvre la radio : Europe 1, RTL, les radios libres… Rien. L'arrestation de Loïc n'intéresse plus guère le grand public. Elle n'est pas reprise. Les heures passent. Je mange un morceau, sans appétit. Après une nouvelle nuit agitée, je rallume télé et radio. Je n'ose pas encore sortir dans la rue, me conformant encore aux instructions du gendarme qui ne me donne toujours pas signe de vie, pas plus que David ni qui que ce soit d'autre, d'ailleurs. Je commence à me demander s'ils ne m'ont pas imposé une torture mentale, me condamnant non seulement à demeurer confiné *ad nutum* dans ce petit logement, mais en outre – et c'est largement le pire – à faire de moi mon propre geôlier. Il n'y a pas de chaîne, pas de cadenas, pas d'entrave entre le monde extérieur et moi. Je suis le seul à m'empêcher, attaché par une servitude volontaire. Je n'ai ni l'audace ni la témérité inconsciente de la chèvre de M. Seguin, j'ai peur des loups qui me guettent au-dehors. Je reste ici, terré, attentif au moindre son, à un grincement d'une marche de l'escalier, à un bruit de pas, au vrombissement d'un moteur dans la rue, espérant que Roucaud, ou le flic, viendra finalement toquer à ma porte. Une nouvelle journée entière s'achève ainsi dans le plus grand silence. À vingt heures, je mets La Cinq. Le journaliste-vedette s'étend sur l'actualité du Moyen-Orient, mais tout à coup, après une dizaine de minutes de JT, il enchaîne :

– Revenons maintenant sur une affaire mystérieuse : la disparition, à Paris, il y a déjà plus d'un mois, d'une jeune Marocaine dont on a totalement perdu la trace. Noura M'Barek n'a plus donné signe de vie à ses proches depuis le 6 octobre. L'enquête déclenchée voilà plusieurs semaines a conduit à une arrestation pour le moins surprenante et spectaculaire hier matin. La police a en effet débarqué dans la très chic avenue Mozart, dans le 16e arrondissement de la capitale, pour procéder à l'arrestation de Loïc Martin, le PDG de la Rodrigo Chemicals, cette entreprise pharmaceutique qui avait défrayé la chronique il y a dix-huit mois, souvenez-vous, lorsque son fondateur Rodrigo Ganos a été inculpé d'un délit d'initié retentissant, avant de se volatiliser dans la nature. La trace de Ganos n'a d'ailleurs pas été retrouvée à ce jour. Considéré comme définitivement disparu par le conseil d'administration de la Rodrigo Chemicals, il a été remplacé par Loïc Martin à la tête de l'entreprise, mais, bien sûr, sans le consentement du fondateur lui-même ! Alors, que s'est-il passé entre Martin et la dénommée Noura M'Barek, cette dernière n'étant autre que l'ex-compagne de Rodrigo Ganos ? C'est ce que nos enquêteurs ont essayé de savoir.

S'ensuit un long reportage retraçant mon parcours à la tête de la Rodrigo : de ses premiers succès, en passant par les couvertures des magazines, les articles de *Paris Match* m'exhibant au volant d'une voiture de sport ou en blouse blanche, charlotte sur la tête, dans l'une de mes usines, le tout entrecoupé de courts extraits d'interviews accordées à des journaux ou de brèves interventions télévisées. Des images filmées, d'assez piètre qualité, montrent la remise du prix à Noura pour son single *Terre de sable*. La chronique se termine par un zoom sur le visage de celle qui est toujours portée disparue. En plateau, le présentateur revient alors sur mon interminable cavale et s'interroge ouvertement sur le lien possible – probable – entre les deux affaires, ma mise en accusation et la disparition de la jeune fille dix-huit mois plus tard.

Je ne m'attendais pas à celle-là ! Noura s'est donc volatilisée depuis trente jours et personne ne m'a rien dit. Je repense à Marthe, tombée dans les griffes de la police à Casablanca. Qu'advient-il d'Anissa ? Qui a pris soin du bébé depuis que Marthe est embastillée dans un lieu secret dont on ne sait pas si elle sortira jamais ? Pourquoi ni David ni Roucaud ne m'ont-ils informé, pourquoi m'ont-ils caché l'inquiétante disparition de Noura ? Le souffle court, je fais les cent pas. Je ne peux plus rester là, silencieux, immobile, inactif. Je ne peux plus continuer à attendre. Je dois réagir. Je ne peux plus me laisser porter par les événements, comme une feuille morte flottant à la surface d'une rivière, ballottée par les remous de l'onde, suivant le cours d'eau, incapable de se mouvoir par ses propres forces. Je dois reprendre la maîtrise de mon destin. Il est déjà plus de dix heures du soir et la brume enveloppe la nuit beaumontoise d'un gris opaque. Tout est calme et parfaitement silencieux. C'est peut-être le moment opportun pour sortir, me faufiler dans la ouate épaisse sans être reconnu, chercher une gare, quelque part, prendre un train pour Paris, pénétrer dans les locaux de la Rodrigo, essayer d'y glaner des informations, des indices, repasser par mon appartement aussi, si possible, sans être apte à définir ce que je pourrais y découvrir. Les idées se bousculent en désordre et sans cohérence dans ma tête. Je refuse de croire à la disparition de Noura. Elle doit se cacher quelque part. Je suis décidé à la retrouver. Dans une armoire, je saisis un sac. J'y fourre les quelques vêtements dont je dispose, un rasoir, une brosse à dents. Mon baluchon de fortune est fin prêt quand, au moment où je me prépare à quitter les lieux, espérant bien que c'est pour toujours, le téléphone sonne, pour la première fois des cinquante jours que j'ai passés dans ce réduit. J'hésite. Décrocher ou partir avant que Roucaud ou Rosenberg ne me convainquent de rester ? Mais si ce n'était aucun d'eux ? Si, au bout du fil, quelqu'un avait à me donner une information cruciale ? La curiosité l'emporte : je reviens sur mes pas et saisis le combiné.

– Vous êtes le présent qui s'accumule.

C'est une voix de femme, peut-être déformée ou camouflée par un mouchoir, mais que je reconnais aussitôt : c'est Marthe. Le message codé qu'elle a énoncé me le confirme. Je me réjouis de la savoir libre et en vie ! S'exprimant dans un langage discret, elle poursuit :

– La petite va bien. Elle est retournée chez son grand-père et se trouve entre de bonnes mains.

– Tant mieux. J'étais inquiet. Et sa mère ?

– Je n'ai pas de nouvelles.

Elle observe un court silence, que je ne brise pas. D'une voix plus grave, elle ajoute :

– Au fond, quand on y pense : août ou novembre, quelle importance ? Anne est morte ce jour-là. J'y serai, à l'heure de son décès.

Elle raccroche. Notre conversation a duré à peine trente secondes, pas assez pour localiser l'appel. Je me répète ses derniers mots, essayant d'en percer le sens. « Août ou novembre, quelle importance ? Anne est morte ce jour-là. » Anne, sa sœur, est tombée sous les balles, rue des Rosiers, lors de l'attentat. La tuerie a eu lieu un 9 août, à treize heures quinze. « Août ou novembre, quelle importance ? » Marthe pourrait donc parler du 9 novembre. « À l'heure de son décès » : elle y sera donc à treize heures quinze. Le 9 novembre, après-demain, à treize heures quinze, elle m'attendra dans le restaurant de Jo Goldenberg à Paris. C'est ce que je crois comprendre. Je n'ai plus qu'à trouver le moyen de regagner la capitale. J'ouvre le porte-carte que m'a laissé Roucaud. Il est plein de faux papiers au nom de Bruno Cochet : carte d'identité, permis de conduire et même une carte d'électeur. N'en ayant pas l'usage jusqu'ici, je n'avais pas eu l'idée de fouiller davantage le portefeuille. Il contient plus de cinq cents francs, en petites coupures. Divine surprise. Je commence à m'expliquer le comportement du flic et du gendarme : s'ils ne m'ont plus donné signe de vie, c'est qu'ils attendaient que je me décide tout seul à filer. Sans m'y encourager, ils m'en avaient fourni les moyens. Je me précipite à l'extérieur. Quand je déboule dans la rue, j'inspire de toutes mes forces. Plus d'un mois et demi que je ne suis pas sorti. Je déambule au hasard et je tombe sur un arrêt de bus. Une affichette indique des horaires. Demain à sept heures cinquante, une navette pourra m'emmener à Montauban en quarante-cinq minutes. De là, je prendrai un train pour Paris. Finalement, c'est beaucoup plus simple que je ne le croyais. Je m'aperçois tout à coup que j'ai oublié de mettre ma perruque et mon faux nez. Je rentre au plus vite. Après quelques courtes heures de sommeil, je me déguise de nouveau et je repars au petit matin.

Le voyage s'est déroulé sans difficulté, sans contrôle d'identité, sans encombre. À la gare de Montauban, j'ai tranquillement pris un billet de seconde classe dans un train Corail qui m'a conduit à la gare d'Austerlitz en un incalculable nombre d'heures, que j'ai passées à éplucher l'abondante presse dont je m'étais muni avant le départ. Sur la Rodrigo, sur moi, sur Loïc, sur Noura, je n'ai lu que des banalités, des résumés de résumé. Ici ou là, une erreur sur les dates, les lieux, les prénoms. Rien d'essentiel, rien d'intéressant, aucun élément susceptible de m'aider à démêler les fils du complot ourdi contre moi depuis le début, ni à deviner pourquoi Noura a soudainement disparu. Sauf peut-être une information. Une périphrase au détour d'un article, qui a attiré mon attention, que j'ai relue plusieurs fois sans pour autant mesurer sur le moment l'importance qu'elle pouvait revêtir. J'ai reposé la feuille de chou et j'ai mis mon nez à la fenêtre. Pendant longtemps, j'ai regardé défiler les paysages de la France profonde qu'en réalité je ne connais presque pas. De La Mennais, je sortais peu ; je ne fréquentais pas souvent les bocages bretons ou les quelques forêts de hêtres qui nous entouraient. Ensuite, les études et les rares virées nocturnes dans la capitale avec Loïc furent mes seules occupations. Puis l'ascension de la Rodrigo, les allers-retours occasionnels vers nos labos de province, en coup de vent, ne me laissaient guère le loisir de m'attarder en Sologne, dans le Berry ou dans la Beauce. Je n'ai eu ni la possibilité, ni au fond le désir, de découvrir les vallées de la

Dordogne, pas plus que les plaines du Nord ou les volcans d'Auvergne. Aussi, hier, j'ai pris le temps d'observer avec intérêt le panorama champêtre et varié que m'a offert cette traversée ferroviaire, les champs labourés et fumants, cernés de bruyères, les petits hameaux perdus dans la brume, les pins sylvestres encore verts qui rivalisent avec l'orangé des quelques feuilles que retiennent les bouleaux et les chênes. Je me suis mis à rêver devant ces tableaux bigarrés et pittoresques tandis que mûrissait en moi cette étrange notation d'un petit encart du *Monde* : «… la police a également perquisitionné la somptueuse propriété de Loïc Martin dans la vallée de Chevreuse, non loin de Rambouillet… ». Loïc ne m'avait jamais parlé de cette fameuse « propriété ». Il n'avait jamais exprimé l'intention d'acquérir une résidence secondaire, n'avait pas non plus fait état d'un quelconque héritage. Nous passions nos dimanches matin au golf, parfois les samedis aussi. S'il avait eu une maison de campagne, je l'aurais su ! Est-il possible qu'il ait acheté cette demeure depuis mon départ de France il y a un peu plus d'un an ? Ce n'est pas exclu, mais le plus probable est plutôt qu'il m'ait caché l'existence de ce bien. Pendant toute la fin du trajet, je me suis demandé pourquoi. Ni le défilé des prairies, des arbustes ou des villages, précédant celui des HLM de banlieue à l'approche de la ville, ni les visages patibulaires de mes voisins de compartiment, ni le skaï orangé de la SNCF ne m'ont apporté de réponse.

Une fois à Paris, il me restait de quoi me payer une chambre d'hôtel dans un établissement simple, mais d'un confort suffisant. Comme cette chambre donnait sur cour, je n'ai souffert d'aucun désagrément sonore et, contre toute attente, les multiples tourments auxquels je suis en proie ne m'ont pas empêché de trouver le sommeil. Après un dîner gourmand – une entrecôte accompagnée d'un gratin dauphinois, suivie d'une tarte tatin, le tout arrosé d'un modeste mais très abordable beaujolais –, j'ai dormi huit d'heures d'affilée, paisiblement. À une heure de l'après-midi, je suis installé à l'intérieur du restaurant de Jo Goldenberg. Je guette. Un peu en avance sur l'horaire, Marthe entre et se dirige droit vers ma table, comme si elle connaissait déjà ma place. J'ai de nouveau faim, mais je ne sais que choisir au sein de la carte. Je ne connais rien à la cuisine juive d'Europe centrale ; je ne suis même pas sûr de comprendre la description sommaire des plats. Marthe est apprêtée. Elle porte une robe bleu marine à manches longues, ornée d'une broche. Le fond de teint lui donne assez bonne mine et dissimule en partie ses rides. Je regrette son rouge à lèvres un tantinet criard, mais j'admire sa mise en plis, de facture récente. D'ailleurs, elle sort peut-être de chez le coiffeur. Elle commande pour nous deux des boulettes de poissons accompagnées de *farfels*. Je lui pose la question qui me brûle les lèvres :

– Alors, ils vous ont relâchée ?

Elle hausse les épaules.

– J'en ai vu d'autres, mon petit. Je n'ai pas vécu des moments très agréables dans les geôles marocaines, c'est sûr, mais j'ai tenu ma langue. Les flics qui m'ont interrogée avaient des méthodes, comment dire…, persuasives ! Mais je n'ai pas cédé un pouce de terrain. Ils en sont venus à douter que je sache quelque chose, je crois. Pour une raison ou une autre, ils se sont finalement sentis obligés de me libérer. Je pense que je suis sur écoute, peut-être même espionnée par la police depuis que j'ai mis les pieds sur le territoire français, mais je suis capable de me débrouiller pour les semer. Ici, nous sommes tranquilles. J'ai toute confiance dans le personnel, on ne nous dénoncera pas.

– Espérons-le… Où est Noura ?

– Ce que je t'ai dit au téléphone reste vrai, je n'ai pas de nouvelles. Mais j'ai la certitude qu'elle est en vie.

Le regard de Marthe se perd dans la vitrine du restaurant. Dehors, sur la terrasse, tables et chaises sont rangées pour l'hiver, soigneusement alignées et empilées le long du mur. C'est sur cette terrasse qu'Anne a été abattue. Je respecte le recueillement de Marthe. Elle ajoute :

– Quand Anne est morte, je l'ai senti. Je n'ai pas eu besoin d'allumer le poste. J'ignorais qu'il y avait eu attentat. Mais à l'heure précise de son décès, à l'heure où ces monstres ont tiré en rafale, un étau m'a écrasé la poitrine. L'image de ma sœur m'est apparue. J'ai su que c'était fini, que je ne la reverrais plus. Dans la suite de la journée, je n'ai parlé à personne, je n'ai pas voulu avoir la confirmation de ce qui était plus qu'un pressentiment. Vers le soir, le téléphone a sonné longtemps ; à la vingtième sonnerie, je me suis résignée à décrocher. C'était Didier Le Bellec, son mari, au bout du fil, qui a malheureusement confirmé mon intuition.

Un voile d'une infinie tristesse parcourt son visage et disparaît aussitôt. Un rayon de soleil vient éclairer Marthe, qui l'amène à se ressaisir et à revenir à notre sujet.

– Si Noura était elle aussi perdue, je crois que je l'aurais ressenti de la même façon. Mais ce n'est pas cette impression qui forge ma certitude.

Je me rassure. Si je ne devais me fier qu'aux instincts plus ou moins magiques de Marthe pour être sûr que Noura est en vie, je n'aurais guère qu'une confiance limitée. Heureusement, Marthe a d'autres éléments.

– La disparition de Noura a été organisée par David, dans le but de piéger Loïc. Et le bougre a sauté à pieds joints dans le guet-apens !

Elle sourit. Je remarque pour la première fois que, en haut, une prémolaire est couverte d'une couronne en argent et que, en bas, il en manque une. Ce constat m'amène à penser que Marthe ne m'avait jamais vraiment souri pendant les brèves périodes où nous avons vécu ensemble. Beaucoup d'émotions nous ont traversés en peu de temps : des espoirs, des contrariétés, des colères, des inquiétudes et des regrets. Mais nous n'avons jamais ri franchement.

Il n'y avait pas de quoi. Cette fois-ci, elle semble satisfaite, comme comblée, heureuse, proche d'un dénouement qu'elle attendait depuis longtemps. Elle m'explique le plan que Rosenberg a imaginé pour duper Loïc et qui a fonctionné au-delà de ses espérances. Noura a poursuivi la relation qu'elle avait entamée avec Loïc, multipliant les rendez-vous, les conversations, les déjeuners. Peu à peu, et avec la finesse et la subtilité qui la caractérisent, elle a laissé croire à Loïc qu'elle savait où je me trouvais. Elle lui a aussi laissé entendre que, tapi quelque part dans la capitale, je préparais mon retour et ma vengeance. Bientôt, le passé du père de Loïc apparaîtrait au grand jour et l'on dévoilerait les activités parallèles du nouveau PDG de la Rodrigo. Se faisant de plus en plus menaçante, elle a fini par insinuer qu'elle était de mon côté. Il s'est emporté, s'est élevé contre la calomnie, a affirmé qu'il n'exerçait aucun genre d'activité parallèle. Elle a évoqué le financement d'organisations clandestines et de groupuscules d'extrême droite. Il a éructé des injures, prêt à porter la main sur elle. Elle s'est enfuie sous les yeux médusés de sa femme, laissant volontairement tomber au passage un petit bout de papier déchiré sur lequel était griffonnée une adresse dans Paris, avec un étage et un numéro de porte. Il s'agissait d'une chambre de bonne dans laquelle Noura résidait. Loïc s'y est précipité le soir même avec l'intention de la faire parler, a forcé l'entrée. Noura avait pris soin de déguerpir et de disparaître auparavant, bien sûr. Loïc a mis le logis sens dessus dessous, en quête d'un indice qui lui permettrait de me retrouver et sans doute de m'éliminer, mais il est reparti bredouille. Tandis que Noura s'était déjà volatilisée depuis deux semaines, David s'est arrangé pour que la police apprenne l'existence de ce lieu et le visite à son tour. Il y traînait encore des vêtements et des effets personnels appartenant à Noura. Mais les flics y ont également découvert les empreintes digitales de Loïc, qu'il avait laissées partout. Un voisin a aussi témoigné qu'il avait aperçu cet étrange personnage s'infiltrer dans l'immeuble, gravir les étages et pénétrer de force chez Noura. La silhouette décrite correspondait bien à celle de Martin. Voilà comment Loïc est bêtement tombé dans le panneau et s'est retrouvé accusé d'avoir enlevé Noura.

Maintenant, la question est de savoir où est Noura. Marthe n'en a pas la moindre idée, mais David l'assure qu'elle n'a pas vraiment disparu. Elle se planque quelque part. Loïc a toutefois déjà été libéré après sa garde à vue. Il est assigné à résidence, mais, en l'absence de preuve irréfutable, aucune charge n'a pour l'instant été retenue contre lui et il n'a pas été placé en préventive. Cependant, par son acte inconsidéré, il a avoué sa culpabilité. Oui, il a manigancé un mauvais coup contre moi pour m'éliminer ; oui, il a délibérément fait croire que j'avais commis un délit d'initié, et, oui, il organise des financements occultes. À moi de jouer, désormais. Terré chez lui, Loïc doit être en pleine panique. C'est le moment de le cueillir.

Un serveur nous apporte nos plats fumants. Il est coiffé d'une kippa et il m'en tend une, me conseillant de la mettre à mon tour. Tandis que je viens de la poser sur l'arrière de mon crâne, Marthe éclate de rire. Elle se lève en se moquant :

– Tu ne ressembles à rien, elle est complètement de traviole !

Elle passe derrière moi, la réajuste au mieux et se rassied, satisfaite :

– Voilà, tu es moins ridicule. Allez, mange vite, tu n'as plus un instant à perdre. Martin est aux abois.

Mais j'ai envie, moi, de prendre mon temps, de savourer le moment autant que les *farfels*. Je réclame du vin. On m'en apporte. Nous trinquons. Loïc, au pied du mur, va être acculé à m'avouer ses manigances. Je serai bientôt blanchi. L'État devra me faire ses excuses aussi bien que les médias, le conseil d'administration de la Rodrigo, tous ceux qui m'ont tourné le dos, ont fait mine de ne pas me connaître, ceux qui se prétendaient mes amis, mais qui ont douté de ma probité et clamé leur méfiance constante. Ma revanche va être terrible. Ensuite, Noura reviendra. Nous élèverons ensemble notre fille Anissa, nous aurons d'autres enfants. Nous achèterons une maison au bord de la mer, à Casablanca peut-être. Ma joie est immense. J'ai envie de prendre Marthe dans mes bras, de la serrer contre moi… Je me retiens. Je déguste mes boulettes sans quitter des yeux celle qui s'est révélée être ma mère. Si je m'écoutais, je lui pardonnerais presque l'impardonnable, cette blessure profonde que m'a laissée son abandon. Mais le temps presse, il est urgent de forcer le destin en affrontant Loïc. Je n'ai pas de quoi payer mon déjeuner. Je fais mine de chercher des billets dans mes poches en me levant de table. Marthe attrape mon bras.

– Laisse. Allez, file, dépêche-toi.

Je quitte le restaurant sans un adieu et je me précipite vers le métro Saint-Paul. Trente minutes plus tard, je suis avenue Mozart, sous les fenêtres du luxueux appartement de Loïc. Il y a un code à l'entrée, que je ne connais pas. Je patiente un quart d'heure avant qu'une vieille dame, fichu gris sur la tête et imperméable Burberry's sur le dos, ouvre la porte et me laisse pénétrer dans l'immeuble d'un air méfiant, essayant même en vain de refermer derrière elle. Je passe devant elle, gravis quatre à quatre les marches de l'escalier majestueux, recouvert d'un velours rouge. Loïc va me le payer ! Quand j'atteins le palier du quatrième étage et que je me prépare à entrer dans cet appartement où je suis venu dîner quelquefois du temps que nous étions amis, je suis empli d'une formidable énergie, je suis prêt à déplacer des montagnes : je ferai craquer Loïc, je le forcerai à avouer son ignoble forfait. Il n'emportera pas au paradis le supplice que j'ai subi à Golfech par sa faute, les semaines d'errance qui ont précédé mon arrestation et l'exil qui l'a suivie, les mois de solitude, et l'infamie qui m'a frappé.

La porte est grande ouverte. Il y a une drôle d'odeur. Je fais un pas dans le vestibule. Le parquet grince, rompant le silence de mort qui semble régner dans toutes les pièces. Un autre pas. Le couloir donne sur le grand salon. J'aperçois la table basse sur le tapis persan et, en arrière-plan, le pompeux Bösendorfer esseulé. J'avance un peu, je me sens déjà moins assuré qu'il y a quelques secondes. D'une voix que je voudrais plus ferme, j'appelle :

– Loïc ? Loïc, c'est moi ! J'ai à te parler !

Rien. Pas de réponse, pas un bruit. Le salon est vide. Je vois une lampe renversée, des magazines éparpillés près du piano. Le tabouret est par terre aussi. Je me dirige vers la chambre à coucher. Je pousse la porte. La femme de Loïc est allongée sur le lit.

– Oh, désolé, Nathalie ! Je... je souhaiterais voir Loïc.

Je n'ai pas remarqué son immobilité complète. Je n'ai pas remarqué que ses poumons ne se soulevaient pas. Je n'ai pas remarqué la mare de sang dans laquelle gît sa nuque. Ce n'est qu'en m'approchant que je découvre la triste réalité : Nathalie, l'épouse du traître, vient d'être abattue. L'odeur de la poudre flotte encore dans la chambre. Derrière moi, une voix que je connais bien précise d'un ton morne :

– C'est Loïc qui l'a tuée. C'est pratiquement sûr. Je suis arrivé trop tard.

Je me retourne : David Rosenberg, les mains enfouies dans les poches de son jean, balance sa tête d'un air désolé.

David me recommande de rentrer à Beaumont au plus vite. Je proteste. Il insiste : je devrais fuir avant d'être inquiété. Je me récrie :

– Pourquoi est-ce que je serais accusé ? Je connaissais à peine Nathalie ; tout au plus nous sommes-nous rencontrés en quelques occasions, dîners chez l'un, chez l'autre, ou cocktails en ville, autrefois, avant ma fuite. Nous n'avions rien à voir ensemble, nous ne nous fréquentions pas réellement. Depuis mon retour en France, je n'ai pas eu le moindre contact avec elle. D'ailleurs, officiellement, je ne suis pas rentré. De toute façon, je n'avais eu aucune raison de lui en vouloir, encore moins de la tuer. C'est ridicule.

– C'est plus compliqué que tu ne le penses. Tu es là, devant son cadavre, et tu pourrais bien l'avoir assassinée, qui sait ? Quant à moi, je ne suis pas à même de te disculper. En outre, je n'ai plus d'existence légale non plus. Un bon conseil : retourne à Beaumont pour le moment. Loïc n'ira pas te chercher là-bas, dans un premier temps, du moins.

– Loïc ? C'est moi qui le cherche !

– Je sais. Mais, pour l'instant, tu es en danger. Va te planquer, je te dis. Tu vois de quoi il est capable ?

D'un coup de menton, il désigne le corps sans vie de la pauvre femme. L'argument n'est pas sans convaincre, je dois l'avouer. Mais je n'avais pas prévu de rejoindre si vite la petite planque d'où je n'étais sorti que pour rencontrer Marthe. Je n'ai plus un denier, je ne peux plus me payer un billet de train. Je m'en ouvre à David. Il n'est pas en mesure de me dépanner, il n'a rien non plus sur lui. Je veux bien suivre son conseil, cependant, mais, avant, j'ai une autre question à lui poser : à quoi ressemble cette résidence dans la vallée de Chevreuse ? Je me demande si ce n'est pas là que nous allons trouver la pièce manquante de notre puzzle. David connaît-il l'adresse de cette demeure ? Bien sûr, il sait parfaitement où se situe la propriété de Loïc. Il l'a toujours su. Il est au courant de son existence depuis que Loïc en a fait l'acquisition il y a plus de cinq ans. Seulement voilà, le coin est bourré de gendarmes, l'accès à la maison est presque impossible. De toute façon, on n'y découvrirait rien d'intéressant. Quand David a été convaincu que je n'étais pas impliqué dans l'affaire de la rue des Rosiers, ni dans celle du délit d'initié, ses soupçons se sont portés sur Loïc et il a enquêté sur lui. Entretenait-il des relations avec d'anciens collaborateurs ou des partisans d'idéologies sulfureuses, finançait-il des réseaux néonazis du type de ceux qui pourraient bien être à l'origine de l'attentat ? Il a cherché minutieusement. Il n'a rien trouvé. Jamais cette demeure n'a abrité le moindre terroriste. Jamais elle n'a servi de centre de commandement secret, jamais elle n'a facilité le développement de réseaux clandestins. Non. C'est beaucoup plus simple que tout cela. Loïc utilisait cette maison de campagne pour y recevoir… ses nombreuses maîtresses !

Les bras m'en tombent. Loïc ? Des maîtresses ? Mais qui, quoi, comment ? Et moi, son meilleur ami, je ne me suis jamais douté de quoi que ce soit ! Je n'en reviens pas. Je me demande si David n'est pas en train de me jouer un nouveau tour. Il poursuit :

– Cette découverte est secondaire. La plus importante, c'est celle-ci : l'attentat de la rue des Rosiers n'est sûrement pas imputable aux groupuscules d'extrême droite, j'en ai acquis la plus intime conviction. J'ai de très bonnes raisons de penser qu'il s'agit du coup de Fatah-Conseil révolutionnaire, un groupe palestinien radical cherchant à déstabiliser Arafat. Aussi, les nazis pourraient n'avoir rien à faire là-dedans, pas plus que toi, et finalement Loïc non plus.

Je veux bien le croire. Mais alors ?

– Loïc n'est pas un idéologue. Pas du tout ! Toi qui le connais, tu devrais déjà le savoir. S'il a gardé des contacts avec des collabos clandestins, c'est par reconnaissance pour ce qu'ils ont fait pour lui, par fidélité à son père. Point final. Il n'a rien ni pour ni contre les Juifs. *Idem* pour les communistes, les Arabes ou les francs-maçons, il s'en fout ! Mais il en a après toi, en revanche. Oui, c'est bien lui qui t'a foutu dedans, c'est bien lui qui a fabriqué le faux délit d'initié, c'est bien lui qui a tout fait pour qu'on te soupçonne de financer des groupes terroristes, espérant qu'on te liquide. Et il a bien failli y arriver, il faut le reconnaître.

Nous parlons, David et moi, dans la sinistre pénombre qui s'installe, à côté de la dépouille de la pauvre Nathalie, sans lui prêter la moindre attention. Quand je suis entré dans la pièce, je me suis signé, par un vieux réflexe hérité de La Mennais. C'est le seul hommage que nous aurons rendu à la défunte. Ni David ni moi n'avons le temps ni l'intention de laisser place à l'émotion. Je dois avouer que je ne ressens pas véritablement de peine devant le corps ensanglanté de cette femme que je connais finalement assez mal. Je n'éprouve pas de tristesse. Un malaise, plutôt, du dégoût, de l'inquiétude, mais du chagrin, pas vraiment. David, qui en a vu d'autres, est encore plus indifférent que moi.

– Ce que tu es en train de me dire, c'est que Loïc a conspiré contre moi, comme nous l'imaginons depuis longtemps déjà, mais que toute cette affaire n'a finalement rien à voir avec son passé, ni avec le mien, ni avec d'éventuelles amitiés inavouables.

David me prend par le bras et m'invite à quitter l'appartement.

– Viens, allons-y, ne restons pas là. Les collègues ne vont pas tarder à rappliquer. La détonation a dû s'entendre dans tout le quartier.

Je le suis docilement en m'impatientant. J'aimerais bien avoir le fin mot de l'affaire.

– Hein ? Mais alors pourquoi m'a-t-il planté ce poignard dans le dos ? Par jalousie, c'est ça ? Parce qu'il voulait la tête de la Rodrigo ?

David me dévisage d'un air interloqué. Si Roucaud avait émis cette hypothèse au cours de mon premier interrogatoire, Rosenberg, lui, ne semble pas du tout y avoir pensé. Non, bien sûr que non, cela n'a aucun rapport avec l'entreprise florissante que Loïc et moi avons fondée et dont je tenais les rênes de main de maître par ailleurs. Loïc y trouvait parfaitement son compte, déchargé des emmerdes liées aux responsabilités de chef et comblé par nos larges dividendes. Il n'a jamais envié mon sort, et ce n'est qu'à contrecœur qu'après mon départ il a accepté le poste de président, sur l'insistance du conseil d'administration. Il s'en serait bien passé ! Non, s'il m'a éliminé, c'est pour une tout autre raison, que David me dit avoir découverte, un peu par hasard. Nous sommes maintenant sortis de l'appartement et nous descendons l'escalier à pas de loup, guettant l'éventuelle arrivée d'un visiteur inopportun, avant de nous éclipser. Nous parcourons quelques dizaines de mètres sur le trottoir, pour rejoindre la voiture de David, une Golf gris-vert passe-partout, garée presque en face du commissariat. En allumant une Gitane, il démarre et me lance :

– Je te ramène à Beaumont. On aura toute la route pour discuter, je vais t'expliquer.

Nous remontons l'avenue Mozart jusqu'à la Muette. Tandis que l'avenue Ingres nous aurait conduits directement vers le boulevard périphérique, puis à l'autoroute A10 que nous devons emprunter pour atteindre Bordeaux et enfin le Tarn-et-Garonne, David tourne à droite dans l'avenue Raphaël. À la hauteur du 34, il s'arrête devant un immeuble moderne et cossu. Me montrant du doigt le sixième étage, il m'indique :

– C'est là-haut qu'habite René Bousquet, tu vois. D'une certaine manière, c'est à lui que tu dois une partie de tes malheurs. Il travaillait pour ton père pendant la guerre, et le père de Loïc travaillait pour lui. J'ai longtemps cru que je pourrais vous relier tous les deux à ce type et à la rue des Rosiers. Mais je me suis trompé. Vous n'avez rien à voir ni avec l'un, ni avec l'autre, et Bousquet n'a pas de rapport non plus avec l'attentat. Je ne désespère pas pour autant de lui mettre la main dessus, un de ces jours, et de lui faire payer son passé.

J'ai honte. Honte d'être né, honte d'être là, bien vivant alors que les enfants du Vél'd'Hiv sont morts. Honte d'avoir aimé mon père, de l'aimer encore par-delà la tombe, malgré moi, malgré tout ce que j'ai appris. Cherchant à soulager ma conscience, je laisse exploser mon indignation :

– Salaud de Bousquet ! Comment l'humanité peut-elle engendrer des monstres pareils ? Je me le demande chaque jour. Surtout depuis que je sais que mon père…

Ma voix a déraillé. Je n'arrive pas à finir ma phrase. Je déglutis pour éviter de me ridiculiser devant David. Le flic, blasé, secoue la tête. Décidément, je n'ai rien compris. Il sort une autre cigarette de la poche de son blouson de cuir et me tend le paquet. Je refuse d'un geste de la main. Il fait maintenant presque nuit. David coupe le contact et entrouvre la fenêtre pour évacuer la fumée.

– Bousquet ? m'interroge-t-il en recrachant une bouffée. Un salaud ? Un monstre ? Non, mais tu l'as vu, Bousquet ? Tu sais à quoi il ressemble ? C'est ça que tu appelles un monstre ? Je vais te dire un truc, Rodrigo. Bousquet n'a rien d'un scélérat féroce. Moi qui l'ai déjà rencontré plusieurs fois, je te le dis comme je le pense et ça va te surprendre : ce bonhomme est un type ordinaire. C'était un fonctionnaire ambitieux, certes. Doué, intelligent, efficace. C'est ce dont il se vante toujours, d'ailleurs. Efficace, son maître mot.

Je ne comprends pas où David veut en venir. Je m'emporte :

– Efficace ? Efficace pour faire déporter les hommes, les femmes et les enfants innocents dans des camps ? Ah oui, ça, il en faut de l'efficacité ! Mais qu'est-ce que tu racontes ?

J'ai attrapé le col de son blouson. Il se dégage d'un geste brusque, me projetant contre la portière.

– Calme-toi, s'il te plaît ! Laisse-moi parler. René Bousquet était un bon préfet de la Marne, un fonctionnaire zélé et consciencieux. Deux fois, on lui a proposé des ministères ; deux fois, il a refusé, parce qu'il préférait poursuivre au mieux la tâche qui lui avait été confiée. Quand il devient finalement secrétaire général à la Police en avril 42, il entreprend de négocier avec les Allemands, de les amadouer. Il organise les déportations, il devance même les ordres. Pourquoi, à ton avis ?

– Parce qu'il était antisémite !

– Antisémite…, c'est possible. Mais il s'en est toujours défendu. Aujourd'hui encore, il clame que non, pas du tout, il n'avait rien contre les Juifs. Et tu sais quoi ? Moi, je le crois, Bousquet !

D'entendre David parler ainsi, je me demande si je ne rêve pas, ou ne cauchemarde pas. Il continue son argumentation sans prêter la moindre attention à ma sidération.

– Dans les années trente, l'Europe entière était antisémite, persuadée que le complot juif international était à l'œuvre pour sucer le sang des enfants de la patrie. C'était la croyance commune. Bousquet ne la partageait ni plus ni moins qu'un autre. Je vais t'étonner encore plus : j'ai rarement croisé un regard aussi franc que celui de ce type. Il est convaincu d'avoir fait de son mieux. Il n'est pas traversé par une once de remords, tu vois. Combien de milliers de personnes sont mortes dans les camps à cause de lui, il l'ignore. Il n'a gardé en mémoire que celles que son zèle collaborationniste a pu sauver. Et il est vrai que certaines ont été épargnées grâce à lui, grâce à son action… À commencer par Mitterrand, tiens, qui ne serait peut-être plus de ce monde sans son intervention. Oui, c'est sans doute ce qui explique l'étrange fidélité, politiquement risquée, du président à l'ancien préfet. Il lui doit la vie sauve, tout simplement.

– Mais enfin, Bousquet est responsable de ces deux crimes contre l'humanité que sont la rafle du Vél'd'Hiv et celle de Marseille ! Le scandale, c'est qu'il n'ait pas été puni et qu'il ait pu faire une carrière brillante dans le privé, gardant des amis haut placés. C'est révoltant !

David me toise avec une certaine bienveillance mêlée d'une forme de condescendance.

– Oui, bien sûr, tu as raison. Ajoutons même que tout ce beau linge ne s'est pas ému le moins du monde de faire affaire avec ce personnage funeste. Mais il est indéniable que personne ou presque, à l'époque, ne l'a considéré comme un monstre. On n'a voulu voir en lui que le fonctionnaire discipliné, l'exécutant méthodique de la politique de Laval. Et c'est sans doute ce qu'il a été : un rouage de l'horreur. Et Bousquet lui-même, en son for intérieur, se croit innocent. On pourra le rejuger et le recondamner cent fois, il y a quelque chose qu'on ne pourra jamais faire, même avec toutes les menaces, les cours d'assises et les prisons de la planète, c'est ébranler sa conscience ou susciter ses remords. Il mourra l'âme en paix, convaincu du bien-fondé de son action. Les plus grandes exactions ne sont pas commises par d'abominables criminels assoiffés de sang, mais par des types normaux, de caractère zélé, soumis par vocation aux autorités jugées légitimes. Voilà ce que je pense.

Il lève le nez vers le balcon du sixième, d'un air pensif, puis il jette sa cigarette par l'interstice de la vitre et démarre. Nous sommes cette fois en route vers Beaumont pour de bon. Je crois que s'il a tenu à me faire ce discours avant que nos chemins se séparent sans doute à jamais, ce n'est pas pour disserter sur la psychologie de René Bousquet dont je n'ai cure, encore moins pour me donner une leçon de psychosociologie générale. Non, je pense que David a voulu m'aider à m'accepter moi-même, à endosser le seul rôle auquel je ne pourrai jamais renoncer, celui qui consiste à être le fils de Juan, de John, de Johann. Ce brave type, ce gentil mari, doux et attentionné, ce petit serveur de bistrot argentin, ce père aimant fut aussi l'un des artisans de la solution finale et, en même temps, le sauveur de Sarah, ma mère, arrachée aux griffes de la Milice qui la conduisait à une mort certaine. Je suis le produit de cette ambivalence et, que je le veuille ou non, et je suis désormais condamné à vivre avec.

Nous nous traînons en silence depuis plus d'une heure dans les embouteillages quand, enfin, la circulation se fluidifie quelque peu. David appuie sur le champignon. Il aime rouler vite, se justifie-t-il dans un sourire. Je demande :

– Où est Noura ?

Il cligne des yeux et fronce les sourcils, coupe le sifflet de la radiocassette qui diffusait en sourdine *L'Aziza*, de Daniel Balavoine, une chanson qui me rappelait mon Orientale à moi. Nous n'entendons plus que le vrombissement des quatre cylindres poussés à près de cinq mille tours, malgré la cinquième vitesse démultipliée. Le compteur fleurte allègrement avec les deux cents kilomètres-heure. J'ai l'impression que David accélère encore, peut-être pour attirer mon attention vers la route, pour provoquer mon inquiétude et nous détourner du sujet. Il retarde le moment où il va devoir me dire la vérité. Mais je ne me laisse pas distraire, je ne le lâche pas du regard jusqu'à ce qu'il réponde :

– Noura… Noura est dans la maison de Loïc, en vallée de Chevreuse. C'est là qu'elle s'est réfugiée il y a un mois.

Ai-je bien entendu ? Ai-je complètement perdu la raison ? Suis-je en proie à d'improbables hallucinations auditives ? Noura, qui était censée piéger Loïc, a disparu depuis plusieurs semaines. Loïc a été accusé par la police de l'avoir enlevée. Marthe a prétendu que ces manœuvres faisaient partie de la stratégie édictée par

David. Mais voilà que Rosenberg m'apprend que Loïc a hébergé Noura pendant toute cette période, et encore aujourd'hui. Après avoir repris mon souffle et mes esprits, je demande :

– Comment ça, « c'est là qu'elle s'est réfugiée » ? Tu veux dire qu'il l'a véritablement enlevée ?

– Non, j'ai bien dit « réfugiée ». Planquée, si tu préfères…

– Je ne comprends pas.

– Ou plutôt tu ne veux pas comprendre…

Il se racle la gorge. Tenant le volant d'une main, il attrape ses cigarettes de l'autre, dégaine son Zippo et en allume une en gardant un œil intermittent sur l'autoroute dont les rambardes défilent à toute allure. Nous sommes à nouveau envahis par une fumée bleue qui lui sert de voile protecteur. Je distingue moins bien son embarras.

– Bon, si tu préfères, je vais te mettre les points sur les *i* ! Loïc et Noura sont amants ! La disparition de Noura, contrairement à ce que pense Marthe, ne fait pas partie de mon plan, mais du leur. Ils ont joué double jeu avec une adresse remarquable et je me suis fait avoir comme un bleu.

Il aspire une longue bouffée et écrase cette fois le champignon en même temps que sa cigarette, sans doute pour contenir son courroux. Il est pétri de honte. La fable du petit bout de papier comportant l'adresse de Noura, lâché exprès chez Loïc, l'histoire de l'irruption de Martin chez Noura, des empreintes digitales laissées conduisant à son arrestation, tout ce scénario bien huilé que Marthe m'a raconté en détail et auquel la malheureuse croit dur comme fer, tout cela est entièrement faux. La vérité vraie, celle à laquelle personne n'avait pensé, c'est Nathalie, la femme de Loïc, qui l'a découverte. Elle en a été aussitôt récompensée d'une balle dans la nuque. David relâche l'accélérateur, se rabat et adopte une vitesse plus raisonnable. Il continue son explication :

– La version authentique, la voici. Elle est peut-être dure à avaler, mais il faut bien que je te la révèle. Loïc et Noura sont amants, depuis longtemps. Parmi les maîtresses qui ont défilé en vallée de Chevreuse, l'une d'entre elles y a posé ses valises et laissé sa brosse à dents : Noura.

Je ne suis pas sûr de vouloir entendre la suite, mais David ne s'arrêtera plus. Il enchaîne :

– Disons qu'à partir de fin 84, elle a définitivement chassé les autres prétendantes et elle est en quelque sorte devenue la favorite. Les tourtereaux étaient très malins et très discrets. Ils évitaient de se voir pendant les week-ends, préservaient vos matinées de golf avec Loïc, tes escapades amoureuses dans les bras de Noura et les après-midis pianistiques du petit Martin. Ils se comportaient avec toute la prudence nécessaire pour ne jamais éveiller tes soupçons ni ceux de Nathalie. Ils privilégiaient les après-midis en semaine. Tu étais au siège. Loïc prétextait une visite d'usine, des rendez-vous en province, etc. Noura ne se justifiait pas. D'après ce que je sais, tu ne lui demandais de toute façon pas à quoi elle occupait ses journées tandis que de ton côté tu te dépensais sans compter pour la Rodrigo. Quand tu partais en voyage pour quelques jours, Noura ne t'accompagnait jamais et Loïc rarement : c'était l'occasion pour eux de passer plusieurs nuits d'affilée à Rambouillet. Nathalie se laissait berner par une fable quelconque. Elle ne connaissait pas ton emploi du temps et ne remarquait pas la concomitance de tes déplacements avec les absences de son mari.

David me jette un bref regard à la dérobée. Je dois avoir l'air d'un poisson rouge : mâchoire tombante et yeux globuleux. Il enfonce le clou :

– Il n'y a pas plus aveugle que celui qui ne veut pas voir, Rodrigo. Tu aimais cette femme et tu étais persuadé qu'elle éprouvait pour toi la même passion. Il ne t'est pas venu à l'esprit que ton ami Loïc, ton numéro deux, pouvait avoir été séduit comme toi par cette beauté fatale. Nathalie n'en a pas non plus eu le moindre soupçon. Jusqu'au jour où.

– Jusqu'au jour où quoi ? Que s'est-il passé ?

– Jusqu'au jour où Noura est revenue dans leur vie. C'est drôle. Après avoir entretenu une relation clandestine dans la plus parfaite discrétion pendant des mois, les amants ont fini par se faire prendre comme des gamins lors de son retour à Paris.

Il s'est mis à bruiner. Le pare-brise est flouté par les gouttelettes que les essuie-glaces chassent régulièrement avec un grincement caractéristique. David, cramponné au volant, attentif à la circulation et à la signalisation, poursuit son récit sans se tourner vers moi, ne remarquant pas mon désarroi. Il y a plus d'un an, déjà, toute ma vie s'est écroulée, tout ce qui en faisait le sel, le prix, le plaisir. En quelques jours, j'ai perdu mon statut, ma fortune, mon entreprise, mes amis et, finalement, dans les sous-sols de Golfech, ma dignité d'être humain. Puis j'ai appris le passé honteux de mon père et, en même temps, j'ai su que ma mère n'était pas ma mère. Quand j'ai débarqué au Maroc, il ne me restait rien que le souvenir de Noura et la perspective merveilleuse de la revoir. Depuis, j'erre dans l'attente de nos retrouvailles définitives. Ce dernier espoir, ce dernier fil qui me raccrochait à l'existence vient d'être coupé. Mon esprit s'évade. Je n'entends plus les explications du flic que de manière lointaine. Ma décision est prise. Sitôt qu'il m'aura déposé dans l'appartement de Beaumont, je trouverai le moyen de mettre fin à mes jours ternes. Me venger de Noura et de Loïc ? À quoi bon ? Puisque je les ai tant aimés tous les deux, il n'est pas insensé, au fond, qu'ils se soient épris l'un de l'autre. Je pourrais leur jeter la pierre, les sermonner, leur reprocher leurs mensonges et leur déloyauté. Je pourrais exiger la réparation des calomnies, et cette réhabilitation dont j'ai tant rêvé. Je ne serai cependant jamais apte à briser ce qui les unit. Noura m'a échappé il y a longtemps, sans même que je m'en rende compte. Je n'ai plus rien. J'en veux désormais à David de n'avoir pas laissé le destin s'accomplir, d'avoir empêché ses collègues de tirer sur moi. J'aurais préféré y rester avant d'avoir à supporter ce drame.

Tandis que je rumine ces pensées macabres, David reprend son récit. Noura est donc allée chez Loïc. Il faut croire qu'ils ne s'étaient pas revus depuis un bon moment. Leurs retrouvailles ont été électriques. Nathalie a tout de suite remarqué qu'il se passait quelque chose entre eux, d'autant qu'elle les avait rarement aperçus ensemble. Son intuition féminine ne l'a, cette fois, pas trompée. Elle s'est mise à les épier, à écouter leurs conversations, à rechercher des signes. Elle les a aussi suivis parfois. Elle a fini par découvrir la maison de la vallée de Chevreuse. Pendant ce temps, Noura jouait double jeu et alimentait Marthe, Roucaud et David en informations plus ou moins réelles ou travesties. Ils galopaient comme des idiots, jusqu'à ce qu'un jour David reçoive un appel de Nathalie qui lui déroule tout le fil. Il n'en croit pas ses oreilles. Il lui recommande de garder le silence le plus longtemps possible, de glaner le maximum de renseignements qu'elle pourra saisir. Ainsi, Noura et Loïc étaient amants de longue date, lui annonce-t-elle. Mais, à partir du printemps 1985, leur relation devint de plus en plus difficile à tenir secrète. Ils se sont mis en tête de se débarrasser de moi. Avec la complicité de Noura, Loïc chercha un moyen efficace de me faire plonger. Apprenant ma vente d'actions, il eut l'idée de monter l'affaire du délit d'initié. Au ministère de l'Intérieur où il avait des relations, il fit courir le bruit que je pouvais être impliqué dans le financement de groupes clandestins organisant des attentats terroristes, dont celui de la rue des Rosiers. C'est ainsi qu'il a cru m'avoir définitivement balayé, jusqu'à ce que je réapparaisse à Casablanca. Entretemps, Noura avait accouché d'un enfant qui n'était pas de moi, mais de lui. Le projet était alors, semble-t-il, de se débarrasser de Nathalie à son tour. Mais Loïc a tergiversé. Pendant les longs mois que Noura a passés au Maroc, à mener sa grossesse à terme, puis à nourrir le bébé, il n'a pas eu le cœur de supprimer sa femme. Le moment des retrouvailles avec la belle Marocaine a été sans cesse repoussé. Enfin, Noura s'est décidée à rentrer à Paris.

Alors seulement, il a eu le courage et la volonté d'éliminer aussi Nathalie, d'autant que l'épouse s'était désormais débrouillée pour faire accuser son mari de l'enlèvement de Noura, par vengeance. C'est cette dénonciation anonyme qui a conduit à l'arrestation de Loïc. Comprenant le danger que représentait pour lui sa femme, le PDG de la Rodrigo Chemicals fraîchement nommé s'est alors résolu à l'assassiner. Il me savait sur le chemin de l'avenue Mozart, par Noura qui avait elle-même été informée par Marthe. Je ferais un coupable idéal quand on me découvrirait devant le cadavre. Heureusement, David est arrivé à temps pour me tirer de ce mauvais pas ! Fier d'avoir déjoué l'habile manœuvre de l'assassin, il se tourne vers moi, quittant un instant la route des yeux, et me sourit.

Ainsi, mon triste sort ne doit donc rien aux agissements de l'ancien préfet Bousquet, ni au passé honteux de mon père, ni à celui de Michel Martin, encore moins à la lugubre rue des Rosiers : il n'est que la désastreuse conséquence d'un adultère banal. Les deux personnes que j'aimais le plus au monde se sont liguées contre moi. David accélère à nouveau. L'aiguille du compteur s'élève et se penche vers la droite jusqu'au maximum. Nous roulons à pleine vitesse vers la dernière étape, vers mon seul et ultime objectif : la mort, la nuit éternelle, enfin.

David m'a déposé à Beaumont, me promettant, comme la fois précédente, de me rendre visite bientôt. C'était il y a huit mois. Il n'est jamais revenu. Le major Roucaud n'a pas non plus donné signe de vie. Dans le meuble en formica, j'ai trouvé des liasses de billets, me laissant de quoi survivre et subvenir à mes modestes besoins pendant plus d'une année. J'ignore qui les a déposés. Par la télévision et les journaux, j'ai appris que j'étais recherché pour le meurtre de Nathalie Martin. Loïc a endossé le rôle du veuf éploré. Noura a réapparu au Maroc et elle a pris soin de disculper son amant. Loïc n'est officiellement plus inquiété ni pour l'enlèvement, ni pour l'assassinat de son épouse. En mars, j'ai lu, dans un entrefilet, que David avait été réintégré par la police nationale. L'affaire Ganos n'est cependant pas close. Le meurtrier présumé de Nathalie Martin et de deux policiers est toujours en cavale. De temps en temps, je me grime et je vais faire quelques courses au supermarché qui se situe en contrebas de la ville, sur la route d'Auch, à dix minutes à pied de l'appartement. Avant d'entrer dans le magasin, je me balade pendant une heure près de la Gimone. J'ai bien songé à me jeter dans la rivière, mais le courant n'est pas assez fort et l'eau trop tiède. Je n'ai aucune chance d'y passer. Je me suis souvenu des accusations dont la Rodrigo Chemicals faisait l'objet : nos antalgiques étaient régulièrement utilisés par les candidats au suicide. Un surdosage assez important permettait de causer une mort certaine, rapide et sans douleur. Aussi était-il souvent question de réglementer plus sévèrement la prescription de nos produits. Nous nous battions et nous avons toujours obtenu gain de cause. Ainsi, dans la pharmacie d'en face, de l'autre côté de la rue, se trouve la clé de ma délivrance. Une boîte bien remplie de pastilles issues de la Rodrigo me donnerait de quitter ce monde. Hélas, je ne dispose d'aucun moyen pour me procurer une ordonnance. Malgré moi, je suis encore en vie. Les jours passent et rallongent progressivement. Voilà le printemps, les bourgeons, le chant des alouettes, des merles, des étourneaux. J'ai fini par prendre mes habitudes. Manger, marcher, dormir. Faire semblant de vivre. N'aimer point. Ne pas haïr non plus. Ne plus penser. Me souvenir. En janvier, j'ai entrepris d'écrire cette autobiographie. Juillet est arrivé. D'intenses pics de chaleur sèche alternent avec la tramontane et le vent d'autan, qui amène de salvatrices averses. Je termine mon récit aujourd'hui ; je suis parvenu au bout de mon histoire.

Je fais le compte de ce qui reste dans ma cagnotte. Trois cent cinquante-deux francs. Je peux tenir encore un mois ou deux, pas beaucoup plus. Après, je n'aurai plus de quoi me nourrir. Aurai-je le cran de succomber à la famine ? Je prie le Ciel de m'en donner la force. Depuis La Mennais et ses génuflexions forcées, je ne m'étais plus adressé au Tout-Puissant. Je le supplie aujourd'hui de m'accorder le courage de le rejoindre. Je vais ranger ce manuscrit dans l'armoire. Après mon décès, quelqu'un finira bien par tomber dessus.

À l'éventuel lecteur de ces lignes, je n'ai qu'une requête à présenter : qu'il transmette à Marthe mon affection et mon pardon. Qu'il dise à Jawad et à Fatima combien je les ai aimés et combien ils me manquent. Qu'il indique à Noura et à Loïc où se trouve ma tombe. Qu'il leur demande de venir la fleurir à la Toussaint.

Henriette a fait appeler une ambulance qui est venue chercher le corps. Après avoir abondamment aéré la pièce, Roucaud a demandé à son adjoint Mollard de retourner à la gendarmerie pour assurer la permanence. Le major avait de longues heures de lecture devant lui, s'est-il justifié. David et Henriette se sont assis face à lui. Et ils ont lu, à haute voix et à tour de rôle, le récit de Rodrigo Ganos, s'arrêtant juste le temps de boire un verre d'eau et de se dégourdir les jambes. Six heures plus tard, ils sont arrivés au bout du texte de Ganos. Henriette, qui n'avait suivi l'affaire que de loin, s'exclame :

– Eh ben, mon Jacques, tu m'en fais des cachotteries depuis deux ans ! Tu ne m'avais pas raconté tout ça, hein ?

Roucaud ironise :

– Tu n'as qu'à téléphoner plus souvent, ma chérie. Tu ne m'as pas donné beaucoup de nouvelles ces derniers temps. On dirait que tu ne t'intéresses qu'à tes macchabées. Ils ne doivent pourtant pas t'accaparer par leurs bavardages…

Elle hausse les épaules et pique une cigarette dans le paquet que David a laissé traîner sur la table.

– Je croyais que vous fumiez des Gauloises ? s'étonne Rosenberg.

– Les Gitanes feront l'affaire pour ce soir. J'ai fini mon paquet, je peux bien profiter du vôtre… Vous n'avez pas l'air partageur, dites donc ! Vous n'allez tout de même pas le terminer tout seul, « en Juif » ?

David sursaute. Roucaud s'émeut :

– Henriette !

– Oh ! ça va, Jacques, je plaisante... On peut rigoler un peu, non ?

Et de balancer une bonne claque dans le dos du flic en allumant sa « sèche », comme elle aime à l'appeler.

– Alors, les enfants, en parlant de macchabées, vous m'avez bien dit que c'était le cadavre du dénommé Martin qu'on a trouvé ici et fait embarquer à la morgue cet après-midi ?

David et Roucaud semblent soudain réaliser, comme s'ils se réveillaient après un songe. C'est vrai, c'est Loïc Martin qu'ils ont découvert gisant au beau milieu de la mansarde qu'occupait Ganos ! Et celui qui l'a tué ne peut être que Rodrigo. Roucaud se lève et prépare du café d'un air pensif. La nuit sera longue. Le jour commence à baisser et une certaine fraîcheur, bienvenue, s'engouffre dans la pièce exiguë. Henriette observe avec tendresse celui qu'elle a aimé pendant trente ans, qu'elle aime encore. Elle se rappelle leurs années de bonheur. Elle revoit l'accident du petit, la déchirure. Pour un peu, elle se laisserait envahir par le chagrin. David lui permet d'échapper au spleen :

– Jacques, fais-nous du café serré, nous allons devoir veiller toute la nuit. Nous n'avons plus qu'une chose à faire, mais il faut attendre le petit matin.

– Quoi donc ?

– Nous rendre à l'aéroport.

– Comment ça ? s'étonne Roucaud.

– C'est très simple. Nous n'étions que quatre à connaître cette planque. Toi, Marthe, moi et Noura. Je suppose que ce n'est pas toi qui as donné l'adresse à Loïc. Ce n'est pas Marthe non plus, que j'ai eue hier au téléphone et qui n'a plus de nouvelles de Noura. Elle a récupéré la petite Anissa chez son père et elle s'est volatilisée. Il n'y a plus qu'une personne qui ait pu renseigner Loïc sur cette adresse : Noura. Elle l'a guidé, l'a même encouragé à venir ici et à se débarrasser du seul témoin restant de leurs méfaits, de celui qui risquait de les compromettre. Seulement voilà, c'était un piège. Elle a envoyé son amant au casse-pipe, sciemment. Elle a pris soin de prévenir Ganos par téléphone. Si bien que celui-ci attendait le félon de pied ferme. Il l'a laissé entrer, lui a indiqué où se trouvait le manuscrit. L'autre, piqué de curiosité, s'est approché pour savoir de quoi il retournait. Ganos en a profité pour l'assommer. Puis il a quitté les lieux dans la précipitation, sans penser à emporter son texte.

Henriette et le gendarme écoutent David d'un air circonspect.

– Mais pourquoi diable Noura aurait-elle conduit le père de sa petite Anissa dans un tel traquenard ? s'interroge Roucaud.

David se lève, allume à son tour une cigarette et s'adosse à la rambarde de la fenêtre. Il ménage le suspense, prend le temps de tirer deux ou trois bouffées et dit d'un ton narquois :

– Par jalousie !

Les deux autres restent bouche bée. Attendent une explication. David la livre. Tandis qu'il travaillait à sa réintégration dans la police grâce à une fable crédible concernant les événements de Golfech, que personne au ministère ne souhaitait de toute façon remuer, il a continué d'espionner Loïc, ne désespérant pas de le piéger et de le faire plonger pour l'assassinat de sa femme. Ce qu'il a alors découvert l'a surpris autant qu'excité. À peine s'était-il officiellement installé avec Noura dans un nouvel appartement que Loïc Martin a recommencé à cavaler, comme au bon vieux temps. La liaison avec Noura ne l'avait sans doute intéressé que lorsqu'elle était clandestine. Le train-train quotidien a eu raison de la passion. Loïc s'est aussitôt mis en quête d'un nouveau frisson. Les rendez-vous ne pouvaient pas avoir lieu dans sa garçonnière ; Noura aurait eu trop vite fait de les remarquer. Alors Loïc s'est contenté de cinq-à-sept dans les hôtels parisiens. De temps à autre, il prétextait un voyage en Suisse ou en Italie, prétendait qu'il y rencontrait des amis, des relations professionnelles. En fait, il achetait un billet pour ses maîtresses et les emmenait avec lui. David a consciencieusement pris des notes et des photos. Puis il est entré en contact avec Noura et il lui a tout dévoilé. Elle est tombée des nues ! L'arroseur arrosé, en quelque sorte. Furieuse, pleine de remords et de honte, elle a accepté de livrer Loïc à Rodrigo sur un plateau. Mais voilà que Rodrigo et Noura sont donc désormais complices et coupables. Ils n'ont qu'un choix : fuir le pays, ensemble. Ils n'ont qu'un refuge possible : l'Argentine. Les papiers de Noura sont en règle, ceux d'Anissa aussi. Le faux passeport de Rodrigo, sous le nom de Bruno Cochet, fera l'affaire.

David se redresse, regarde sa montre et déclare :

– Il n'y a qu'un vol par semaine pour Buenos Aires depuis Toulouse. Et il décolle demain matin à sept heures.

Roucaud s'étonne :

– Tu veux aller là-bas pour les arrêter ?

David s'esclaffe :

– Les arrêter ? Non, sûrement pas ! Je veux m'assurer qu'ils montent bien dans l'avion !

Les années ont passé. René Bousquet a été assassiné en juin 1993. Ironie de l'Histoire, il a été enterré à Larrazet, dans ce village du Tarn-et-Garonne où David et Rodrigo s'étaient arrêtés pour déjeuner, au sortir de Golfech, dans le patelin où Roucaud a mis la main sur Ganos la première fois, laissant échapper David. Klaus Barbie, qui avait été jugé en 1987, est mort en 1991. Maurice Papon, beaucoup plus tard, en 2007. David a participé en sous-main à toutes ces affaires retentissantes. Il a repoussé l'âge de la retraite tant qu'il a pu, mais, un beau jour, il a dû quitter la police, contraint et forcé. Il a continué de pourchasser les anciens et les nouveaux nazis, pour son propre compte. Au fil du temps, ils se sont faits plus rares. Il y a dix ans, il a définitivement cessé sa quête. Il s'est consacré à l'étude de l'œuvre d'Edmond Rostand, le dramaturge qui plaisait tant à son père. Il rédige un mémoire sur le grand poète. Henriette a été foudroyée par une crise cardiaque en 2005. Il est allé à ses funérailles. Elle est enterrée à quelques encablures de René Bousquet, dans le cimetière situé sur les hauteurs de Larrazet. Roucaud était là, digne, impassible. Dans le caveau, il restait une place pour lui. Il s'y est installé à la fin de l'hiver 2011. Marthe a quitté ce monde en 2013. Elle venait d'avoir quatre-vingt-dix ans. Elle s'est arrêtée de respirer, ses lunettes sur le front, son album de photos-souvenirs dans les mains.

David s'est retiré dans un petit deux-pièces du 14e arrondissement, à Paris. Tous les jours, de bonne heure, il aime prendre son café dans le bar-PMU au pied de son immeuble. Mais comme il est désormais interdit de fumer devant le zinc, en ce 19 novembre de l'an 2018, il sort pour brûler la première Gitane du jour. Soixante-cinq ans de tabagisme n'ont toujours pas eu sa peau. Une femme fait halte à sa hauteur. Avec ses longs cheveux bouclés, ses yeux bleu-vert et sa peau mate, elle est d'une beauté diabolique. Elle a peut-être la trentaine. Elle est un peu plus grande que lui : c'est qu'il s'est tassé, avec les années.

– Je m'appelle Anissa et j'ai un message pour vous. Mes parents vous embrassent. Si le cœur vous en dit, ils seraient ravis de vous recevoir chez eux, à Buenos Aires. Voici leur adresse.

Elle lui tend une carte de visite, puis elle l'embrasse tendrement sur la joue. Elle le dévisage un instant avec un sourire, avant de tourner les talons et de disparaître dans la lumière du matin.

Merci à mes parents, infatigables lecteurs, conseillers et correcteurs.

Merci à tous mes proches et à tous mes amis, qui me suivent, me lisent, m'encouragent et me conseillent depuis tant d'années.

Merci enfin à Véronique Thabuis, mon éditrice, pour ses critiques, remarques et corrections toujours judicieuses et pour sa confiance renouvelée, ainsi qu'à Isild Darras pour son travail d'orfèvre sur la langue.

Imprimé en France par CPI
en novembre 2021

Dépôt légal : décembre 2021
N° d'impression : 167419